特級ギルドへようこそ！

～看板娘の愛されエルフはみんなの心を和ませる～

4

著 阿井りいあ
イラスト にもし

TOブックス

キャラクター紹介

メグ

気付けば美幼女エルフに憑依していた元日本人アラサー社畜の女性。

前向きな性格と見た目の愛らしさで周囲を癒す。頑張り屋さん。

ギルナンディオ

特級ギルドオルトゥス内で一、二を争う実力者で影鷲の亜人。寡黙で無表情。

仕事中にメグを見つけて保護する。

親バカになりがち。

シュリエレツィーノ

穏やかで真面目な男性エルフ。腹黒な一面も。メグの自然魔術の師匠となる。

その笑顔でたくさんの人を魅了している。

サウラディーテ

オルトゥスの統括を務めるサバサバした小人族の女性。存在感はピカイチ。

えげつないトラップを得意とする。

ジュマ

戦闘馬鹿な脳筋の鬼族。物理的にも精神的にも打たれ強く、その回復力もオルトゥス一である。

後先を考えない言動が多い。

ケイ

オルトゥス一のイケメンと言われている女性。華蛇の亜人で音もなく忍び寄る癖がある。

ナチュラルに気障な言動をする。

Welcome to the Special Guild

ヴェロニカ

火輪獅子の亜人で大柄な男性。

大胆で豪快だが、意外と人を気遣える常識人。声も大きいことから人を怖がらせてしまいがち。

レキ

オルトゥス医療担当見習い。

虹狼の亜人で角度によって色が変わって見える美しい毛並みを持つ。

素直ではない性格だが根は優しい。

ユージン

オルトゥスの頭領。

仲間を家族のように思い、ギルドを我が家と呼ぶ、変わり者と言われる懐の深い年配の男性。

ザハリアーシュ

魔大陸で実質最強と言われる魔王。
まるで彫刻のような美しさを持ち、
威圧感を放つが、素直過ぎる性格が故にやや残念な一面も。

リヒト

日本人顔の少年。
人間でありながら成人した
亜人並みの魔力を持つ。
メグやロニーの兄貴分として
二人を守ろうとするしっかり者。

ロナウド

通称ロニー。ドワーフの子ども。

小柄ながらも力持ちで、とても優しい気質の少年。

人と話すのが少し苦手。

ラビィ

リヒトの育ての親で姉御肌な人間の女冒険者。

面倒見がいいものの、意外とスパルタな一面も。

責任感が強い。

レオポルト

通称レオ爺。

人間の大陸出身の人間で、オルトゥスの元料理長。

引退後はギルド近くの家で余生を過ごす。

目次

Welcome to
the Special Guild

イラスト：にもし Nimoshi　デザイン：ヴェイア Veia

第1章◆突然の試練

1　二人の少年

私はただ、いつものようにギルド内にいたはずなんだ。

せっかくオルトゥスの装飾担当、マイユさんからもらったおしゃれ魔道具だから、それを使った姿を見てもらいがてらお礼を言いに行った。黒髪黒目で、久しぶりの日本人カラーになって浮かれて、ギルさんとお揃《そろ》いだねって言われて。それが恥ずかしくも嬉しくて……それから、マイユさんの勧めもあって、ランちゃんのお店に行けるかどうかを、受付でサウラさんに聞きに行こうとしていたところだった。

何も変わらない、いつも通りの日常がそこにあったはずなのに。

突然、足元に現れた魔術陣が光って、訳もわからないうちに私は光に呑《の》み込まれてしまったのだ。ただ呆然《ぼうぜん》とするしかなかった。真っ白な世界が続いて、少しずつ白が晴れていく。混乱してはいたけれど、その先に見える景色が今さっきまで見ていたものと全く違うのが雰囲気ですぐにわかった。

転移したんだ。二十年ほどこの世界で生活してきただけあって、魔術的な現象には耐性があったからすぐに理解はしたんだけど……混乱しないとは言っていない。

こ、ここはどこなの……!?　それに、なんだか身体が妙に重い。怠《だる》く感じるよう。でも、とにかく状況を確認しなきゃ。私はキョロキョロと周囲を確認した。それなりに広い部屋の中心に私は座り込んでいて、周囲には私を取り囲むように人がたくさんいる。部屋に飾られた絵画やカーテン、絨毯《じゅうたん》などは高級そうなもので、私を見下ろす人たちは服装からしてかなり身分が高そうな印象を受けた。何より衝撃的なのは、全員人型だということだった。……なんだろう、嫌な予感がする。でも、それを知りたくない気がした。

「お、おい、なんだよお前ら……ここはどこだ⁉」

すぐ近くで聞こえたその声にハッとして背後に顔を向ける。見れば部屋の中心でこの状況を把握《はあく》していない人物は私だけではなかったようだ。私と同じように座り込んで不安そうにしている人が他に二人いたのだ。どちらもまだ成人前のように見える。

一人は黙ったまま身動《じろ》ぎ一つしないで固まる、赤茶色の長い髪を簡単に後ろで結った少年。人間でいうと十二歳くらいだろうか。そしてもう一人は、今声を上げた黒髪の少年。人間でいうと十四、五歳くらいかな。少年から青年へと移り変わる、そんなお年頃に見える。見た目なんて当てにならないことはよく知ってるからなんとも言えないけど。でも、そんなことはどうでもいい。私は黒髪の少年から目が離せなくなっていた。

「突然呼び寄せてしまってすまなかったね。なに、危害を加えることはしない。少し話を聞いてもらえないか？」

私の動揺をよそに、取り囲む人の中から一際身分の高そうな身なりをした年配の男性が私たちに声をかけてきた。

「えっ、あ、お前は、ノット大臣……？」

「おや、私を知っているんだな。君はこの国の民なのか？」

「……そうかもな」

私が目を離せないでいるこの黒髪の少年は、この人たちのことを知っているようだ。何が何だかわからないけど、今は黙って情報を集めることに集中しよう。私だってオルトゥスのメンバーなんだもん。いかなる状況下にあっても、慌てず冷静でいなきゃ。……心臓の音はうるさいし、身体は小刻みに震えるし、息も上がってしまうほど体調はよろしくないけど。え、本当に、何が起こってるの？　何か魔術でもかけられたかな？

「まずは訳がわからないだろうから説明させてもらおう。君たちが今ここにいるのは……」

ノット大臣と呼ばれた男性がこの状況について話そうとしたその時、黒髪の少年が立ち上がってその言葉を遮《さえぎ》った。

「し、知ってるぞ！　お前ら王族は、魔力を多く持つ者を集めてるんだって！」

少年がギリリと拳を握りしめている。その目つきは恨みさえこもっているように見えて、なんだか怖い。怒りからか恐怖からか、少年の身体は小刻みに震えていた。

「そういう希少な存在を集めて！　使い潰すんだろ⁉　売り捌《さば》いたりするんだろ⁉」

「……君は一体どこでそんな情報を聞いたんだ？」

「そんなの、みんな知ってることだ‼」

「ああ、なんてことだ。まずは落ち着いてくれないか。それから、君は言葉遣いがあまり良くないな」

穏やかに微笑んだままの大臣さん。だからこそ何だか底知れないものを感じて怖い。けど、言葉をかけられた少年は話をほとんど聞いていないように見えた。彼は周囲を見回して……そこでようやく私は少年と目が合った。やっぱりだ。やっぱり――。

「こんな幼い子まで……何のつもりだよ！」

「落ち着きなさい。君は混乱しているんだ。まずは私たちの話を……」

――黒髪の少年は、どう見ても日本人だった。

いや、この世界にも日本人のような顔つきや肌の色の人種がいるのかもしれない。だけど、お父さん以外で久しぶりに見た同郷の顔に、私は動揺を隠せなかった。

「手を出せ！」

「ふ、ふえ……？」

少年の話は聞いていた。彼の様子から、今の状況がなんだかヤバそうだというのもわかった。だけど、一気に押し寄せた思わぬ出来事の数々は、私の五歳児程度の精神では処理しきれなかったのだ。だから差し出された彼の手にもすぐに反応が出来なかった。

「ああもうっ！　ほら、そっちのお前も手ぇ出せ！」

「う、あ、え……？」

でも、同じように手を出された赤茶色の髪の少年も私と似たような状態だったから、私がボケッとしてるわけじゃない……と思いたい。

やや苛立《いら》ったように、それでも私ともう一人の少年の手首をしっかり握った黒髪の少年は、迷う素振りさえ見せずに魔力を練り始めた。

「待っ、君！　待ちなさいっ!!」

すごい魔力だ。オルトゥスのメンバーに負けてない気がする。たぶん私よりずっと多い。そんな魔力の放出にただ呆気《あっけ》に取られてしまう。

「なにするの……？」

不安になって思わずそう問いかけると、黒髪の少年はチラッとこちらに目を向け、そしてニッと笑った。その笑顔は無理やり作られたような笑顔だったけど、私を安心させようとしてくれてるのが見て取れた。

「ここから、逃げる！」

「へ？」

私たちの足元に何やら魔術陣が浮かび上がった。ついさっきのと、似てる……？　いや、さっきも一瞬しか見てないからわからないけど。

「空間魔術、転移！」

少年がそう叫ぶと、再び私は眩《まぶ》しい光に目を瞑《つむ》ることになった。私たちを取り囲んでいた人たちが慌てたように声を上げていたけれど、何を言っているのかは聞こえない。

そしてそのまま、二度目の白い世界へと呑み込まれていったのだ。うっ、酔いそう！

そうして光が収まった瞬間、感じたのは浮遊感。……浮遊感!?

「いっ……!?」

それはほんの一メートルほどの高さだったと思うけど、突然、空中に放り出されたら受け身なんか取れない。オルトゥスのみんなじゃあるまいし！　私は重力に逆らうことなくドシンと地面に尻《しり》餅《もち》をついた。

「ったぁぁいっ！」

「ばっ、静かに！　大声出すな！」

涙声で思わず声を上げると、黒髪の少年が慌てて小声で怒鳴り、私の口を手で塞《ふさ》いだ。ご、ごめんなさい。でも痛かったの。涙が出るのは許して！

「そんなに遠くまでは転移が出来ないんだ。自分以外に二人も連れてたし……だから見つかるかもしれない。静かに出来るな？」

「むぐっぐ！」

私は聞き分けのいい幼女。わかった、と言ったつもりだったけど、口を塞がれているので何を言ってるのか伝わらず。なので涙を溢《あふ》れさせながらも、ちゃんと首を縦に何度も振って返事をすると、ようやく少年は手を口から離してくれた。ぷはぁ。

「悪かったな、痛い思いさせて。俺、魔力は馬鹿みたいに多いんだけど、まだ使い方は下手なんだ。着地に失敗しちまった。お前も、大丈夫か？」

「あ、ああ、大丈夫……」

そう言って小声で黒髪の少年が問いかけると、赤茶色の髪の少年も戸惑いながら返事をした。

……彼はちゃんと着地が出来ていたみたいだ。これが運動能力の差か。くすん。

「あの、ここはどこなんでしゅか……？　何でこんなことに……何か知ってるんでしゅか？」

先程のやり取りから、この少年は少し事情を知っているようだったから、思わず問いかける。するると、少し驚いたように私を見て、それから申し訳なさそうに笑みをこぼしながら少年は答えた。

「そうだよな。訳がわからないよな。お前は？　やっぱり訳わかんねぇかな？」

問われた赤茶色の髪の少年も戸惑いながら頷《うなず》く。良かった、何もわからないのは私だけじゃないみたい。

「俺もあんまり詳しいことはわからないんだけどな。知ってることは教えてやる。でもその前にここを離れよう。いつ追っ手がくるかわからない」

少年の言うことはもっともだ。まずは落ち着ける場所に行かないと話も碌《ろく》に聞けないよね。私たちは互いに頷きあい、ひとまず移動するために立ち上がった。おっと、よろけてしまう。赤髪の少年がそんな私を支えてくれた。ありがとう！

それから私たちは無言で森の中を歩く。黒髪の少年が転移で飛んだ先はすでに森の中だったんだけど、ここはこの国の王城のすぐ裏手にある森なんだって。っていうか、やっぱり私たちがさっきまでいた場所は王城だったのね……どこの国だろ？

「もう少し頑張ってくれな。もっと先まで行けば俺にとっては庭みたいなもんだから」

そう言う黒髪の少年にうん、と軽く返事をする。あれから成長してそれなりに運動をしてるとはいえ、私はまだまだ幼女。すでに息が上がっております。だってここは森の中だし色々と不安だしで精神的にも疲労が重なってるんだもん！　それに相変わらず身体が重いし……本当にこれ、なんなんだろ。でもここは踏《ふ》ん張るところである。

「よし、少し離れてくれ」

どれほど歩いただろうか。追っ手を気にしながらだったからかなり長く感じたけど、体感で一時間くらいかな。歩くのが遅い私にあわせてくれてたから、距離としてはそんなに進んでない気もする。本当、足手纏《まと》いな私……。そして代わり映えのない景色が続く中、少年が立ち止まってそう告げたのだ。正直、そろそろ限界だったからホッとしたけど、遠くの方から金属音が聞こえてくる気がして立ち止まるのが怖い。疲れ果てておいてなんですが、なんでこんな所で？　って疑問符も浮かぶ。でも、今は彼に頼るしかないので黙って待つことにした。

すると、彼は徐《おもむろ》に一本の木に向かって手をかざした。どうやら魔力を流してるらしい。

「わ、しゅごい」

「地下が、あるんだ……」

少年が魔力を流した木の根元が、魔力に反応してパックリと割れ、今までなかったはずの大きな穴が開いた。これには思わず私も赤茶色の髪の少年も驚いて小声で呟《つぶや》いてしまった。よく見れば下に続く簡易の階段もある。

「先に入ってくれ。俺が通るとこの穴も閉じちまうから」

黒髪の少年に促《うなが》されるまま穴に入り、三人ともが階段を数段下りたところで穴が閉まっていく気配を感じた。それにより一瞬真っ暗闇になったけど、すぐさま明かりが灯される。ほわり、とオレンジ色の暖かな光が暗闇に浮かび、ホッと息をついた。どうやら黒髪の少年が明かりの魔道具を使ったようだ。

少年を先頭にして階段を下りきる。さらにその先に道は続いていたけど、ここで背を向けていた黒髪の少年はくるりと振り返ってその場に座り込んだ。

「ここは俺の保護者にあたる人が作った抜け道でさ。珍しいだろ？　魔力がないと開かないし、場所もわかりにくいから大丈夫だ。だからひとまず休憩も兼ねて話そうぜ。聞きたいこともあるだろうしさ」

実は転移で魔力を消耗して疲れたんだ、と笑う少年。きっとそれは事実だろうけど、私たちのことを考えてくれてるんだな、というのが伝わった。もちろん、否《いな》はないので私は黒髪の少年の向かいに座り込み、赤茶色の髪の少年も同じように座った。

「えーっと、まずは自己紹介といこうぜ。俺はリヒト。年は十四だ。既に魔術を使ったし、さっきも言ったから今更隠さないけど、俺は人間なのに魔力を持ってる。それも結構多いらしいんだ」

リヒトと名乗った少年は、最初から自分の秘密とも言うべき情報をあっさりと告げた。い、いくら相手が子どもだからってそんなに簡単に魔力持ちの人間って認めちゃって大丈夫……？　誰かに言いふらしたりはしないけどこっちが心配になっちゃう！　人間という種族はそもそも魔力を持たずに生まれてくるのがほとんどだ。だけど稀《まれ》に魔力を持って生まれてくる人もいて、それはとても貴重な存在となる。しかも保有魔力が多いときた。転移魔術はとても難しいらしいのに、彼は確かに使ったし、その情報は間違いないだろう。少し着地に失敗したとはいえ、他に二人も連れていたのだから素直にすごいと思う。

私の内心をよそに、リヒトは笑みを浮かべて赤茶色の髪の少年に目を向けている。

「あ、ぼ、僕はロナウド……」

「ロナウドな。あー……魔力も感じるし、肌の色からしてもしかして、と思うんだけど。お前、ドワーフ、か？」

戸惑いながらも名乗ったロナウドに、遠慮なく質問を投げるリヒト。ロナウドはその質問に面食らったようで、目を泳がせて何やら慌てているみたいだ。

「あ、いや……」

「警戒しなくてもいい。別に言いふらしたりしない。この大陸において人間以外がどんな立場なのか俺だって知ってるし、胸糞《むなくそ》悪いと思ってるんだから。それに……俺だって狙われる立場。人間なのに多くの魔力を持ってるから」

あ、あれ？　なんか話がおかしいぞ？　あの時感じた嫌な予感再びである。この大陸においてって言ったよね……？

「にしても、ドワーフだなんて珍しすぎる。もしかして、魔大陸から強制転移されたのか？」

まさか、人間の、大陸……？　私は、あの転移陣で人間の大陸に飛ばされてしまったというの!?

「い、いや、確かに僕はドワーフ、だよ。でも、僕は、この大陸の鉱山に、住んでいる、から。突然、移動して、すごく、ビックリはした、けど」

飛ばされた時点で感じていた倦怠《けんたい》感はそれが原因だったんだ。身体が、というか身体の奥の方がずっしりと重くてちょっと歩くだけで辛くて。魔力がうまく身体を巡ってない感じっていうのかな。

うーん、循環《じゅんかん》は出来てるんだけど、流れに迷いがある感じ？　サラサラ流れていたのがゆっくりと探るように流れているような、そんな違和感。時差ボケみたいな感じかな？　あるいは魔大陸とは空気が違ったりするのかもしれない。それに身体が慣れていないんだろう。取り囲んできた人たちがみんな人型だったのも、納得がいく。そりゃそうだよ。みんな「人間」だったんだ。

う、嘘でしょ……？　ついこの前、人間の大陸なんてまず行くことないしね、って思ってたのに！　フラグ⁉　フラグだったの⁉

「年は九十二、で……」

「九十二⁉　あ、長命で成長が遅いんだっけか……うーん、慣れねぇなぁ。成人してるのか？」

「ううん。ドワーフの成人、は、百歳、だから……」

「うへぇ、身体の作りが違うってのがよくわかった……」

脳内で地団駄《じだんだ》を踏みながらぼんやりと二人の会話に耳を傾ける。そういえばエルフの成人は何歳なんだろう？　私の身体の成長から言って二百歳くらいだったりして。それともそこは統一で百歳？　はぁ、そんな今はどうでもいいことを考えてしまうのはただの現実逃避である。ううっ。

「よし、じゃ次はお前だな。名前、言えるか？」

と、油断していたら今度は私の番がやってきた。見た目が幼いからか、リヒトは声色を少し柔らかくして聞いてくれた。気遣いの出来る少年である。レキとは大違いだ。あ、思い出したら泣きそう。

「め、メグ、でしゅ……」

「わ、わ、泣くな……！　大丈夫だ、俺たちは怖くないぞー。な？　ロナウド？」

「う、うん、嫌なこと、しない。ゆっくりで、いい」

泣かないようにって思えば思うほど涙が溢れてきてしまう。そこはやはり幼女。まだまだ未熟だ。でも泣く幼女をあやすのなんて少年には荷が重いだろう。早く泣きやまないと。とりあえずタオルを収納ブレスレットから出して顔を拭《ふ》いた。

「お、お前、それ、収納の魔道具か……⁉」

「初めて、見た……」

すると、少年二人は私が何もないところからタオルを出したことに仰天《ぎょうてん》していた。あ、そっか。収納が出来る魔道具って一般的には超高級品なんだった。いつもの感覚で使っちゃダメだったんだ、と今更ながらに気付いて慌てる。あ、余計に涙が……！

「あっ、ごめん！　声が大きかったよな？　大丈夫、大丈夫だぞー」

「う、ごめん。大丈夫。気にしないで」

結局私の涙は止まってくれず、しばらくの間二人の少年を困らせてしまうのだった。くすん、私は手のかかる幼女……ごめんよ、少年ズ。

「ごめんなしゃい、も、だいじょぶでしゅ」

相変わらずぐすぐすと鼻をすすってはいるけど、いい加減少年ズがかわいそうなので私はそう声をかけた。二人は無理しなくていいぞ、と相変わらず私を気遣ってくれる。うっ、いい子たち……！

泣きながら少し考えたけど、やっぱり自分の正体は話しておいた方がいいだろうな、という結論に至った。二人は話してくれたし、これからどこかへ行くにしろ、私の実力なんかも知っておいた方がいいかもしれないからだ。

「私は、メグ。魔大陸に住んでまちた。……エルフでしゅ」

そう言って少し伸びてきた横の髪を耳にかけ、特徴である長い耳を二人に見せる。二人が息を呑むのがわかった。

「年は、五十歳くらいでしゅ。細かい年齢は、わからなくて……」

五十で幼女かよ、というリヒトの言葉は理解出来る。わかるよ、わかる。私も慣れるまで時間がかかったからね。人間で言ったらそろそろおばあちゃんに近付く頃だもん。言ってて悲しくなってきた。やめよう。

「で、でも、エルフだったら髪と目が……」

ロナウドが躊躇《ため》らいがちにそう言ったことですっかり頭から抜け落ちていたことを思い出した。そうだ、今の私って黒髪黒目なんだっけ。なので、私は首からオシャレ魔道具を外してみせる。すぐさま色が変わったのだろう、二人は目を丸くしていた。

「ほんとはこの色でしゅ。今日はたまたま、もらった魔道具を試してたところで……」

「輝く髪に、青い瞳……少し特殊な色合い、だけど、確かに、エルフの、特徴」

ロナウドは納得したように何度も頷いている。やっぱエルフの特徴くらいは一般常識なんだなぁ。

「たまたま、か。すごい幸運だな……そのままじゃ目立って仕方ないし、こんなに簡単には逃げ出せなかったとこだ」

簡単には？　それはどういうことだろう。思わず首をこてんと傾げると、二人はうっと顔を赤らめた。な、なんだよう。

「こほん。えっとな、エルフっていうのは特に貴重で、それも子どもとなるとさらに貴重。俺だって目の前で見てるってのにまだ信じられないくらいだ」

いや、そこは信じてもらうしか。目の前にいるんだから！……ハイエルフで魔王の娘っていうのは黙っておこう。混乱を招きかねない。

まぁつまり、それほど珍しいってことだよね。話としては知っていたけど実感がなかったからなぁ。どれだけ私は平和ボケしていたんだろう。元日本人の性《さが》かしら……。

「で。そんな存在があの場で現れていたら、王城のヤツらはそれこそすぐにお前を確保していたと思う。どうも魔力を多く持つ者や亜人《あじん》なんかを集めてるみたいだし……取り囲んで隔離《かくり》されていたかもしれない。興奮で揉《も》みくちゃにされてたってことも考えられるぞ？　この国は裏で人身売買に手を出してるんじゃないかって噂だからな」

「ふ、ふぇ……!?」

「あっ、待て泣くな。ただのたとえだから、な？　な？」

それは怖い、と思ったらまた涙腺《るいせん》が……！　でもここは話が進まなくなるので耐えた。頑張った。えらい、私。

「つまり、だ。メグ、お前がエルフだってことは黙ってなきゃいけない。だから、たまたまだったにせよその魔道具を使ってたことは、お前にとってこれ以上ないほど幸運だったんだよ」

そ、そっか。無事に逃げ出せず、拘束《こうそく》されていずれ売られていたかもしれないんだ……ようやく実感が湧《わ》いてきてゾッとする。ついつい両腕で自分を抱きしめた。マイユさんに心から感謝だよ！

だからさっきの色に戻して耳は隠せとリヒトは言う。今は周りに誰もいないけど落ち着かないらしい。その気持ちは私もわかるのですぐに黒髪黒眼に戻した。ちゃんと二人に確認してもらったよ！

「で、でも、国がそんなこと、する？」

ロナウドが不思議そうにそう尋《たず》ねてきた。確かにそうだ。拘束はされたかもしれないけど、国が人身売買に関わっていたとしたらとんでもないことだよね？

「俺も詳しい話はわかんねぇんだけど……裏ではそういったことが行われてるって噂は有名なんだ」

「そんな……ここはコルティーガ、でしょ？　善政を布《し》いていることで、有名なのに……」

コルティーガとはこの国か、地域の名前だろうか。二人の会話からの推測だけど。

「だからこそだよ。裏で人身売買をすることで財政が保たれてるんじゃないか？　むしろ儲けてる。だから表向きは善政を布いているように見えるんだって話なんだよ」

どこにでも腐ったヤツはいるってことか。特にここは人間の大陸。そういえば昔、レオ爺《じい》が言ってた気がする。人間は油断ならないって。いい人に見えていた人が悪人だったりするって。うう、人間怖い。元人間だけどっ！

「まぁ、ここでそんな話してても意味ないな。今は目の前の問題について考えようぜ」

そ、そうだね。国規模の話が出てきても私たちに出来ることはない。思うところはあるけどそれは置いておかなくちゃ。

「まず、俺は住んでるところが近くだから問題ない。ロナウド、お前もたぶん帰れる距離ではあるよな？」

「あ、うん……道はわからないし、たぶん少し、遠いけど」

「問題はメグ、お前だな……」

そうですよねー。二人はこの大陸だけど、私は大陸を超えなきゃいけないんだもんねー。なんだよ、その無理ゲー！　戦う力のない幼女が一人でどうやって帰れと！　軽く絶望しかけていると、ロナウドが控えめに声を上げた。

「あ、あの……もしかしたら、なんとかなる、かもしれない」

「は？　どーいうことだ？」

「僕、出身が鉱山、だから……」

確か、さっきも言ってたよね。鉱山……ん？　今さっきとは別に最近聞いたような？　あ、もしかして。そう思ったと同時にリヒトが声を上げた。

「転移陣か！　確かそんな話を聞いたことがある」

「うん。事情を話せば、もしかしたら、だけど……」

そうだよ！　この大陸の鉱山と魔大陸の鉱山は転移陣で簡単に行き来が出来るんだ！　魔王城に行った時に教えてもらったじゃないか！

「でも、厳重に管理、されてるから。ドワーフ以外の種族だと、簡単には、いかない、かもしれない……」

あ、そうだ。それなりの対価が必要なんだよね、確か。魔王さんは城下町への進出を許可して、お父さんは厄介な魔物の駆除《くじょ》だった気がする。そして私には何も払えない！　と悩んだじゃないか……！　むむ、もっとしっかり考えておけば良かった!!

「まぁいいじゃねーか。とりあえず向かってみないとわかんねぇだろ？　そん時になったらまた考えてみようぜ！」

ここから離れるのがまず第一だしな、とリヒト少年は笑う。問題を先送りにしてるだけだけど、一理ある。それに行ってみなきゃわからない、行動しなきゃ始まらないもんね！

「うん、少なくとも、僕がいるから、鉱山には、入れる。ちゃんと、そこまで一緒に行く、から」

「ほ、ほんとでしゅか！　ロにゃうドしゃん……！」

噛んだ。猫みたいになった。

「ご、ご、ごめんなしゃい……！」

「別に、いい。ロニーでいいし、さんもいらない」

「くくっ、面白ぇなメグ。じゃ俺もロニーって呼ぶ。俺のことはリヒトでいーぞ。それに、もっと気楽に喋《しゃべ》っていいぜ？」

緊迫感漂う雰囲気が少し緩和した。私のおかげで！　そう思ってないとやってらんないよー！　恥ずかしい！　ギルさんに続く猫化二人めだよ！　いつになったら言えるのだろうか。がっくり。

……ギルさん、心配してるよね。お父さんやサウラさん、シュリエさん、他にもたくさん。みんなの顔が一瞬浮かんだところでブンブン頭を横に振る。ダメだ。まだ考えちゃダメ。

私はグッと奥歯を噛み締めて思考を切り替える。私はオルトゥスの看板娘、メグなんだ。絶望するにはまだ早い。出来ることを一つずつこなして、必ずみんなの許へ帰るんだから！

ひとまずの方針として、私とロニーはドワーフの鉱山へと向かうことが決定した。それだけで先の見通しが出来たから少しホッとする。でもやっぱり気になるのは転移させられた目的である。人身売買だとしても、なんでこの三人なのかなって。

「あの、私たちはお城に、転移陣で呼ばれたってことなのかな？」

「んー、たぶんな。でも俺ら三人だけだったし、制限があったんじゃねーかなって思う。一定以上の魔力を持つ者限定とか、成人前とか」

「なんで、成人前……？」

リヒトが顎《あご》に手を当てて考えながら言うと、ロニーが疑問を口にした。確かに、集めたいならもっと大々的に範囲も広めてってやった方がいいよね。

「あくまで推測だからそうと決まったわけじゃねーよ？　でも、成人済みも入れたら、魔力持ちがたくさん集まりそうだし……さすがに抑えられないんじゃね？」

確かに。しかも裏取引のような人身売買目的ならそんなに大所帯だと対処しきれない気がする。魔力持ちってだけで攻撃手段、自衛手段がありそうだもんね。その点、子どもならまだ未熟。言いくるめることも出来るかもしれないし、どうにでもなりそうってところかな。

「それに、必要魔力の問題もあると思うんだよなー」

「あ、そうか。転移陣には、ものすごく、たくさん魔力を、使うから……」

リヒトの言葉にロニーが得心《とくしん》がいったというような顔で引き継いだ。

「そうなんだよ。俺だってさっきの転移で魔力はもうほとんど残ってない。そこそこ魔力を持ってるのに、だぜ？　それを世界中、大陸を超えて呼び寄せたんだ。消費魔力は計り知れないと思う。正直、三人でも呼び寄せたのがすげぇよ」

「鉱山の転移陣も、ドワーフが、数十人、で魔力を、注ぐ。行き先が決まってる、簡単な陣でも、それだけ使うん、だから……」

「それに人間で魔力持ちはそういない。金に物言わせて魔石を注ぎ込んだとしても相当だぜ。ま、だから当分の間は強制転移されることはないだろうからそこは安心していいと思うぞ」

そうなんだ……でも言われてみればオルトゥスのメンバーも転移系の魔術は滅多に使ってなかったな、と気付く。飛んで移動したり、魔術や乗り物、特殊能力での移動がほとんど。お父さんだって車だったし、ギルさんは飛んだり、影の中を移動してたりだった。

じゃあ、人間たちがそこまでして呼び出した私たちを簡単に逃がしたりするだろうか、という考えが過《よぎ》る。多大なる魔力や財力を使って呼び出したのに、すぐさま逃げ出してしまったんだから。

「でも、だからこそ血眼《ちまなこ》になって捜すだろうな。鉱山に行くにしても、俺たちだけじゃすぐ見つかって捕まっちまう」

そう。私たちはいくら魔力を持っているといってもまだほんの子どもなのだ。大人の、しかも国からの追っ手から逃げ切れるとは思えない。

「俺もう……この辺には住めないな。すぐ捕まるのがオチだ。だから俺もとりあえずお前たちと鉱山に向かいたいんだけど……いいか？　後のことはまた考えるからさ」

「それは、もちろん」

「心強いでしゅ！」

それでも、バラバラで行動するよりまとまって力を合わせた方がいいに決まってる。心細いし。

リヒトの提案に私もロニーもすぐに頷いた。

「そこで、だ」

私たちが頷いたのを見て、リヒトがニッと口角を上げた。

「頼りになる大人を一人知ってるんだ。路頭に迷ってた俺を育ててくれた恩人だから、信頼出来る。その人の許へ行って相談してみようと思うんだけど、どうだ？」

提案した割に、もう決定事項のように感じたのは気のせいではないと思うんだ……！

だって、その頼りになる大人のことを私やロニーは知らない。つまり判断基準がないのだ。だからいいも悪いも、リヒトに頼るしかない。選択肢がないのである！　実際、リヒトの親代わりとも言える人物なのだから、たぶん大丈夫なんだろうな、とは思うし、やはり大人の存在は大きいと思うしね。

と、私の中ではそんな風に考えていたわけですが、多くは述べずにリヒトの意見に乗ることになりました。ロニーも特に気にする素振りを見せなかったから、揉めることなくあっさり決定。目標が出来たことで落ち着いた私たちは、私の収納ブレスレットに入っていた軽食を軽く食べ、休憩してから再出発することに。おやつに食べてねってみんなからもらった焼き菓子がたくさん溜まってたから大活躍だ。あ、思い出したら寂しくなるぅっ。

「なぁ……メグって、金持ちのお嬢様なのか？」

「え？」

うっかり泣きそうになるのを我慢していると、リヒトが気まずそうに聞いてきた。お嬢様？　私が？

「だって、こんな甘いお菓子を簡単にくれるし、着てる服もいいものだし、収納魔道具に髪と目の色を変える特殊な魔道具まで持ってる。それがどれほど高価な物か、まさか知らないとでもいうのか……？」

「リヒト、知らない可能性もある。メグは、まだ幼いから」

あ、そっか。確かに何も知らない人から見たらそんな風に思われるかもしれない。ひとまず私はお嬢様ではないと首を横に振った。

「えと、高価な物だっていうのはわかるけど、あんまりそんな感じはないっていうか……」

「実感がないってことか……」

おずおずと答えるとリヒトもロニーも難しそうな顔で腕を組んで唸《うな》る。え、何？

「危なっかしい」

「だよなぁ……見るからに金持ちの子で、本人にその自覚がない。攫《さら》ってくれと言ってるようなもんだぞ」

えっ、そんなに、かなぁ？　まあ確かにちょっと金銭感覚がおかしい気もするし、世間知らずだとは思うけど……あ、危なっかしいわ、これ。

「それに、見た目」

「可愛すぎて目立つってのもすげぇよな。これで髪と目の色を変えてなかったらシャレにならないとこだった……」

サラッと可愛すぎと言うリヒトに反射的に照れる。えへへ、と笑うと二人とも思わず動きを止めてしまった。うっ……はい、すみません。照れてる場合じゃなかったよね！

「……全力で守ろう」

「僕も、頑張る」

何やら男二人でわかり合うものがあったらしい。リヒトとロニーはガシッと手を組んで頷きあった。男の子って、わからない。


その後、歩きながらもあれこれ話をした私たち。使える魔術や、己の実力についてがメインだったかな。そこでようやく私は精霊たちにオルトゥスへの連絡を頼む、という手があったことを思い出した。そうだよ、私には精霊たちがいるじゃない！　どれほど自分がパニックになっていたかがわかる。

光明《こうみょう》が差したと思ったのも束の間《つかのま》、ロニーのため息交じりの発言が私を落ち込ませることとなった。

「ここは人間の、大陸……鉱山なら、転移陣を通して、魔大陸から、魔力が流れてくるから、いいけど……圧倒的に、魔素《まそ》が、少ない」

魔素が？　え、それってつまり……！

「自然魔術の使い手としては、致命的。まず、精霊が、思うように、動けないから」

「しょん、な……」

慌てて脳内でショーちゃんに呼びかける。いるなら出てきて、と。でも。

『ご主人、様……ごめんなのよ、外にはあんまり出られないのよー……』

返ってきたのはそんな弱々しい声。今はネックレスや耳飾り、ブレスレットについてる魔石の中にみんなで避難しているらしい。そこなら魔力が満ちているからね。

『魔術も、使うなら一度に一回だけなのよ。あんまり難しいことも出来ないの。それが限界なのよー……』

曰《いわ》く、魔素の少ないこの地で魔術を行使《こうし》すると、それだけでかなりの魔力を消費し、精霊たちも疲れ切ってしまうんだって。最悪、消えてしまうんだとか。ダメダメ、そんなの絶対ダメ！　かといって私がこの子たちに分け与えられる魔力も無限にあるわけじゃないし、いつになったら帰れるかわからないんだから無駄遣いも出来ない。確かに魔術には頼れなさそうだ……うん、仕方ないよね。私はみんなに魔石の中でゆっくりしてて、と声をかけた。魔石がそれぞれの色に淡く光ったから、わかったってことだと思う。か細い反応に心配になるけど、きっとみんなエコモードなだけだと信じよう。魔力の使用については、この子たちの維持のために少しずつ与えることを最優先にしようと決めた。

つまり結局のところ、私は見目がいいだけで何も出来ない、ただのお荷物幼女ってことだ。しか

も人間の大陸だから子どもは珍しくも何ともない。子どもってだけでチヤホヤされることもないのである。早くも詰んだ……そう考えついて私は再び絶望しかけるのだった。

「でも、全く自然魔術が使えない、わけじゃ、ない。たくさん、は使えないけど、ここぞという時、のために節約、する」

ロニーのそんな言葉に励《はげ》まされる私。そうだよ、そうだよね！　どうしても、っていう時だけ使えばいいんだ。使う時は精霊たちに負担をかけちゃうかもしれないけど……私の体内にある魔力に影響があるわけじゃないんだから、いつもより多めに魔力を渡してあげればいいのだ！　ただ、魔力の回復には少し時間がかかるみたいだけど。魔力回復のお薬も少しはあるし、きっとなんとかなる！　元気出そう！

「メグも、出来るだけ魔術は、使わないように、した方が、いい」

「あい！　わかりました！」

自然魔術の使い手の先輩からの助言だ。私は元気よく返事をした。

「ちなみに、魔術以外で自衛手段はあるか？　あー、まぁないよな。悪い」

リヒトの質問にすぐさま首を横に振ると、申し訳なさそうにリヒトは鼻の頭を掻《か》いた。やめて、余計に不甲斐《ふがい》なさを感じるから……！　その辺りについてはまだ勉強中なのだ。どう頑張っても体術は使えるようにならなそうなので、魔道具に頼ったりサウラさんから簡単なトラップ技術を学んだりしているんだよ、これでも！

でも、実戦で使えるかは微妙なところである。というかすぐに保護者の皆さんが助けてくれるので使う機会がなかったというか。今はかなり大変な状況ではあるけど、私自身が力を身に付けるチャンスともいえるのかもしれない。この二人にはものすごい迷惑かけちゃうけどね。ぐすっ。

「無理する必要も落ち込む必要もねぇよ！　お前はまだちっこいんだから、俺たちに任せとけ！　ロニーも頼りにしていいだろ？」

「う、うん。あんまり、頼りにはならない、かもしれない、けど……」

あぁ、申し訳ない……！　で、でも私でも役に立つことはあるよ！　そう思って私は声を上げる。

「私、色んな道具を持ってるよ！　食べ物も、簡易テントもあるし、簡易結界とか護身用魔道具とかたくさん！」

そう言いながら収納ブレスレットの透明ウインドウを出して読み上げていった。使う機会が全くなかったからどんどん溜まっていってもはや数え切れないんだよね。読み上げていたらリヒトからストップがかかる。ん？　なぁに？

「ちょ、待て。まだあんのか……？」

「まだ半分も読んでないよ……？」

「……わかった。もうわかったからそのリストしまってくれ」

額に手を当てて疲れたようにため息を吐《つ》くリヒト。どうしたというのだ。首を傾げつつもウインドウを閉じる。

「お前の非常識さがよぉくわかった」

「しつれーなーっ！　私、ひじょーしきじゃないもんっ」

「なら聞くけど、それの価値と今読み上げた物一つ一つの価値はわかってんのか？」

それっていうのは収納ブレスレットのことだよね。それから魔道具一つ一つの……あ、うん。どれもこれも高価な品ですね。

「……私がひじょーしき、でした」

「わかればよろしい……」

オルトゥスにずっといると、一般常識がなくなるということを私は覚えました。なんてこった！

「あまりそれ、人に見せない方が、いい。装飾品は、着けてるだけで、目立つ」

ロニーの言葉が重みを持っている気がする。ネックレスとかブレスレットとか、そういうものを身に着けてる時点で良いとこの出だと思われるらしい。むむ、ならば対策をせねば！　そう思った私は再びウインドウを開いて画面とにらめっこ。怪訝《けげん》な顔をする二人を少しだけ無視して目的の物を探す。

「これだー！」

目的の物、首元も隠れるタイプの長袖の服を見つけた私はすぐさまその服を指でタップ！　収納ブレスレットの瞬間お着替え機能により一瞬でお着替え完了ー！　ちゃららーん！　街で畑仕事のお手伝いをする時に作ってもらった服で、色合いもベージュのシャツにグレーのオーバーオールスカートで目立たない。それに長袖だからブレスレットを隠せるし、服の下にネックレスも隠してしまえば完璧！　耳飾りはそもそも耳を隠すためにも髪で隠しちゃえばオッケーでしょ！

これでどう？　という意思を示しながら二人の方を見ると、リヒトは再び頭を抱えていた。解《げ》せぬ。

「自重《じちょう》しろよ……」

「リヒト、メグはまだ幼い、から……」

ロニーもその慰め方おかしくない？　だって着替えるなら今でしょ？　二人にはもはや隠しても意味ないんだからっ！　私だってもう理解したし、他の人の前では出さないよー！　ほんとだよ⁉

そんな私の反論は、二人に頭を撫でられることで終了した。解せぬぅっ！

2　今後の方針

しばらく歩いていくうちに、身体の怠さにも慣れてきた。悪化する一方、とかじゃなくて良かった。ロニー曰く、人間の大陸の空気に身体が慣れてきたんじゃないかって。なるほど、ホッとしたよ。

「よし、そろそろ地上に出るぞ。俺が先に出て確認するから少し待ってろ」

道はまだ続いていたけれど、壁に縄梯子《なわばしご》がかかっている場所でリヒトが立ち止まり、そう言った。

ギシギシと音を立てつつもサッサと軽い身のこなしで登っていくリヒト。天井まで辿《たど》り着くと、出口を塞ぐ岩をどかし始めた。こっちの出入り口は入ってきた時と違って魔術を使わないみたい。きっと重たいんだろうけど、よっ、という掛け声だけでズズズ、と岩を動かしてしまった。やるな！リヒト少年！

「……うん。大丈夫そうだ！　メグ、登れるか？　ロニー、下から支えてやってくれ！」

「わかった」

「よ、よろしくお願いしましゅ、ロニー」

少し高さもあるから正直怖いけど、上からはリヒトが見守ってくれているし、下からはロニーが支えつつ持ち上げつつで付いてきてくれてるからそんなことも言ってられない。うぅ、フウちゃんの力を借りてフワッと出来たらなぁ。いかにこれまで自分が怠けていたかがわかる。ちょっとは自分の身体を鍛《きた》えなきゃな、と心の中にメモしておいた。

「よしっ、引っ張り上げるぞ」

グイッと腕を引かれ、それから抱き直して引き上げてくれたリヒト少年。やはり力持ちだ。十四歳男子って逞《たくま》しいのねぇ。まだ子どもの印象があったから意外だ。

こうしてロニーも地上へ出て来たところで周囲を見回す。さっきと同じ森の中かな？ でも木々がさっきより生い茂ってるようにも見える。あ、あそこに小さな小屋がある。ってあれ？ 人が近付いて来てる？

「ん？ ああ、あの人は大丈夫だ！ 例の信用出来る大人だから！」

私とロニーが近付いて来る人物に警戒しているのを見て、リヒトが明るくそう告げた。……んだけど、あの人なんか怒った顔してない？ ズンズン歩いてこっちに向かってるよ？ あ、走り出した！

「リヒトぉぉぉぉぉ!!」

「お、ラビィ！ ただい……」

「おらぁぁぁあっ！」

「ごふぅぅぅっ!!」

ものすごい形相で駆け寄って来た長身の女性は、軽い調子で挨拶《あいさつ》をしようとしたリヒトの言葉を完全無視して飛び蹴《げ》りをかました。背後から繰り出されたその蹴りをモロにくらったリヒトはそのまま軽く吹っ飛び、地面に撃沈。女性は明るい茶髪のポニーテールを揺らし、パンパンと手を打っている。……暫《しば》し流れる沈黙。こ、こあいっ！

「な……何すんだよぉっ！」

数秒後、ガバッと顔を上げたリヒトが涙目で訴《うった》えた。さすがにすぐには立ち上がれないようで地面に座ったままだ。あちこち擦《す》り傷と土汚れがついている。おぅ……。

「何すんだ、じゃないよっ！　突然消えて、今まで何してたんだっ！」

「事情があったんだよっ！　それに俺のせいじゃねぇっ！　ほら、そこに二人いるだろ？　そいつらも巻き込まれたヤツらなんだっ」

そこで初めて女性は私たちに気付いたようだ。くるりとこちらを見たので思わずビクッと震えてしまったのは仕方ないと思うの。

「……なら、先にそう言いなさい！」

「痛っ！　有無《うむ》を言わせず蹴り食らわしたのはラビィだろーが！　暴力反対！」

軽くゲンコツしながらラビィと呼ばれた女性がリヒトに当たる。か、かわいそう！　けど私は見逃さなかったよ。ラビィさんが軽く息を吐きながら小さな声で、心配したんだから、と呟いていたのを。

ひとまずラビィさんたちが住んでいる小屋へと向かうことになった私たち。なぜなら私のお腹が空気を読まずに空腹を訴えたからね！　うっ、恥ずかしい！　さっき軽食も食べたというのにっ！でもおかげで空気が和《やわ》らぎ、クスリと微笑んだラビィさんによって家に招待されたのだ。どうもお世話になります……！

道中、リヒトがこれまでのことを説明している。その話を聞くうちに、ラビィさんの表情がどんどん険《けわ》しくなっていくのがわかった。

「ふぅん、なるほどね。リヒトが突然いなくなった理由はわかった。そこの二人も、突然だったんだね？」

問われて私もロニーも揃って首を縦に振る。前触れもなく突然だったよ、本当に！　マイユさんも驚いてたもんね。でも、誰かが見ていてくれた時で良かった。きっと、みんなに報告してくれてるはずだもん。心配、してるだろうなぁ……。

「まずはご飯にしよう！　お腹が空いてたんじゃ、何も出来やしないからね。さ、座って！」

私がみんなを思い出して沈んでいくのがわかったのだろう。ラビィさんが明るい声を出してそう言ってくれた。頭も優しく撫でてくれたから、きっと私を気遣ってくれたのだ。第一印象はアレだったけど、本当は優しい人なんだね！　えへへ。

食卓に温かなスープが並ぶ。野菜の入ったコンソメスープに、パン、それから何かのお肉かな？見た目からすると鶏肉っぽいけど。

「大したものがなくてごめんね。でも人数が増えたから、とっておきの肉を使ったよ！」

とっておき！　そんな物をもらっていいのだろうか……そんな考えが顔に出ていたのか、ラビィさんはニッと笑って口を開く。

「今がそのとっておきのタイミングなのさ。下拵《ごしら》えは出来てた肉だし、手間もかかってないから。気にしないでしっかり食べな」

「あう、ありがとうございましゅ！」

ああ、やっぱりこの人はいい人だ。せっかくなのでお言葉に甘えていただきますっ！

スープはごく普通の野菜スープで、出汁《だし》が効いててじんわりと身体中に温かさが染み渡っていく。パンは少し固かったけど、スープに浸して食べるとジュワッと味が広がって美味《おい》しい。そしてお肉は食感的にやっぱり鶏肉。でも知ってる鶏肉とは違って、一口齧《かじ》ると肉汁が口に広がってとってもジューシー。香草を使って焼いてるのかな。すっごく美味しい！

「ふふ、美味しそうに食べるね。作った甲斐があるってものだよ！　ま、余り物で悪いけどね」

「メグはきっと普段はいい物食ってたっぽいし、庶民《しょみん》の食事は口に合わないかもしれないって思ったけど、その様子じゃ大丈夫そうだな！」

まぁ確かに普段はチオ姉の料理とか、街の食堂とかで美味しい物を食べてるって自覚はある。でも、こういった素朴《そぼく》な料理は街にもあるし、たまにオルトゥスでも食べてたから全く問題ない。というか、この食事も美味しいと思うしね！

「メグっていうんだね？　メグはお嬢様か何かなのかい？　随分可愛らしいし、納得ではあるけど」

しまった、まだ自己紹介してなかった！　お世話になってるのになんという失態……！　あ、でも、ラビィさんにも私の正体、話しちゃって大丈夫なのかな？　えっと、と言い淀《よど》んでいると、それを察したのかリヒトが笑顔で言葉を引き継いでくれた。

「ラビィは俺の恩人だし信用出来る！　だから、話して大丈夫だぞ」

「あんまり信用されてもねぇ……でも、そう言うってことは訳ありなんだね？」

頬杖《ほおづえ》をついてそう言ったラビィさんは、私たちを優しい目で見つめた。チラッとリヒトを見ると力強い眼差しで頷いてくれたので私は決意を固める。こんなにお世話になってるんだもん。ちゃんと挨拶しなきゃ！

「えと、メグです。魔大陸に住んでましゅ。えっと、エルフ、でしゅ……」

そう言ってさっき二人に見せたようにネックレスを首から外して本当の髪色と目の色を見せた。

すると、ラビィさんは目を丸くしてその動きを……止めてしまった。お、おーい。大丈夫ですかー？

「…………初めて、見た……」

「まぁ俺らも驚いたけどさ。そんなに声を失うほど？」

ようやく声を絞《しぼ》り出したラビィさん。リヒトは呆れたような戸惑ったような微妙な顔をしている。

「それほどだよ！　わかんないの!?　子どもだよ？　しかもエルフなんて、希少亜人よりずっとずーっと高値で取り引き……」

リヒトの言葉に思わず立ち上がって声を張り上げたラビィさんだったけど、何かに気付いて突然言葉を切った。

「……ごめん。言葉の選び方が良くなかった。デリカシーがなかったね」

そして申し訳なさそうにポツリとそう告げた。私としてはそういう事実があると知っていたから気にはならないんだけど……でも実際に他の人から聞くと真実味を帯びるというか、なんとも言えない気持ちにはなった。

「……ううん。知ってることだし、大丈夫でしゅ」

「それでもだよ。嫌な気持ちにさせて、ごめんね」

けど、ちゃんと自分で気付いて、こんな子ども相手にしっかり謝ってくれたから、この人はやっぱり根がいい人だ。謝罪を受け取らないときっと気にするだろうから、私はニコリと笑って謝罪を受け取った。

「……しかしねぇ、国はそう仕掛けてきたのかぁ」

ロニーとも自己紹介を簡単に済ませると、ラビィさんは椅子《いす》の背もたれに寄りかかってそう呟いた。

「何か知ってんのか？」

身を乗り出して尋ねるリヒトに、腕を組んでため息を吐くラビィさん。それから軽く頷いて語り始める。

「この国と魔大陸の魔王の国が鉱山を通じて貿易をしているのは知ってるね？」

魔王城に行った時に何となく聞いた気がする。鉱物の取り引きをしたとかなんとか。きっと魔王国とこの国は鉱物をメインとした貿易をしてるんだよね。私が黙って頷いたのと同時にリヒトやロニーも頷いている。ロニーは鉱山出身だから知ってて当たり前か。

「基本的には鉱物や食品なんだけどね？　その裏では人身売買が行われているんだよ。でも、裏の取り引きとはいえ、どちらの国も公認の取り引きだ。あまり表立って言えるような商売じゃないから知る人は少ないけどね」

「公認なのか……？　人の売り買いだなんて。だってそれって、奴隷《どれい》、だろ……？」

リヒトが拳を握りしめて眉間にシワを寄せた。奴隷という身分があることに、嫌悪《けんお》感を抱いているように見える。うん、まぁ、気持ちはわかるよ。

「もちろん、誰彼構わずじゃないさ。むしろ稀。売られるのは重い罪を犯した犯罪者のみだしね。二度とこの国に戻ってこられないようにって大陸を超えているんだよ。犯罪者が全員ってわけじゃないし、検討に検討を重ねた上でようやく決まった場合だから稀なのさ。大体、犯罪者の大半は国が引き受けて無償労働させてるって話だからね」

犯罪者ならまぁ、とリヒトは少しだけ肩の力を抜いた。生きて償えってことだもんね。でもそうか、重罪人が魔大陸に送られてるってことだよね。それを考えるとなんだか怖いけど、その人たちよりももっと怖い人がわんさかいるんだったわ、魔大陸。魔大陸側もそうなのかもしれないなぁ。

うーん、とはいえあまり気持ちのいい話ではない。けど、目を逸《そ》らせない問題だよね。

それで、とラビィさんはテーブルに両肘をつき、深刻な表情で再び口を開く。

「ここからが本題。……その裏の取り引きの裏で、悪いヤツらが悪いことをしてるのさ」

「悪い、こと……？」

不安になってギュッと膝の上で服を握りしめる。そうだよ、とラビィさんは告げる。

「若く、能力の高い人材を攫い、欲しがる悪趣味な金持ちたちに売り捌いて、荒稼ぎしてる組織があるのさ」

ひえっ、と声を漏《も》らして思わず身体を震わせる。どこの世界にも悪い人っていうのはいるものだ。つまり、そういうことなのだろう。

「その悪ーいことをしているヤツが、国の中心人物だったら？」

続くラビィさんの言葉に息を呑む。リヒトはムスッとした表情を崩さないので知っているのかもしれない。

「近頃はね、魔大陸からの人材があまりパッとしないって聞いたことがある。あってはならないことだけど、人間側は攫ってくれれば調達出来るんだからね。でも魔大陸側はそうはいかない。なんてったって魔王が管理してるんだから」

魔王、と聞いて内心ドキッとする。確か、お父さんと一緒に頭を悩ませていたっけ。たぶん、父様は犯罪者とはいえ人身売買はなくしたいんだと思う。だから少しずつ送る人材を減らしたりしてる可能性があるなぁ。それに引き換えこの国は、ってことか。むむ、人間って怖い……。私も元々は人間だったけど。

「で、今回、君たちが王城に強制転移させられたのは、つまりそういうことだと思うんだよね」

「……自力で能力の高い、魔力持ちの人材を確保しようとした？」

「おや、賢いじゃないかリヒト。よしよし」

「い、いつまでもガキ扱いすんなよな!」

そ、そんなことまでするの? 欲深い……魔力の多い人材なんて、人間の大陸ではただでさえ貴重な存在なのに己の欲で売り捌こうとするなんて。

「裏の裏は表だっていうけど。皮肉なことに文字通り表の人物が裏を握ってるんだから笑えないよ」

そう言ってラビィさんはため息を吐いた。人間だから醜い、ってわけじゃないんだよね。人間にだっていい人はたくさんいるんだもん。一部の悪い人がいけないんだっ! そして権力者の中にそういった人がいるのは本当に問題だよ! ううん、権力者だからこそ、欲に溺れてしまうのかも。その熱意を他に向けたらいいのに……。

「それにしても、大陸を超えて魔大陸からも引き寄せてしまうなんてね。それなりに魔力を使って展開された転移陣なんだろうけど、そこまでってのは驚きだよ。……メグ、ひょっとして普通より潜在能力が高いんじゃないかい? 魔力が普通のエルフに比べて多いとか。だから引き寄せられたのかもしれないよ」

言われてドキッとする。魔力量は確かに多い方だと思う。同じ年頃の子どもと比較すれば間違いなく規格外だって言われたこともあるし。でもそれだけが原因かな? ハイエルフで次期魔王っていうのも影響してるかもしれないし……うーん、わからない。ひとまずここは幼女を前面に押し出してこてんと首を傾げてみせる。秘技《ひぎ》、子どもだからわかりませーん、発動!

「あはは、わかんないか。そりゃそうだよね! にしても可愛いねぇ、よしよし」

見事成功！　どうにか誤魔化せたようだ。さすがにその辺りまで明かしてこれ以上混乱させても良くないからね。

「ラビィ、さん」

「ん？　ラビィでいいよ。なんだい？　ロニー」

ここでずっと黙っていたロニーが口を開く。おずおずといった様子だけど、彼は大体そんな感じだ。性格なのかな？　それとも種族柄《がら》？　カーターさんも人と話すのは苦手だもんね……あの人と比べるとロニーはお喋りと言ってもいいほどだけど。

「じゃあ、ラビィ。なぜ、そんなに詳しい？」

「ああ、そのことか」

言われてみればラビィさんはやけに裏の事情に詳しい。国の中心人物が絡《から》んでいるならそれは秘《ひ》匿《とく》されているような機密事項だったりするよね？　それともここまで噂になるほど有名な話だったりするのかな。でもそうだとしたら、それで動かない国もおかしいって話だよね……この国自体が腐ってるってことになる。

「あたしはこれでも冒険者やって長いんだよ。お貴族様相手の仕事も数多くこなしてる。意外と信頼されてるんだよ？」

ラビィさんは胸を張って自慢げにそう話す。自分の仕事に自信を持っている姿は素直にカッコいいと思えるよ！

「だからまあ、その伝《つて》もあってね。裏の世界にも少しコネがあるんだよ。最近はそこで情報を仕入れることも多いんだ。自分の身は自分で守らなきゃならないし、情報は武器だからさ。あ、脅《おど》して聞き出したとかそんなんじゃないよ？　ちゃんと交渉してもらった情報だから」

なるほど……ってことはつまり、さっきの情報は世間的には明るみに出てない話なんだね。

「冒険者ギルドでも、ごく一部の者しか知らされてないんじゃないかな。デマも出回ってるからね。けど、そろそろ対策を打とうと動こうとしてるって話だよ。国が絡むからなかなか難しいと思うけどね」

腕を組んで難しい顔でそう告げるラビィさんは、この問題について大いに思うところがあるようだった。正義感の強い人なんだなぁ。

「さて、そうは言っても現状はまだまだだからね。メグやロニーを、助けが来るまでずっとここに置いとくわけにはいかない。ここだっていつ見つかるかわからないからね」

そこまで言うと、難しい顔をニッと笑顔に変えてこちらを見るラビィさん。その顔は、この後どうするかすでに決めてるのかな？

「食べ終わったらこれからのことを話そうか。一つ提案があるから、聞いてほしいんだ」

やっぱりなにか案があるみたいだ。今は唯一《ゆいいつ》の大人であるラビィさんに頼るしかない。それに、この明るい笑顔がなんだか頼もしく見えて安心した。うん、信じてみよう。リヒトの恩人だっていうしね！　私たちはこくりと頷き、再びお肉を頬張《ほおば》りはじめた。んー、おいしー！

「さて、これからのことだけどね」

食べるのが遅い私を、特に焦《あせ》らせるでもなくニコニコと待っていてくれた皆さん。そんな生温《ぬる》い眼差しを浴びていた私は、早く食べ終わろうと頑張った。いやぁ、急がなくていいと言われても、ねぇ？

まぁそんなわけで、どうにかこうにか食べ終わった私は、お待たせしました……と小さな声で告げたのでした。みんなには順番に頭を撫でられたけども。なぜぇ!?

「ひとまず、リヒトの提案通りみんなで鉱山に向かおうと思う。ロニーにとっては故郷だし、そこには魔大陸に繋がる転移陣もあるって話だし。もちろん、あたしも一緒に行くからさ」

「うん、それは、僕も賛成」

「ただ、転移陣を使えるかどうかはわからないけどねぇ……」

それはそうだよね……でも、そこまで連れて行ってもらえるだけで十分だ。そこからは私も自分でどうにか手段を考えようと思うし。結局頼むことしか出来ないんだけど、勝算がないわけでもないし、ね。けど。

「ラビィさんも、ついてきてくれるんでしゅか？　その、いいんでしゅか……？」

そこだ。私たちを連れて鉱山まで旅をする、となるとそれなりに危険が伴《ともな》うんじゃないかなって思うのだ。追っ手が来る可能性だって高いわけだし、私のような幼児を連れて行かなきゃいけないわけだし。なんだか申し訳ない気持ちでいっぱいなんだよ！　私がしょんぼりとそんなことを考えていたら、ふわりと身体が浮かんだ。ふお？

「メグは、いい子だねぇ……自分がこんな目に遭ってるっていうのに、人のことを気にしてさ」

至近距離にラビィさんの顔がある。小麦色に焼けた肌は健康的で、少しそばかすがあるのがチャーミングだ。

「あたしは元々根無し草。世界中あちこち巡る冒険者なんだ。リヒトを拾ってからはここを拠点にこいつを育ててきたけど……そろそろ頃合いだと思ってたとこなんだよ。リヒトも世界を見るいい機会だろ」

「……おう。俺はもうガキじゃねぇ！」

「ふん、生意気だね」

なんだよ、と文句を言うリヒトはやはりまだ少し子どもっぽい。そうか、リヒトは拾われたんだ、という複雑な事情を少し知ってしまったけど。でもこの様子を見ていたら、あまり心配はいらなそう。だって、どう見ても仲良しだもんね、この二人！

「ただ、あたしが一緒に行ってやるのは鉱山までだ。そこからは……自分の道を行きな。リヒトはそのまま旅を続けるなりして自分の居場所を探すこと。ロニーは鉱山が家だから問題ないね。メグ、あんたは幼いから身の安全が確認出来るまでは面倒見るから安心しな」

「……ラビィは？」

言いにくそうにリヒトがそう呟く。どうやらラビィさんはリヒトの独り立ちを望んでるみたいだけど。

「ふぅん、寂しいのかい？　リヒト坊やは」

「なっ……んなわけねぇだろ！　自惚《うぬぼ》れんなよっ」

顔を真っ赤にしたリヒトはすぐに後ろを向いてしまったけど、チラリと見えたその顔は少しだけ寂しそうだった。素直じゃないなぁ。

ざっくりとだけど計画が決まったところで、私たちは鉱山へと向かうべく、まずはルートの確認をし始めた。リヒトが引き出しから持ってきたこの大陸の地図をみんなで覗《のぞ》き込む。うーん、やっぱりわからない。魔大陸の地図とは大違いだ。まず、めちゃくちゃ広い。それから魔大陸は陸続きなのが多いけど、人間の大陸は海を挟んで他の陸地、というのがそこそこある。そんなに離れてはいなさそうに見えるけど、一番近くても船で半日はかかるんだって。えっこの距離で？　と思ってしまった私は完全にオルトゥス基準で考えてしまってるなぁ。一般常識、一般常識っと。

「さて、あたしたちがいるのはこの一番大きな国、コルティーガの北東にある……この森の中だよ」

どうやらコルティーガというのは国の名前だったみたい。地図上で最も大きな陸地だから、人間の大陸はこの国がメインなのかな。ラビィさんが指し示した森はその大きな国の右端。ちなみに、南側には海しか記されてないから、きっとこの先が魔大陸なのだろう。確認してみるとその通り、とのお答え。

「王城はこの森から出たところだからそんなに離れてないんだ」

「王城なのに、国の真ん中にあるわけじゃない……？」

「ああ、そっか。他では国に王様は一人しかいないんだっけ。これが当たり前すぎて忘れてたよ」

ロニーの質問にラビィさんはぽん、と手を打ってそんなことを言い出した。え？　王様は一人じゃないってこと……？

「コルティーガは本当に大きな国なんだよ。遥《はる》か昔に大陸統一を果たしたっていう歴史があって……詳しくは知らないんだけどね、その時からこの国は大きくなりすぎたんだ」

曰く、大陸統一を果たしたはいいものの、それを統治するのが厳しかったんだって。それぞれの地域ごとに管理する者を置きはしたけど、悪いことを考えたり、欲深かったりする人は多く、クーデターがあちこちで起こったんだとか。これではいけない、と国は考えた。

この大きすぎる国を四つに分けて考えることにしたのだそう。東西南北に分けられた国王たちがそれぞれの範囲を統治し、さらに細かく地域ごとに貴族たちが管理する。ちなみに、四人の王の上に君臨するのが国の中央に拠点を構える皇帝。四人の王と皇帝で国の方針を決めて、それぞれ統治するという形が出来上がったんだって。ほへー、それはそれで問題も多そうだなぁ。

この地図でいくと、私たちが転移したのは四つのうちの東の王城ってことになるね。えっ、じゃあ無理やり人を攫って人身売買しようという考えの王城があと三つもあるってこと？　心配になって聞いてみると、それはわからないとラビィさんは首を振った。

「東の王城で勝手に判断した、っていう可能性もあるからね……でも、この国の仕組み的に、転移陣を使ってリヒトたちを呼び寄せたのは遅かれ早かれどの王城にも伝わるはずさ。王城同士は隠しごとが出来ない。どんな仕組みかはわからないけど、何かしらの魔道具だろうね」

だから今の段階で判断は出来ないってことか。う、もしも残り三人の王様や皇帝も敵だったら逃げ切るのがますます難しくなりそう……！　なんか、人間の大陸の方がよっぽどこう、魔王っぽくない!?　四天王と、魔王、みたいな！

「国がそんなことを許すはずはないと思うけどね。でもどこで誰が繋がってるかわかりゃしない。それなら、誰も信じちゃいけないんだ。どれだけ信用出来そうなことを言われてもね」

その言葉を聞いて、レオ爺に何度も言われた言葉をふと思い出した。レオ爺は人間だったから、人間の大陸のことをよく知っていた。私はその話が面白くて、レオ爺の家に遊びに行くたびに聞いていたんだよね。

『たとえどんなに親切な人でも、人間というのは腹の中で何を考えているのかわからない種族なんじゃ。魔大陸の者たちと違ってなぁ……』

それが本当のことなんだ、って改めて感じる。気を引き締めないと！

「で、だ。鉱山はコルティーガ最南端に位置する……ここだね。海に面している場所だよ。入り口は確か……」

「山の、西側に、ある」

「あ、ロニーありがとうね」

西側か……ここから行くとなると、鉱山に着いたらぐるっと反対側まで行かなきゃいけないね。

「最短ルートは国を突っ切って行く方法。一番安全なルートだよ。普通ならね」

「普通なら、か。国に追われてる可能性のある俺たちにとっちゃ、危険かもしれないルートってことだな？」

「息子が賢く育ってくれてあたしは嬉しいよ……」

「いつラビィの息子になったんだよっ」

反発するリヒトだけど、きっとラビィさんにとっては息子みたいなものなんだと思うなぁ。若いけど。リヒトだって、照れてるだけだよね？　たぶん。

「話を戻すよ？　他のルートは、一度隣の国に出るルートだね。海を渡って隣国に入り、南下し、そこから船で一気に鉱山西側にある入り口まで行くんだ」

なるほど。そうすればこの国にほぼ滞在することなく鉱山まで行けるんだね。海を含めなければ。でも、ラビィさんの顔を見るに、あんまりオススメしてなさそう。何か問題があるのかな？

「でもこのルートにも問題がある。それは大きく分けて二つ。一つは国境を越える時に国に連絡が行ってしまうこと。そもそも、メグやロニーはこの地域に来た記録すらないからね。簡単に通しちゃくれないだろうし、怪しまれること間違いなしだ」

う、そうか。ロニーは元々この国に所属してるからまだいいけど、私は言ってしまえば不法入国者だ！　うぉぉ、この歳で犯罪者!?

「もう一つは同じ理由で船に乗れるかわからないってことだね。密航はもっと難しいし危険すぎる。それ以外となると、小さな村を辿っていくルートだ。時間はかかるし、いつ追っ手が来るとも限らないから危険なのは変わらないけど……」

「国内の、しかも小さな町や村なら記録されることなく通過出来るよな」

「その通り。最も現実的なルートはこれになる。村や町はそれこそたくさんあるから、足取りを追うのは難しくなるしね。さすがに大きな街ともなると記録を取られるけど……」

そこまで言って、ラビィさんは悪い笑みを浮かべた。え、何？

「はぁ。転移すりゃいいんだろ？」

「物分かりがいいね！　少し大きな街程度なら、こっそり転移で街の中へ入ってしまえばいいのさ！　出る時も、ね」

きゃー！　それってきっと犯罪だよね！　仕方ないとはいえ、本当に罪を犯してしまうのね、私……！

「つまり、このルートで決定ってことだな？」

ため息を吐きながらリヒトがそう告げると、ラビィは頷く。

「遠回りで時間はかかるけど、確実だとは思う。他のルートはいざという時のリスクが高いし、子ども三人連れての移動になるからさすがに厳しいよ」

申し訳なさそうにラビィさんは眉尻を下げた。

「あたしに力がもっとあれば良かったんだけどね……悪いけど、それでいいかい？　二人とも」

「も、もちろんでしゅ！　むしろ、お礼を言いたいくらいでしゅからね⁉」

「うん、僕も……」

ここまで色々してくれて、あれこれ考えてくれて。私たちのために頭を悩ませて動いてくれるんだから、文句なんて絶対言えないよ！

「ふふ、ありがとうね。子どもを助けるのは大人の務めだよ。何かあったら遠慮なく言っておくれ」

そう言って笑いながら私とロニーの頭を撫でたラビィさんは、本当にカッコいい大人だと思うよ！　う、涙出そう！

「よし、そうと決まればさっさと準備しよう。ここを出るのは夜だ。あたしは荷造りしておくから、子どもは今のうちに寝ておきな」

「お、俺も手伝う！」

ラビィさんの言葉にリヒトがそう名乗り出た。それなら私も、と思ったけどラビィさんは首を横に振った。

「あたしは仕事柄、徹夜に慣れてる。でもお前たちは違うでしょ。今しっかり休まないで夜の移動中にダウンされる方が困るんだよ」

だからあたしのためにも今すぐ寝なさい、とラビィさんは言い捨てて、部屋の奥へと向かってしまった。な、なんていい人なの……！

「……悔しいけど、事実だな。もっと力をつけなきゃ」

リヒトの言葉に私もロニーも揃って何度も頷いた。そのためにも、言われた通り今は寝なきゃね！　早速収納ブレスレットから寝袋を三つ取り出した私。色んな人からもらったから、あと二つくらいあるよ！　突然出したので目を丸くした二人に向かってえへへとはにかむ。

「はぁ、まったく。まーいいや。俺は部屋にベッドがあるけど、せっかくだからここで三人揃って寝るか。ありがたく借りるぜ、メグ」

「あい！　どーぞ！」

こうして、私たち三人は寄り添うように寝袋に入る。不安でいっぱいだったから眠れるか心配だったけど……二人が私を真ん中に挟んでくれたおかげで安心したのか、気付けばあっという間に目《ま》蓋《ぶた》が重くなってきた。私ったら、緊張感はどこいった？

3　心情

【サウラディーテ】

突如《とつじょ》、膨大《ぼうだい》な魔力を感じてギルド内にいた全員が身構えた。未《いま》だ嘗《かつ》てないほどの魔力だわ……！

「地下だ……！」

ギルがハッとした表情で呟いた。なんてこと……!?　地下には今、メグちゃんがいる！

「た、大変！　みんな、聞いてくれ！」

すぐに地下へ向かおうとしたのか、ギルが影へ潜りかけた時、慌てたように地下から階段を駆け上ってきたマイユにその場にいた全員が目を留めた。

「レディ・メグが、消えた!!」

その悲鳴のような叫び声に、ギルド内が一気に静まりかえったわ。その言葉の意味を理解するのに数秒かかった。ううん、しっかりしなさいサウラディーテ。私がこんなんでどうするの。すぐに受付カウンターから飛び出してマイユに説明を求めた。

「どういうこと!?　説明してマイユ！」

その場にいた誰もが黙ってマイユの説明を聞く姿勢になる。

「私が贈ったオシャレ魔道具で色を変えたレディが、私の許へわざわざお礼を言いに来てくれてね。少し話をしていたんだけど、突然レディの足元に見たこともない魔術陣が現れて……！　手を伸ばしたんだけど弾かれてしまったんだよ。そうして、光が収まった時には、レディが忽然《こつぜん》と姿を消していたんだ！」

私が不甲斐ないばっかりに、とマイユは悔しそうに拳を握りしめている。とても珍しい姿だわ。それほど何も出来なかったことが悔しいのね。私はそんなマイユの肩にそっと手を乗せたの。

「魔術陣発動中に他者の介入《かいにゅう》を許さない術式だったのよ。マイユ、あなたは悪くないわ」

実際、そういった魔術陣は多くあるわ。事故防止のために発動中は他からのいかなる介入も許さないものだったり、特定の人物だけは介入を許すものだったり。術式を変えればいくらでも応用は出来るもの。ただちょっと複雑な構造にはなるけれど。だから、ひとまずそれは置いておいて、今すぐやらなきゃいけないことをしないと！

「今は反省するよりも教えてちょうだい。貴方が見たことのない魔術陣だったのね？　その魔術陣、まだ覚えている？」

「もちろんさ！　私は一度見たデザインは決して忘れない！　細部までね！」

それはマイユの特技。美しいものを磨く努力に命をかけるマイユは、デザインに関しては一流よ。どんなデザイン画も一度見たら決して忘れない。それが魔術陣にも言えるとわかった時は驚いたわね。魔術陣をデザインと同類と見てるっていうのがなんともいえないけれど、今回はそれが役に立つ。側《そば》にいたのがマイユで本当に良かったわ……！

「じゃあすぐにそれを描いて持ってきて！　ギル！　それがきたらラーシュと一緒に解析《かいせき》するのよ！」

「……ああ」

ギルが返事をすると、その場の全員に緊張が走った。理由は簡単。ギルの全身から濃密な魔力が漏れているから。きっと本人も気付いていているし、止める気もないのは見てすぐにわかったわ。

「……ギル」

だから私はスッと目を細めてギルを見た。感情を乱すなんて珍しいじゃない。メグちゃんの一大事にその怒りや焦りが抑えきれないのも十分にわかるわ。きっと、今にもメグちゃんを攫った者を探し出して八つ裂きにしてやりたいとでも思っているのでしょうね。ええ、そりゃあわかるわよ。私だって同じだもの。その禍々《まがまが》しい殺気に当てられたからってだけじゃなく、ここにいるみんな、同じ気持ちなのよ……！

「ギル。ギルナンディオ！」

でも、今そんなことでは困るの。一向に落ち着きを取り戻せない彼を見て、私は声を張り上げて呼んだ。

「ギルナンディオ、貴方を調査から外します」

「なっ……」

「統括《とうかつ》命令よ。頭を冷やしなさい！」

「……っ！」

ギルの人を殺しかねない鋭い視線を真っ向から受け止めて見つめ返す。やがてギルはそのまま何も言わずに踵《きびす》を返し、影の中へ姿を消した。その瞬間、ギルド中に広がっていたギルの殺気がフッと霧散していく。……ふう、少し疲れたわね。

「サウラ……」

ちょうど医務室からここへ到着したルドが困ったように眉尻を下げて私に声をかけた。ルドなら糸の能力で何が起きたか把握しているでしょう。そして、私の意図《いと》もわかっているみたい。それだけで肩の荷も少し軽くなるというものよね。

「サウラさんっ！　どうして……どうしてギルさんを外すんだよっ！」

とはいえ、理解出来ない者もいる。むしろそういった者の方が多いでしょうね。レキが今にも噛み付きそうな勢いで吠《ほ》えてきたわ。いいでしょう。レキになら、少しヒントを与えようかしらね。

「レキ。これは命令よ。ギルもそれを理解したはず。今更、貴方が喚《わめ》いたところで変わらないの」

「で、でもっ！　ギルさんの力があればアイツだってすぐに見つかる……」

「それはないわ」

レキの言葉を遮って、私はぴしゃりと否定した。

「今はまだ謎の魔術陣である以上、それについての研究は急務よ？　それは確かにギルの得意分野。でも解析するだけならラーシュ一人でも十分。むしろ今のギルだったら邪魔にしかならないわ。ギルは確かに優秀よ。でも万能じゃないのよ」

「で、でも……誰よりも心配してるのは、ギルさんじゃないか！」

そうね、とても心配しているでしょう。でも誰よりもっていうのはおかしいわ。メグちゃんの心配をするのに、順位付けすること自体おかしいって気付かないのかしら。

私は、最善の手を尽くす。そして最善は、常に移ろうもの。今は、今の最善を選択したのよ。そんな言葉を飲み込んで、私は静かに言葉を紡《つむ》いだわ。

「……いい？　勘違いしないでちょうだい。貴方はまだ新参者。成人したての未熟者なのよ。今は上司である私の言うことだけをしっかり聞いて実行していればいい」

レキは悔しそうに歯噛みしている。いいのよ、それで。貴方はまだこのステージに立てていないけれど、今はそれでいい。

「そして覚えておくのよ？　その気持ちを」

続く私の言葉に、レキはゆるりと顔を上げた。

「間違いだと思うのなら、自分が力を持った時にそれを正しなさい。だから今は納得いかない、間違ってると思っても、指示に従って。経験の少ない未熟者が勝手な行動するんじゃないわよ。指示に従うことで結果、成功しても失敗しても、それは全て私の責任なんだから。安心して？　貴方は何も痛い思いをしないわ。わかったなら通常業務をこなしなさい。みんなも！　ギルドが回らなくなるなんてことになったら許さないわよ⁉」

私の言葉にギルド内のメンバーはゆるゆると動き始めた。まだ朝早いというのもあって、外部から来る人がいなかったのが幸いしたわね。

レキは返事をせずに、握りしめた拳を震わせている。存分に悔しがりなさい、レキ。

「……そうして力をつけた時は。その時は堂々と、私の手助けをしてちょうだい」

それだけを言い残して、私はすぐにその場を立ち去った。……やっぱり甘いかしらね、私は。突き放しただけじゃいられないんだもの。レキの反応を最後まで見ることは出来なかったけど。これで、何かを感じ取ってくれることを信じましょう。

さあ、切り替え切り替え！　今はすぐにでも魔術陣の解析をしてメグちゃんの居場所を突き止めなきゃ。

「サウラ」

頬をペチペチと自分で叩いて気合を入れていると、背後から静かな低い声がかけられる。来ると思っていたから驚きもせずに返事をした。

「ええ、わかってるわ。ギルの調子が戻ったら連絡する。だから頭領《ドン》はすぐに出発して」

「話が早くて助かるぜ。さすがは統括」

「何言ってるの。そもそも頭領なんだから私の許可なんていらないでしょう？」

自然と隣を歩き出した頭領に、出来るだけ軽い調子で告げる。そりゃあ、心配でしょうね。もう二度と、離れ離れになんてなりたくなかったはずだもの。それでよくここまで冷静でいられるものだと尊敬するわ。ギルでさえあんな状態になったというのに。

「お前こそ何言ってる。お前は、うちの統括だろ？　俺のことも管理してくれよ」

「……意外と甘えん坊ね？」

「そうだな。お前は数少ない、俺が甘えられる存在だ。貴重だぞ？」

フッと笑みをこぼして頭領がそんなことを言うから、私は動揺しないようにするのが大変よ。全くこの人は……人を喜ばせる言葉をかける天才ね！

「ならご希望通り、頭領に命令します。無茶はしないこと。何か行動を起こす前には必ず私に確認をとってちょうだい。絶対よ？」

「了解、統括。……善処《ぜんしょ》する」

そう言って颯爽《さっそう》と立ち去った頭領の背中を見ながらため息を吐く。絶っ対私の意見を聞く前に行動するわねあの人。善処された覚えなんかないってのよ！　でも、軽口を叩く余裕はあるみたいで安心したわ。いいえ、無理に余裕を作り出しているのよね。こんな状況、落ち着けっていう方が無理なんだもの。

一体誰が、何の目的でメグちゃんを攫ったのかしら。事故というのも考えられるわね……オルトゥス周辺、場合によっては魔大陸全土で行方不明者がいないかの確認をしなきゃ。そうなると魔王にも助力を願わないとね……うっ、あの魔王にこれを知らせるのって一番危険じゃない？　いいわ、それはきっと頭領がやってくれる。任せましょう。

待っててメグちゃん。必ず見つけ出してみせるから。だからどうか、無事でいて……！

【メグ】

ユサユサと、軽く身体を揺すられて目を覚ます。あと五分……と呟きかけてガバッと起き上がった。そうだ、これから旅に出るんだ。

「よく眠れたか？」

「ふぁい、寝られましたぁ」

気の抜けた返事になってしまったのは許してほしい。クスリとみんなに笑われちゃったけどね！

寝ぼけ眼をぐしぐしと手で擦ってから起き上がる。それからググッと伸びをして、と。うん、起きた！　そのまま立ち上がると、寝袋を畳《たた》んで収納した。リヒトとロニーの寝袋はすでに畳まれてたから、私が起きるのが一番遅かったのだろう。

「メグは、まだ小さい。だから、ギリギリまで寝かせたかった」

遅くてごめんなさい、と素直に謝ると、ロニーがそんなことを言ってくれた。や、優しい！

「お前ちっこいのに気ぃ遣いすぎだぞっ！　だから、もっと周囲の人に頼った方がいいんだ！」

その言葉に続いてリヒトが笑ってそう言ってくれたのを見て、既視感を覚える。……あ、そうか。

『……っ！　だから、……だ！』

昨日、転移する前に鏡の前で見た黒髪の少年。あの時に視《み》た未来はこれだったんだ。あの少年はリヒトだったってことかぁ。だとしたら、あの未来はこの新しい出会いを示してたんだね。そう思ったら少し落ち着いた。これは、決まっていた未来だったってわかったから。出来れば避けたかったけどね！

そっかぁ、意味のある予知夢だったんだなぁ。近頃視る予知夢は平和なものが多かったから油断してたよ。これから先、また未来を視ることがあるかもしれないから、気をつけて覚えていなくちや。心の中で拳を握り、一人決意を固めた。

「さ、準備はいいかい？　と言ってもこれといって持ち物はないね」

苦笑を浮かべるラビィさんはどこか呆れているような顔だ。というのも、荷物は半分以上私が預かっているからである。収納ブレスレットのことを伝えて荷物を持つと言うと、顎が外れんばかりに口を開けて驚かれたんだよ……。

本当は全部持っても良かったんだけど、そうなると、もしもはぐれた時にどうにもならなくなるし、手ぶらはさすがに不自然だからと必要最低限の持ち物は各自で持つことになったのだ。備え、大事！

「いや、本当に助かるよ。荷物も少ないし、こんなに身軽なら予定より早く進めるかもしれないからね」

微笑むラビィさんに思わずニヘッと笑い返す。たとえ荷物持ちでも役に立てるならそれでいいじゃないか！　そもそも私自身が軽くお荷物なんだから。……自分で言ってて悲しくなってきた。自《じ》虐《ぎゃく》はやめよう。

「さあ、行くよ。この小屋ともお別れだ」

「……そう思うとこんな狭い小屋でも寂しいもんだな」

ラビィさんとリヒトは一度小屋全体を目を細めて眺めると、すぐに前を向いた。二人ともすでに心残りはないようだ。気持ちの切り替えが早くてすごいなぁ。私も気合い入れなきゃ！

こうして私たちは暗い中小屋を出て、先頭にラビィさん、次に私とロニー、最後尾にリヒトという配置で暗い山道を歩き始めた。こ、怖くなんかないからねっ！

「ひゃうっ」

さて、これで何度目の小さな叫びでしょうか。ちゃんと音量は抑えてるものの、どうしても声は出てしまう。なぜかって？　風でザワザワと木の葉が擦れる音や夜行性の動物たちが動いてガサッとなる音にいちいちビビっているからです！

「……くくっ」

「あう、ごめんなさいぃ……」

ついに、私と手を繋いでいるロニーが笑い声を漏らした。恥ずかしい気持ちでいっぱいです！

「緊張感に欠ける逃走劇だねぇ。ふふっ、そのくらいがちょうどいいけどね」

「いや、メグ的には終始怯《おび》えてるんだから……楽しんでるのは周りだけだぞ？」

小声ながら明るい口調でラビィさんが笑い、リヒトが後ろからフォローを入れる。いや、それ、フォローになってないからね？　つまりリヒトも楽しんでるってことだからね!?

「だって、暗い中歩くこと、ないもんー……ひょえっ」

軽く涙声で反論している途中でも、鳥が飛び立つ羽音に肩を震わせてしまう。これはね、幼女じゃなくても普通はビビるから！　夜の森ってこんなに暗いの？　っていうくらい何にも見えないんだよ？　一応逃走中だから明かりは最小限だし。よくみんなそんなに迷いなく歩けるなぁって思うよ。私？　ロニーに手を引かれてなければ座り込んでるとこだよ！

「まぁ、それもそうかぁ。あたしたちは夜の森は歩き慣れてるからね。夜にしか狩れない獲物もいるし」

「僕は元々、鉱山暮らしで、暗いのに、慣れてるから。ドワーフは種族柄、夜目も、利くし」

なんだよう、つまり何も見えてないのって私だけじゃん！　うー、何度も躓《つまず》くし、足引っ張ってばっかりだよう。泣きそう。

「……メグ、背中に乗って。このままじゃ、いつか怪我する」

「え、でも……」

そしてついに、ロニーが立ち止まって私の前に背中を向けて屈んだ。それはいくら何でも頼めないよ！　いくら軽い子どもの身体とはいえ、背負って山道を歩くのなんて辛いに決まってるもん！

そう思って戸惑っていると、ロニーからは心強い言葉が返ってきた。

「ドワーフは、いつも鉱石をたくさん、運ぶ。僕もいつも、たくさん背負って、一日中歩いたり、してる。メグは、比べてみなくても、鉱石より、ずっと軽いはず」

だから心配いらない、とロニーは言う。でも、いくらドワーフでもロニーはまだ成人前で、身体も成長しきってない。小柄なのは種族特性として、カーターさんみたいにガッチリとした体格というわけでもないからやっぱり心配になってしまう。

「甘えておけよメグ。男がこう言ってんだ。恥かかすなよ！」

相変わらず迷っていた私を、リヒトが背後からヒョイと持ち上げ、ロニーの背に乗せた。ちょっと⁉

「あはっ、リヒトが男がどうのと語る日が来るなんてねぇ」

「なんだよっ！　なんか文句あんのかよ？」

「いーや？　成長したなぁって思っただけさ」

背中に私が乗ったのを確認したロニーはそのままスクッと立ち上がった。そして全く苦もなく歩き始める。ほ、本当に平気みたい。人は見かけによらないんだなぁ。それに、思っていたよりガッチリとした体付きである。確かに男としてのプライドを無下《むげ》にするようなこと、しちゃダメだったね。お姉さん反省！

「ありがと、ロニー。力持ちなんだね」

「このくらい、何でもない。メグはもっと、太った方がいい」

ここは謝罪より感謝だよね、と思ってきちんとお礼を言うと、ロニーは恥ずかしそうにそんなことを言った。

そっか、そうだよね。私が人に頼ることで、頼られた側は喜ぶんだってオルトゥスのみんなに言われてたっけ。わかっていたつもりでも、元日本人の性か遠慮の気持ちが先行してしまう。でも、遠慮のしすぎは逆に失礼になるって肝《きも》に銘じておかないといけないなって改めて思った。……日本人、か。チラッと後ろを歩くリヒトを見る。やっぱり醤油《しょうゆ》顔なリヒトは日本人にしか見えない。せめてどこの出身なのか聞いてみたいなぁ、なんて考えながら、ロニーの背に揺られるのだった。

ひたすら無言で歩き続けること……どれくらい経ったかな？　現在、私は強敵を前にぐぬぬと唸りながら戦っております。強敵、これすなわち睡魔《すいま》！　馬鹿ー！　出発前にしっかり寝かせてもらったのになんでまた寝そうになるかなぁ!?　だってだって、ロニーの背中はポカポカで、本当に居心地がいいんだもん！　安定感抜群！　息切れするでもなく、むしろ何も抱えてないかのようにサクサク歩くこの安心感！　私なんか手ぶらで歩いてたとしても今頃へばってる自信があるよ！

「……寝てて、いい」

「ふぁっ!?　何でわかるの!?」

一人で黙って脳内葛藤《かっとう》していただけだというのに、ロニーが突如そんなことを言うものだから思わず声を上げてしまう。語るに落ちるとはまさにこのこと……にしても本当になんで？　エスパー？

「そんだけこっくりこっくりしてたらわかるって。メグ、お前気付いてないのか？　何度もロニーに頭突きかましてんぞ」

「ひぇっ、ごめんなさいーっ！」

気付かなかった！　大失態だ！　不甲斐なさすぎて泣けてくるよ。くすん。

「休める時に休むのは大事さ。メグはいつもニコニコしててくれた方がこっちも心が救われるんだ。ぐっすりおやすみ。その方がロニーもダメージを受けなくてすむしね。くくっ」

「痛くは、ないん、だけど……」

前を歩くラビィさんが軽く後ろを向いてからかうようにそう告げる。そりゃ幼児に多くは望まないってことくらいわかるけどっ。オルトゥスの一員としては悔しさが勝つのだ！　でも旅は始まったばかり。ここで無理しても意味はない。わかってる、わかってるけどぉ……っ！

「そんな顔するなって。少しずつ出来ること増やしてこうぜ？」

「少しずつ……あい！　わかりました！」

頭を優しく撫でてくれるリヒトの言葉を反芻《はんすう》する。うん、今までも少しずつ進んで来たじゃないか。自分に出来ることからコツコツと！　よし、頑張る！　というわけで、今は素直に言うこと聞いて寝ます！　ロニーごめんね……おやすみなさい。ぐぅ。


ふと目を覚ますと、ロニーに背負われていた私は知らない間にラビィさんの膝の上にいることに気付いた。あるぇ？

「おや、起きたかい？」

頭上からラビィさんの声が聞こえてきたので見上げると、優しげに微笑むラビィさんと目が合った。

「もうそろそろ起こそうかと思ってたんだ。じきに朝になるからね。そしたら村に入るよ」

言われて空を見れば明るくなってきている。ラビィさんは大きめな木に寄りかかって座っていたようだ。太い根が土から出ていてそこに肘をかけている。すぐ両隣ではリヒトとロニーも丸くなって寝ていた。

「あ、あれ？　ラビィさん、寝てないの……？」

もしかしてずっと起きて見張ってくれていたのだろうか。だとしたら、小屋にいる時から寝てないんじゃない？　きっとすごく疲れてるはず……！

「そんなことないさ。この場所に着いてから先に仮眠を取ったよ。そうしないとこの二人が自分たちもずっと起きてるって聞かなくてね」

そう言ってラビィさんは困ったように微笑んだ。そっか、この二人が……はっ！　そ、それはつまり。

「うう、私だけたくさん寝ちゃった……」

「そう言うと思ったよ。だからね、交換条件なんてどう？」

交換条件？　そう思って首を傾げる。すると、申し訳なさそうにラビィさんは口を開いた。

「そ。メグにしか頼めないことなんだよ。あのね……」

私にしか出来ないこと……！　その言葉がなんだか嬉しくて、私はウキウキとラビィさんの話を聞いた。うん、うん、喜んでー！

と、いうわけで。

「朝ご飯でしゅよーっ！　リヒト、ロニー、起きてー！」

ラビィさんが持ちかけた交換条件はズバリ、朝ご飯の用意でした！　二人から私の収納ブレスレットに食べ物がたくさん入っているということを聞いたらしく、起きた時の私はきっと気にするだろうから、もししょぼくれてたら食事の提供を頼もう、と三人で話していたんだそうな。短い時間しか付き合ってないというのに、私のことをよくわかってらっしゃる。そんなにわかりやすいのか、私。

「んんっ、美味《うま》そうな匂い……」

「お腹、空いた……」

私の声と食事の匂いで二人はすぐにむくりと起き上がった。私がしたことといえばお湯を沸かしてスープの素を溶いたくらいだけどね。でも嬉しい。

火を熾《おこ》してくれたのはラビィさん。あ、でもパンは前にチオ姉と一緒にこねこねしたやつだから少しは作ったと言えるかもしれない！

「にしてもすごいね、このスープの素。お湯に溶くだけでこんなに具だくさんになるのなんて初めて見たよ」

お鍋のスープを混ぜながらラビィさんが感心したように声を上げた。うん、私も最初に見た時はとっても驚いた！　いわゆるインスタントスープなんだけど、お湯に溶かすとあらビックリ。作りたてのスープのように具も大きくなっちゃうのだ。まるで魔法！　いや、まんま魔術が仕込まれてるんだけどね。

これはラーシュさんじゃなくてミコさんが考えたらしい。何でも、夜中活動するミコさんは食べたいと思った時間帯にお店が開いてないことが多くて、いつでも美味しい料理が簡単に食べたい！と言い続けていたんだって。そこから生まれたのがこのスープの素。当然、遠征《えんせい》に出かける人たちにもうってつけだということで、いまやオルトゥス周辺の街ではなくてはならないヒット商品となったのだそう。ま、アイデアはお父さんが出したらしいんだけどね。それを作り上げちゃうミコさんも相当すごいわけなんだけど。食べ物は人を動かすね！

「このスープは、前の料理長から引き継いだ今の料理長のスープなの。だからとってもおいしーんでしゅよっ」

そう。レオ爺と同じ味が出せないって悩みに悩んで、そうして出来上がったチオ姉だけのスープなのだ。同じ味にはならなかったけど、納得のいく出来栄えだってチオ姉、笑ってたな。実のところ味の違いが私にはわからないんだけどね！　美味しければいいのだ！

「料理長？　やっぱりお嬢様なのかい？　メグは」

私の言葉を拾ってラビィさんがスープを器に注ぎながら聞いてきた。ホカホカと湯気が立ち上る器がコトッ、とテーブルに置かれる。あ、そうか。それだけ聞くと確かにお嬢様っぽい。

「違いましゅよ！　私は、ギルドに住んでるんでしゅ。だからギルドの料理長なんでしゅよ！」

「え？　ギルド？　ギルドに料理長なんていんのか？　ってか住めんのかよ、ギルドって」

私の説明を拾ったリヒトが、食事を運ぶ手伝いをしながら聞いてきた。

「他のギルドはわからないけど、うちのギルド、オルトゥしゅにはいましゅよ？」

「うちのギルド？　オルトゥシュ？」

「違う！　オ・ル・トゥ・しゅ！」

「…………何が違うんだ？」

っあー!!　言えない！　どうしても言えないっ！　けど何度も説明してどうにかこうにかわかってもらえたよ。くっ、自分ではオルトゥスって言ってるつもりなんだけどなぁ。

「で、なんだよそのオルトゥスって。ギルドに名前なんかあるのか？」

「え？　名前はどのギルドにもついてる、よね……？」

なんだか話が噛み合わない。えっと、私、何か間違ってるのかな？　簡易テーブルに並べられたスープの湯気越しに私とリヒトは首を傾げ合った。

「ギルドの在り方が、人間大陸と魔大陸で、全然、違う」

「えっ」

「そうなのか？」

暫し流れた沈黙に救いの一声を上げてくれたのはロニーだった。私の隣に立ったロニーはコクリと頷く。私とリヒトは同時に声を上げてしまったけれど。

「へぇ、それはあたしも知らないね。どう違うのか興味あるよ。せっかくだから食べながら聞かせてもらおうかねぇ」

さぁ座って、というラビィさんの声に慌てて簡易テーブルの前に座る私たち。三人から食事の提供にお礼を言われて思わず照れてしまったよ！　えへ。早速みんなで朝食を摂り始める。んーっ、モチモチ食感のパンはなかなかいい出来であるっ！

さて、ロニーによるとこうだ。ここ、人間の大陸におけるギルドというのは、元を正せば一つの大きな組織なのだとか。各国、各町ごとに支部が設置されていて、全国にあるギルド同士に置いてある魔道具で瞬時に連絡が取れたりするんだって。人間は自分で魔術を使える人がほとんどいないんだけど、簡単な魔道具は日常的に使われているみたい。

ギルドの役割は主に仕事の斡旋《あっせん》。各町で集まった依頼を、ギルドに登録した冒険者と呼ばれる人たちがこなして、依頼料をもらうシステム。依頼の達成率によって冒険者のランクも上がり、こなせる仕事の幅も広がっていくそうだ。環《めぐ》の頃、ゲームや物語で見聞きしたギルドの在り方みたいだなぁ、と思ったよ。なるほど、だから全然話が噛み合わなかったんだね。

「おっもしろいんだなぁ、魔大陸のギルドって。アットホームな感じなんだな！　楽しそうだ！」

「個人じゃなくてギルド全体の功績なんだねぇ。こっちは冒険者同士パーティーを組むことはあるけどね」

リヒトもラビィさんも、魔大陸のギルドの在り方に興味を持ったみたい。うんうん、楽しいよー！　私みたいな力のない幼女も仲間入り出来るくらいだからね……！　まぁ、特例だったけど。

ちなみに、ラビィさんはずっとソロの冒険者なんだって。前は組んでたけど面倒臭くなって離れたらしい。い、色々あったのね！　ちなみにリヒトはまだ登録していない。なんでも、登録出来るのは十五歳以上なんだとか。リヒトは来年から登録出来る年齢になるってことだね。

「私にとって、ギルドのみんなは家族で、ギルドが、帰る場所なんでしゅ。……みんなに会いたいなぁ」

あ。思わず本音をポツリとこぼしてしまった。どうしようもなく寂しくなるから、言わないようにしてたんだけどな。

「……必ず帰れる。俺も手伝うからさ」

「僕も、転移陣、使わせてもらえるように、協力、する」

リヒトとロニーが私の頭を一度ずつ優しく撫でて、そんな温かな言葉をかけてくれた。もう、優しいなぁ。二人とも将来有望なイケメンだよ！

「うん、ありがと！　私も頑張る！」

だから私も、二人の優しさに笑顔で応えた。……んだけど。

「……素直じゃないね。メグ、辛い時は泣いたっていいんだ。それは甘ったれでも何でもない。迷惑にだって思わない。一度思い切り吐き出してしまった方が、スッキリするもんだよ？」

ラビィさんが席を立って私の許へとやってくる。それから膝をついて私に目線を合わせてそう言ったんだ。琥珀《こはく》の瞳から、目が離せなくなる。

「突然のことで驚いただろ？　訳もわからないうちにあれこれ状況が変わって混乱したよね？　でも、今は状況もわかって、やることも決まった。頭の中が整理出来た頃じゃないかい？　……家に帰りたいよね？　家族に、会いたいよね？」

やめて、そんなこと言われたら、私、私……！

「……っ、会いたいっ……!!」

泣くつもりなんてなかったのに。考えないようにしようって。でも、でも！

「なんで、こんなことに……？　私、何か悪いことしたのかなぁ……？　嫌だよ、怖いよ、みんなに会いたい！　おうちに、帰りたいよぉ……っ!!」

思ったことを一つ口に出すたびに、言葉が止まらなくなって、気持ちが止まらなくなって。そんなこと言われたって困るのに。それでも、言ってしまう。

「ギルさん、お父さん、みんな……っ！　ずっと一緒って約束したのに！　もう離れないって決めたのに……っ！」

「うん。そうだね……寂しいよね、ごめんね……」

「会いたいよぅ……酷いよぉ……っ！」

わぁわぁ泣きじゃくる私を抱きしめて、頭を撫でながら相槌《あいづち》を打ってくれる。ラビィさんは何にも悪くないのに、ごめんねって言って私の言葉を受け止めて。悪役を引き受けてくれて。たくさん泣いていいよって。責めてくれたっていいよって。どうしようもない時は、何に当たればいいのかわからないから、自分に当たればいいよって。だから甘ったれな私はそれに甘えきって、しばらくラビィさんの胸に抱かれ、言いたい放題言いながら泣き続けたのだ。

我に返った時というのは、どうしてこうも恥ずかしいのだろう。恥ずかしい上に申し訳なさすぎて、顔を上げられない！　八つ当たりもいいとこだったよね……！　未だにスンスン言いながらラビィさんに抱っこされている私です！

「ふふっ、だいぶスッキリしたみたいだね？」

しかし、そんな私の心境などお見通しとばかりラビィさんがクスリと笑う。これが大人の余裕かっ⁉　人間換算して同じくらいの年齢なジュマくんとの違い、なにこれ。いや、比べる人が間違ってたかな。

「うぅ、はい。ご、ごめんなさいぃ……」

「謝らなくていいんだよ」

ポンポンと頭に軽く手を乗せて、ラビィさんは私の顔を覗き込んだ。すっごい不細工になってる自信があるのであんまり見ないでほしい。

「……泣き腫《は》らした顔も可愛いって、反則だねぇ」

美幼女が勝ったらしい。すごいな、メグ！　いや、私だけどさ！

「じゃ、じゃあ、その、ありがとう」

「……そっか。うん、お礼なら受け取らせてもらうよ」

一瞬驚いた顔を見せたラビィさんだったけど、すぐに柔らかく微笑んでそう言ってくれた。気恥ずかしさが残ったけど、心は晴れやかでかなりスッキリした気がする。流れる優しい時間が私をさらに癒してくれた。

こうして真っ赤になった目元以外は元気になった私は、意気揚々《ようよう》と食事の片付けのお手伝いをしてちょこまか動き回った。しばらくの間はリヒトにもロニーにも、心配そうな顔を向けられてしまったので、本当に今は元気いっぱいだから大丈夫だよ、と笑顔を向けたら顔を背けられてしまった。なぜ⁉　そっちのショックで泣くよ⁉

「さ、そろそろ村の人たちも活動してる頃だよ。いいかい？　打ち合わせ通り、あたしは依頼でアンタたち三人兄弟を、中央の都へ連れて行く途中。母親が病気で亡くなったから、離れて暮らす父親の許へ向かってる。いいね？」

ラビィさんの確認に三人揃って首を縦に振る。正直兄弟と言われても全く似てないんだけどね？その辺りを質問すると、全く問題ないというお答え。人間は私たちと違って子どもが多く生まれる。その分孤児も多いから、孤児を引き取る家庭も多いんだって。裕福だったり、働き手としてもらったり、理由も様々らしい。なるほど、それなら似てなくても大丈夫だね。というか設定でも私ったらお母さんがいないのね……！

ちなみに中央の都っていうのは、王様たちのトップ、皇帝が住んでいる王城のある街。私たちにとってはむしろ近寄っちゃダメな場所である。だから当然、その都に立ち寄るわけではない。ただ、誰もが向かう先として一番無難だからそう言っているだけである。方向的にも大体合っているんだとか。

「じゃあ行こうか。この村は通過するだけだけど、色んな噂は拾えるからね。追っ手がいないかどうかも気になるし、情報は武器だ。次に向かう村も決めてないから、評判なんかもそれとなく聞こう。あたしが知ってる情報とは変わってるかもしれないしねぇ」

ギュッと明るい茶髪のポニーテールを結び直しながらラビィさんが説明してくれる。情報は武器。それはよく知ってる。うーん、ショーちゃんさえ元気ならいくらでも拾ってこられるのに！　もちろん、無理はさせられないので、自分でも出来ることは自分でやるようにしなくっちゃ！　私もそれとなく聞き耳を立てておこうと決めて、見えてきた村に向かって足を進めた。

4　決意を胸に

長閑《のどか》な村の風景が目に入る。今は早朝と言ってもいい時間だと思うのに、すでに村の人たちは忙《せわ》しなく動き回っていた。朝早いー！

「おや、旅の人なんて珍しいね」

村に入ってキョロキョロしていたら、農作業をしていたおじさんが作業を止めて声をかけてきた。最初は不審《ふしん》な者を見るような目付きだったけど、私たち子どもに目を留めるとすぐに警戒をといたようで、目尻を下げて笑ってくれた。子ども効果すごい。

「おはようございます。この辺には誰も来ないんですか？」

その声を受けてラビィさんが笑顔で問いかけた。慣れてる感じがする。さすがは現役の冒険者だ。

「そうだなぁ、行商《ぎょうしょう》のおっさんたちばっかりだよ！　お前さんたちはどこかに行く途中なんだろ？」

「ええ。中央の都まで」

「そりゃまたえらい遠くまで行くなぁ。この村にゃ店もないから物資の調達も出来ないだろう。二つ先の村はそれなりに大きいからそこへ向かうといい」

気さくなおじさんだなぁ。そして親切。こちらが何も聞いていないのに必要な情報を教えてくれるんだもん。

「二つ先ですね、ありがとう。ちなみにどのくらいかかりますか？」

「歩いて行ったら一日と半日くらいはかかるだろうなぁ。あ、そうだ。おぉーい！　ジェットー！」

腕を組んで考えていたおじさんが、少し離れた場所で馬の世話をしている男性を大きな声で呼んだ。すごいよく通る声！　お腹から声を出してる感じだ。豪快《ごうかい》な雰囲気がニカさんっぽくて思わずにやけてしまう。

「ん？　なんだぁ？」

ジェットと呼ばれた男性が小走りでこちらに来てくれた。焦げ茶の癖毛を短く切り揃えたガタイのいいおじさんだ。でもまだ若そう。三十代くらいかな？　あ、ジッと見ていたら目が合ってしまった。思わずサッとラビィさんの後ろに隠れてしまったんだけど、おじさんの濃いめの琥珀の瞳が柔らかく細められたのを見てちょっと肩の力を抜く。

「この子たちを二つ先の村まで連れてってくんねぇか？　確かちょうど仕入れに行くとこだったよな？」

「ああ、もうじき出ようと思ってたとこだ。荷台の狭いとこになるが、それで良けりゃ乗ってくれ」

「いいんですか？　助かります！」

なんとラッキー。たまたま今日は十日に一度村で使う食品や日用品を仕入れにその村まで行く日だったんだって。馬車だから夕方までには着くらしい。ジェットさんは明日、村で品物を積んで、その次の日にまたこの村に戻ってくるのだそう。行きは村で採れた野菜などが積んであるから少し狭いぞ、と言われたけど乗せてもらうんだからそれだけで十分だよね！

「じゃ、馬車の準備が出来るまで少し待っててくれな」

そう言い置いてジェットさんは再び馬の許へと駆けていった。イケオジ様だ！

「あの、いつもジェットさん一人で仕入れに向かうんですか？」

待ってる間、話し相手となってくれたおじさんに、リヒトがそう問いかけた。

「ああ、大体アイツが担当だな」

「その、危険とか、ないんすか……？」

リヒトの続く質問におじさんは驚いたように目を丸くし、次いで得心がいったというように何度か頷きながら答えてくれる。なんだろ？

「お前さんたちがいたところは盗賊か獣が出て来やすい場所だったのか？」

「う、うん。獣は小型から中型だから、むしろ狩りが出来て歓迎だったけど、盗賊がいたんだ。小規模のゴロツキみたいなヤツらだったけど……」

盗賊か……やっぱりそういう人たちもいるんだなぁ。これまでとは環境が違いすぎて実感が湧かないけど、私、能天気すぎたかも。自分の身は、最終的には自分で守らなきゃいけないんだから。

「ま、あたしが取っ捕まえたけどね」

「おぉ、姉ちゃん強いんだな！　帯剣してるし、やっぱ冒険者なのかい？」

「ええ。この子たちの護衛にね」

「そりゃあ、心強いな。だが、この辺りは平和そのものだから出番はないかもしれねぇなぁ！」

わははと豪快に笑うおじさんはやっぱりニカさんっぽくて笑いを堪えるのに必死だ。ついでに恋しさも。でもそっか、この辺は平和なんだね。だから気兼ねなくジェットさんも一人でも仕入れが出来るんだ。というかこの村自体、小さな柵《さく》で周囲を囲ってある程度で、村も荒れてる様子がないから、平和なのは本当なのだろうことがわかる。でも時々森から出てきた獣が畑を荒らしに来ることはあるんだって。それもそうかぁ。

ここでふと、気になることがあった。でもおじさんに聞くわけにはいかないので、クイクイとリヒトの服の裾《すそ》を引っ張った。気付いたリヒトが振り向き、どうしたのか目で訴えるので、手を口元に当てて内緒《ないしょ》話の姿勢を作る。理解したリヒトは屈んで耳を差し出してくれた。

「人間の大陸には、その……魔物は、いないの？」

そうなのだ。魔大陸では、村や町から少し離れれば当たり前のように魔物がいる。うじゃうじゃはいないけどね？　だって魔物たちにも縄張りがあるわけだから。でも、悪さする魔物は一定数いて、討伐《とうばつ》もされたりしてる。自衛手段を持たない者が村や町の外を歩くのは正直とても危険なのだ。

「ああ、なるほど。魔大陸にはいるんだよな……聞いたことがある」

リヒトは片眉を上げて何言ってんだコイツ、という顔をしたけど、すぐに私が魔大陸出身だということを思い出したらしくそんなことを言った。

「そもそも、空気中の魔素が少ないこの大陸で魔物は生まれねぇよ。つまり答えはいない、だ」

あ、そっか。魔素が少ないってことは魔物にとっても住みにくい土地なんだここは。身体が少しずつこの環境に慣れてきたから忘れてた。

「でも、鉱山周辺には、いる」

「え、そうなのか？」

そこへ、話を近くで聞いていたロニーがそう口を挟んだ。鉱山周辺には？　ってことはもしかして。

「鉱山周辺は、魔素が濃いってこと？」

「そう。でも魔大陸ほどじゃない、とは思うけど……僕たち、魔術が使えるから」

言われてみれば確かに。魔素がなきゃ精霊だって住めないんだから、ロニーたち人間大陸側に住んでいるドワーフが自然魔術を使えないことになってしまう。魔大陸の鉱山と転移陣で繋がっているのが何か影響してたりするのかな。でもこれで希望が見えてきた。だって、鉱山まで行けば魔術が使えるってことでしょ？

「ショーちゃん、魔素があったら、離れてても魔大陸までおつかいに行けたりする？」

そう。魔大陸にいる魔王さんなら、一番近いからなんとかなるかもしれないと思ったのだ。確認のためにブレスレットについてる魔石に向かってそっと話しかけてみた。いつもなら脳内で会話出来るけど、今は弱ってるから声に出して話しかける。ブレスレットは服で隠れてるけど、伝わるはず。

『魔素の濃さにもよるかもしれないけど、たぶん魔大陸の方に向かうなら問題ないのよー』

魔素の多い方へと向かうなら徐々に力が回復するから大丈夫だと思う、とのことだ。そっか、逆が厳しいんだね。疲労は溜まるしどんどん魔素が少なくなるから。でも、帰って来る時は私が呼べば、精霊契約のおかげですぐに転移されて戻って来られるし、それも問題なさそう。

「メグの、精霊？」

私がショーちゃんと話していると、ロニーがそう尋ねてきた。あ、そっか。ドワーフだから精霊の気配を感じたんだね。

「うん、声の精霊なの。いつか、紹介するね」

「声？　珍しい……僕は大地の精霊と、契約してる。鉱山に着いたら、紹介する」

そう言ってロニーは胸元を拳で軽く叩いたので、きっとロニーも魔石のネックレスを隠し持っているのだろう。大地の精霊かぁ。会えるのが楽しみだ。私たちはふふっと微笑み合った。

「……不思議な会話だなぁ」

そんな私とロニーの様子を、リヒトはおかしな表情で首を傾げて見ていたから、思わず吹き出して笑ってしまった。ごめんごめん！　だって面白い顔になってたんだもん！

しばらくして、戻ってきたジェットさんに連れられて、私たちは馬車へと乗り込んだ。もちろん、おじさんにも挨拶したよ！　そして現在、馬車に揺られて移動中なんだけど……あう、お尻が痛い。思ったんだけど私、馬車に乗るのって前世含めて初めてなんだよね。ほら、こっちに来てからはいつも籠《かご》に入れられたり抱っこされたりしてたからね。

でも魔術の補佐のおかげで酔ったりお尻が痛くなったりとかはしなかったんだ。本当に魔術（他人の）に頼り切ってたんだなぁ。トレーニングしてたつもりになってただけだ私っ！　オルトゥスの一員としてここは踏ん張りどころ！

「うぅー、でも、気持ち悪いぃー……」

「メグ、大丈夫か？　横になっとけ」

しかし、乗り物酔いは強かった。ヘロヘロになった私を気遣って、馬車の荷台でリヒトが膝枕をしてくれた。優しい。

「せめて身体の下にマントでも敷くかい？　今は着てないから……」

「はっ！　しょーだっ！」

ラビィさんの一言で思い出した。私には過保護な大人たちから貢《みつ》がれた色んなグッズがあるんでした！　荷台は幌《ほろ》がかかってるし、ここにはラビィさんたちしかいない。チャンスである。そして徐ろに収納ブレスレットからフワフワブランケットを取り出した。

「じゃーん！　シーパーのモコモコブランケットー！」

「…………」

シーパーとは羊みたいな生き物である。この羊毛がふわっふわでモコモコなの！　丸めると羊さんの形になってそのまま枕としても使えるし、少し広げてクッションとしても使えるし、全部広げればブランケットにもなる優れものだ。しかもフードが付いているので被《かぶ》れば羊さんにへんしーん！　円《つぶ》らな瞳とちょこんとついた耳と角の飾りがポイントです！　白、ピンク、黄色、水色の四色を取り揃えておりまーす。あ、ちょうど人数分だね。色を選べなかった私にそれじゃあ全部、と買い与えてくれたケイさんのおかげです。あの時の散財が活《い》かされた。

「みんなも、良かったらどーじょ！」

「……あぁ、なんかもう突っ込んだら負けだねぇ。ありがたく借りるよ」

軽く呆れを滲《にじ》ませながらラビィさんが黄色羊ちゃんを受け取った。

「……ありがとう。使わせて、もらう」

少し恥ずかしそうにロニーが水色羊ちゃんをチョイス！　少し広げてその上に座った。フカフカ具合に驚いている。

「なんか、お前の家族って……過保護過ぎじゃねぇ？」

それは私が最も身に沁みていますとも。微妙な顔をしつつもリヒトが白い羊ちゃんを手に取ってお礼を言った。

うんうん、可愛い羊ちゃんが勢揃いで見た目にも癒されますねー！　私は相変わらず馬車酔いしてるので、ピンクのブランケットを羽織り、フードも被って丸まってから、再びリヒトのお膝にころん、と転がった。私はまだ身体が小さいからね。ブランケットを羽織ると全身包まれて非常に居心地が良いのである。フードを被るとより包まれてる感があって、あっという間に、あっと、いう間に……睡魔に、襲われてぇ……。

「……可愛い……」

「……可愛いな」

「うん、可愛い」

みんなにも羊の可愛いさをわかってもらえたみたい？　ホッと安心して私は目を閉じた。


ブランケットとリヒトの膝枕のおかげで馬車酔いを気にすることなく移動を続けて約半日。ずっと寝てたわけじゃないよ？　ゴロゴロしながらお話したりウトウトしたりしてたので。……なんというか、怠惰《たいだ》だ。ま、まぁやることもないから仕方ないよね！

ともかく、ようやくお昼休憩をする場所へと到着。代わり映えのしない舗装《ほそう》された道が続く中、少し開けた場所へとやってきた。村と村を行き来する人たちはみんなこの場所で休憩するんだって。大きな木が数本あって木陰もあり、ちょうどいいのだそうだ。

「少し遅くなったけど昼飯にしよう。腹減っただろ？」

ジェットさんの声に私の腹の虫が思い出したかのようにクゥと鳴く。恥ずかしいからやめてぇっ！　と思うも、みんなに聞かれてクスクス笑われてしまった。あう。

「よし、準備するから待ってろよー」

「あたしも手伝うよ」

そう言ってジェットさんとラビィさんが昼食の準備を始めた。みんなで食べられるご飯くらいなら、まだまだ私の収納に入ってはいるんだけど、ジェットさんの前ではさすがに出せないからね。かといって何もしないでぼやっと待つわけにもいかないので、みんなの荷物の中から敷物を出して広げたり、荷物の中から出したように見せかけてコップに人数分の飲み水を、リヒトが魔術で出したりしました！　リヒトの魔術もやっぱり内緒なんだろうな。目で、言うなよ？　と言われた気がしたのでコクリと頷いた。合点《がってん》承知！

そうこうしている間に昼食の準備も出来たようだ。干肉を使ったサンドイッチをそれぞれ手にして、挨拶してからいただきます。味はまぁ、食べられなくはない、といった感想。そっか。普通は出来立ての料理なんて持ち運べないし、作るにも道具が多く必要になるからこういったものが多いんだ、とこの時初めて気付いた。長旅をするわけでもないジェットさんなら余計にわざわざ調理したりもしないよね。

いや、長旅だったとしても、か。その時は調理器具も多少は持つだろうけど、材料はすぐに傷《いた》むし、とても持っていけない。野菜の類《たぐい》なんかもっと無理だよね。現地調達っていうのもあるだろうけど、要するに美味しさを求めるのは二の次で、栄養を摂ることを重視する。こんなの、ちょっと考えればわかることで、たぶんこれこそが常識なんだ。

でも私はそんな常識を今、こうして経験することで初めて知った。知識としては知ってたよ？

でもこれは経験した今だからこそ、初めて知ったと言えるのだと思うんだ。

「どうした？　……口に合わないか？」

私がぼんやり考えごとをしていたのを心配したのか、リヒトが小声でそう聞いてきた。私が美味しい料理ばかり食べていることを知ってるから聞いたのだろう。

「ううん。でも、少し硬いから顎が疲れちゃった」

ニヘッと笑いながらそう答え、再びサンドイッチにかぶりつく。実際パンも肉も硬くてかなり顎の力を使うからね。しっかり咀嚼《そしゃく》しなければ。もぐもぐ。

「……へぇ。こんなの食えないって泣き言でも言うかと思ったけど……意外と根性あるんだな」

リヒトはそう言って自分のサンドイッチを頬張った。大きな一口である。思わず目を見開いてしまった。泣き言ねぇ。別にこのくらいはどうってことないもんなぁ。あ、でも、普通の五歳児だったら言うのかもしれない。人間は子どもが多いから、リヒトも子どもと関わることがあったのだろう。だから意外だと思われたのかもね。でも残念なことに私の中身は人間でいえばおばちゃん……嬉しいとか怖いとか寂しいとか、そういった感情が溢れた時は身体の年齢に引っ張られてしまうけど、この程度のことでは悲しみも怒りも特に感じない。むしろこうして食事を用意してくれたことには感謝である。当然、文句なんか言いませんとも。でも食べきれなくて残った分はリヒトに食べてもらったけど。顎がね……くすん。

私はこの旅で、多くのことを学べるかもしれない。ギルドにいると過保護な保護者ばかりだったから、自分でやる前に周りがやってしまったりしていたし。そしてその状況を、周りが過保護だからと私も受け入れていた。要するに甘えていたんだ。

みんなと離れている今、色んな経験を積むチャンスと言えるだろう。もちろん、この状況は喜ばしいものではないけれど、ただされるがまま、とするにはもったいない。出来ることを増やして、成長して、胸を張って帰るんだ。

私でもちゃんと出来たよって、笑顔で報告するために。思い出せ！　馬車馬のように働いていたあの頃を！　私は胸に決意の炎を燃やすのだった。やるぞー！


お昼の休憩を終え、すぐにまた馬車に揺られ続けた私たち。目的地であるジェットさんの村の二つ先にあるという村に辿り着いたのは空が赤く染まる頃だった。あれ？　隣の村は通ったっけ？と疑問を口にしたら、目的地が二つ先の村なのに、用もない隣村をわざわざ経由しねぇよ、とリヒトに言われてしまう。遠回りになるのだとか。ご、ごもっともです……！

「大体予定通りに着いたな！　俺ぁ知り合いの家に泊めてもらうが、お前たちはどうする？」

村の入り口で荷台から降りた私たちは、ここまで乗せてくれたお礼を各《おのおの》ジェットさんに伝えた。気にしなくていい、と陽気に笑ったジェットさんはやはりイケオジだ！

「ああ、あたしたちは宿を取るつもりだよ。場所を教えてもらえるかい？」

とはいえ、さすがにその知り合いの家に私たちもー、だなんて図々しいことは言わない。四人もいるのだから当たり前である。

「それならこの道を真っ直《す》ぐ行って、二つ目の角を右に曲がったらすぐ見えてくるぞ。この村には宿はそこしかないが、大体は食事利用の客だから宿泊は問題ないと思うぜ」

良かった。宿はあるんだね。もしなかったらここまで来ておいて野宿になるところだった。まぁ、私にとっては野宿の方が快適だろうことは置いておく。簡易テント、万歳。

「ん、わかったよ。本当にありがとうね、助かったよ！」

「いいってことよ。俺は明日いっぱいはこの村にいるからよ、何かあったら頼ってくれ。どっかの店のヤツに俺の名前を出せば居場所くらいみんな教えてくれっから！」

仕入れと挨拶であちこち回るから、居場所はすぐにわかるだろう、とのこと。アフターケアまでバッチリだ。

「ああ、ありがとう。何かあれば頼らせてもらうよ」

「じゃあ気を付けてな。今日はゆっくり休めよー」

「ありがとうございました！」

リヒトのお礼の言葉に続いて私とロニーもお礼を言うと、ジェットさんが順番に頭を撫でていってくれた。私は嬉しかったけど、男子二人は何とも照れ臭そうな顔をしている。お年頃な男の子って複雑なのね！

「よし、じゃあ早速宿に行こうか。今日は早く休んで早朝から出発しよう」

「やっぱ、急いだ方がいいからか？」

「そうだね……まだ東の王城からそんなに離れてないから」

前の村でもこの村でも、これといって王城から知らせが届いた様子はない。もしそうなら私たちを見て何かしらの反応がありそうなものだし。でもそれってつまり、知らせが届いていていたら遅いとも言えるよね。あわわ、本当にのんびりしてる場合じゃない！

「それに、ロニーやメグも、家に帰るのは早いに越したことはないでしょ？」

少しだけ不安に包まれそうになった時、ラビィさんが笑顔でそう言ってくれた。んもう、欲しい時に一番欲しい言葉をくれるなんて、出来過ぎた人だなぁラビィさん！　好き！

話がまとまったところで、私たちは真っ直ぐ宿へと向かった。夕暮れの道をラビィさんと手を繋いで。……お母さんがいたら、こんな感じかな？　ってちょっぴり考えながら。

宿は問題なく確保出来た。取った部屋は二つ。ラビィさんと私、リヒトとロニーで分かれて一泊する。料金は先払いなので、ラビィさんがまとめて支払ってくれたんだけど……うっ、申し訳なさが！

一度荷物を置きに部屋に行くことになったので、その時に私は自分もお金を払うと申し出た。当然ながらラビィさんには微妙な顔をされました。そりゃあそうだよね！　いくら金持ちだとわかってても、幼女にお金払います、と言われたらそうなるよ。けど、どうしても言わずにはいられなかったんだよぉ！

「なんというか、メグは本当に大人みたいな考え方をするよねぇ……リヒトやロニーは少しも気にしちゃいないのに。あ、ロニーは申し訳なさそうな顔してたか」

すみません、中身が大人なもんで……ほんと、考え方だけが大人で困っちゃうことも多いんだよね。助かることもあるけどさ！　でもこういう時は無邪気な子どもの思考でいられたらなぁなんて思っちゃうよ。余計なお世話って思われる、ただのませた幼女だよ、これじゃ！

「答えはメグもわかってるとは思うけどね、あたしはあんたたちからお金を受け取る気はないよ。ただ……」

　ラビィさんはそこで一旦言葉を切って、部屋の隅に荷物を置くと、両手を腰に当ててこちらを向いた。

「このままじゃあたしのお金がすぐ底をついちゃうのは事実だ。だから、メグの道具にも頼ることになる」

　ラビィさんはポン、と私の頭に手を置くと、そのまま屈んで私の顔を下から覗き見た。琥珀の瞳に私の戸惑う顔が映って見える。

「それに、本当にお金が足りなくなったら、近くのギルドで依頼でも受けて稼ぐつもり。あたしは冒険者だからね。そうなったらその時、一緒に手伝ってくれない？　そうしてもらった報酬《ほうしゅう》は、あたしだけじゃなくメグのものにもなるだろう？」

　それじゃあダメかな、と歯を見せて笑ったラビィさんに、私はつられて笑ってしまう。子どもの扱いに慣れた大人だなぁなんて思うよ。ギルドのみんなだったら、絶対払わせてくれないか、出世払いね、とはぐらかされるかのどっちかだもん。

「はいっ！　私、お手伝いがんばる！」

「よし、決まりだ」

そう言い合うと、ラビィさんが顔の横に手を上げたので、ペチンと私の手を合わせた。もっとこう、パァンって鳴らしたかったのになんか違う。けど、対等に扱ってもらえたのが嬉しかったから、それでいいのだ。ホクホクとした気持ちで私たちは部屋を出て、リヒトとロニーを迎えに行った。

宿泊する部屋は二階にあったので、私たちは揃って一階へと下りていく。下りて右手側に行くと、入り口と受付、左側に行くと食堂になっているのだ。もちろん目的は夕飯。まだ少し早い時間というのもあって、お客さんはそこまでいないみたい。それでも何組かいるけどね！

適当な席にみんなで座ると、六、七歳くらいの女の子がお水を持ってきてくれた。黒い髪を二つに結った、笑顔の可愛い女の子。私と身体の年齢が近いだろうなって思って思わずジッと見つめてしまった。

「？　なぁに？」

「あうっ、えっと、そのぉ……」

見つめられてることに気付いたのか、女の子がニコリと笑って声をかけてくれた。でも私ったら今の自分と同じ年くらいの子と関わる機会がないので慌てちゃう！

「この村の人じゃないよね？　旅をしてるの？」

口ごもっていたら女の子の方から話題を振ってくれた。なんてコミュニケーション能力の高い子なんだ！　さすが、宿屋で働いているだけある。それに比べて私ときたら……オルトゥスの一員でありながら中身大人の癖に情けない……ぐすっ。

「うん、えと、ちゅーおーの都に行くの」

内心での落ち込みを見せないように、私も笑顔を心がけてそう答えると、女の子は目を丸くした。

「中央の？　とっても遠いって聞いたことあるよ！　まだ小さいのに、すごいんだねぇ」

なんと、褒めてくれた！　ほわぁぁぁ！　小さいっていうのは貴女《あなた》も同じでしょうに、ってところはこの際聞かなかったことにする。

「ううん、私はみんなにちゅれて行ってもらってるだけだから……！」

「それでも旅なんてすごいよ！　私、ここから出たことないもの」

「お、お店のお仕事をちゃんとしてる方が、しゅごいと思うっ！」

たくさん褒めてくれるので、私も思ったことを伝えると、女の子はキョトンとした顔をした。

え？　変なこと言ったかな？

「お仕事って、初めて言われた……みんな、お手伝いえらいねって言うのに……」

そう呟いた後、女の子はみるみる笑顔になっていく。心の底から嬉しいといった顔だ。わかる、わかるよその気持ち！　まだ小さいからってみんな子ども扱いしてくるんだよね。いや、子どもなんだけどさ……こっちは真剣に仕事をしているつもりなのに、お手伝いだなんて言われるとちょっとムッとしちゃうのだ。

「だって、お仕事でしょ？」

「うん、お仕事。ちゃんと、お仕事だもんね！」

ありがとう、と笑顔で言われて私たちはニコニコと笑い合う。そんな私たちを周囲の人たちが生温い眼差しで見ているような気がするけど、まぁいい。

「私、アニーっていうの。貴女は？」

女の子、アニーが握手の手を差し出しながら名前を聞いてくれた。だから私はその手を取って笑顔で答える。

「私、メグ！」

「メグちゃんだね！　夜になったらね、私少し時間があるの。ちょっとだけお喋り出来ない？」

私たちは今、逃走中の身。だから本当なら立ち寄った宿の子と仲良くなってる場合ではないんだけど……。チラッとラビィさんの方に目を向けると、察してくれたのかラビィさんは微笑みながら口を開いた。

「明日の朝は早くから出てしまうし、遅くならなきゃいいんじゃない？　せっかくなんだから、お喋りくらいしたら？」

「いいの!?　やったぁ！　じゃあアニーちゃん、私お部屋にいるから、お仕事終わったら……」

「うん。呼びに行くね！」

キュッと両手で握手をし合った私たち。アニーちゃんは嬉しそうにニコッと笑うと、パタパタと仕事に戻って行った。えへへ、楽しみだなぁ。

「なんか……メグ見てると気が抜けるなぁ」

アニーちゃんが去った後、リヒトがポツリと呟く。緊張感のないヤツでごめんね。一応、逃走中の自覚はあるんだよ？

「そのくらいがちょうどいいのさ。ずっと気を張ってるよりいい。さてと」

ラビィさんのフォローが優しい。感謝の眼差しを送っていると、ラビィさんはそっと私の頭を撫でながら立ち上がって口を開いた。

「あたしはこれから買い出しに行ってくるよ。まだギリギリお店もやってる時間だしね。一人で行った方が早いから、あんたたちは宿の人に言って先に水浴びでもして待ってるんだよ」

そうでした。買い出しがあったんだよね。というか、目的は情報収集なんだけど。確かに、もうすぐお店も閉まる時間だから急がなきゃいけない。話を聞くにも、お店が閉まってると不便だもんね。ここで私たちがついて行くのは足手纏いである。わかっているので大人しく頷きました。

「わかった。ラビィも気ぃ付けろよ」

「ははっ、リヒトに心配されるとはね。ありがと、行ってくるよ」

そう言って軽く片手を上げたラビィさんはサッと宿から出て行った。颯爽と立ち去るその後ろ姿は、オルトゥスの人たちみたいな隙のなさを感じた。身の危険に遭うこともある冒険者なんだということを実感させられたよ。

「うし、じゃあ言われた通りに水浴びしに行こうぜ」

リヒトの呼びかけにハッとして振り向く。そうだね、自分たちのすることくらい終わらせないと！　でもごめん、私はレディなのでお水だけもらって部屋で身体を拭かせてもらいます！　なによぅ、その目は。レディなんだから当然でしょっ。笑うなーっ！

無事に水の入った桶《おけ》と布、を手に入れた私は部屋で一人身体を拭き終えた。重い水は運べなかったから宿屋のおかみさんが手伝ってくれたけどね。そして部屋に一人きりなのをいいことにこっそり魔道具を使っちゃった。だって水は冷たいんだもんっ！　魔力や道具の無駄使いをしないようにするとはいえ、温かくなる魔石を入れてお湯にするくらいは許してもらいたい。繰り返し使えるやつだしっ。

「ただいまー。メグ、いるかい？」

「ラビィしゃん！　今、鍵開けましゅ」

もうそろそろ戻ってくるかな？　と思ってたとこに部屋のドアがノックされたのでとてとてと入り口に向かって鍵を開ける。ちゃんと戸締りして待ってるなんてえらいじゃないか、と褒められた。えへへ。

「あれ、アニーちゃん」

「ふふ、あたしが戻って来た時、部屋の前で立ち尽くしてたんだよ」

そんなラビィさんの後ろから、モジモジとアニーちゃんが出て来たので驚いて声が出てしまった。部屋の前で立ち尽くして……？　あれっ、声かけてくれてたのかな？　私ったら気付かなかった⁉︎

そう思って慌ててたんだけど、単にどう話しかけようか悩んでいただけだという。やだ、可愛い。

「あたしは水浴びしたらリヒトたちの部屋にいるからさ。ここでゆっくり話しなよ」

「えっ、でもお客様の部屋でなんて……」

ラビィさんの提案に、慌てて両手をブンブン振りながら遠慮するアニーちゃん。その気持ちはわかる。

「ここにいてくれた方が何かあった時にすぐ来られるからさ。ダメかな？」

「そ、そういうことなら……」

上手い言い方をするなぁ、ラビィさんったら。私もこんな気遣いの出来る人になりたいものである。

ラビィさんは私たち二人の頭を撫でて微笑むと、さっさと部屋から立ち去ってしまった。カッコいいなぁ、もう。

「んっと、じゃあ……座る？」

「うん！」

ラビィさんの背中を見送った私は、そう言ってアニーちゃんを部屋に招き入れる。それから二人で椅子に座ってニヘッと微笑みあった。話の切り出し方、下手くそか！　でもそれがきっかけで私たちはどちらからともなく吹き出してしまい、いい具合に緊張が解《ほぐ》れたから良しとしようじゃないか、うんうん。

「ね、メグちゃんはお嬢様なの？」

笑いが収まった頃、アニーちゃんが切り出した話題はこれだった。もちろん、私は慌てて否定したよ！　これ、リヒトやロニーにも言われたよねぇ。そんなに綺麗な服とか着てないんだけどなぁ。

それをそのまま伝えてみると、アニーちゃんはコロコロ笑った。

「ふふっ、わかった。きっと本当のことは言っちゃダメなんだよね！」

いや、違う。めちゃくちゃ勘違いしてるよアニーちゃん。

「私、内緒にしてるから！　安心してね」

あの、だから……まぁいいや。なんかここで否定しても勘違いが加速しそうだからその体《てい》で行くことにしよう。こんな一般庶民の私がお嬢様なはずないんだけどね！

「あの、どうしてそう思ったの？」

だからこそ確認する。リヒトたちにも言われたのだから、私はそう見られがちなんだってことを自覚せざるを得ないからね。言い換えるとそれは私が目立ってしまっているってことだもん。逃亡中なんだから対策を練るためにも聞いておこうと思ったのである。

「だって、ものすごく可愛いんだもん」

しかし、告げられたのはもはやどうしようもない理由だった。あー、あー、そうだよね。確かにこの外見は可愛い。整い過ぎているといっても過言ではない。エルフだしあの美魔王の娘だから当然っちゃ当然なんだけど、その辺り忘れがちなのが私の悪いところだ。そして本当にどうしようもない。顔ばかりは変えられないもん。ギルさんのようにマスクでもするか……？　いや、それはそれで悪目立ちをするからダメだ。

「それに、服もシンプルだけどいいものだってわかるもん。私だってわかるんだから、みんな気付いてると思うよ？」

そうなの!?　いや、そうだ。気付かないようにしてただけで私だってわかるよ。やっぱりそうだよねぇ……でもこういう服しかないし、他のはもっと目立つし。

「……協力、しようか？」

うーん、うーん、と唸っていると、アニーちゃんからそんな提案が。えっ、協力？

「私がもう着られなくなった小さい服があるの。メグちゃんにあげるよ！」

「えっ⁉　いいの？」

「うん、もう何度も仕立て直した服だからこれ以上は捨てるかお下がりに回すしかなかったから。捨てるよりずっといいもん！」

逆にそんなボロボロな服をあげるなんて、失礼になっちゃうかな？　とアニーちゃんは心配顔。そんなことない、助かるよ！　と思わず拳を握りしめていると、アニーちゃんはにんまりと笑う。ん？

「やっぱり、身分を隠して旅してるんだね！　私に任せて！」

勘違いが加速してしまった。もうどうにでもなーれ！

けど、おかげでだいぶ普通の村娘っぽくしてもらえた。アニーちゃんには、髪が艶々《つやつや》で肌も綺麗なのだけはどうしようもないけど、綺麗な村娘くらいには見えるようになったとお墨《すみ》付きをいただけたし。正直、助かります。

「きっと、何か事情があるんだと思うけど……聞かないよ」

「アニーちゃん……」

確かに事情はあるけど、きっと思ってるのとは違うだろう。でもそんなことはいいのだ。まだ出会ったばかりの不審幼女にここまでしてくれる、その気持ちが嬉しいのである。

「どうしてここまでしてくれるの？　とってもうれしーけど」

だから気になってそう問いかけると、アニーちゃんはパァッと顔を綻ばせて私の手を両手で握りしめた。

「だって、嬉しかったから！」

「え？」

「私のやってることを、仕事って言ってくれたでしょ？　認められたみたいで、すっごく嬉しかったの」

そんなことで？　とは思う。でも、「そんなこと」ではないのは私が一番よく知っている。だって、本人は一生懸命なんだもん。それでもらえる報酬は微々たるものかもしれないけど、それでもちゃんとした仕事だ。

「……わかるよ。私もね、いつもお仕事のちゅもりで頑張ってるの。それをね、ちゃんとお仕事だって言ってくれる人がいるんだ。それが、しゅっごくうれしーから」

そう、いつも受付で声をかけてくれるサウラさんや通りすがりに頭を撫でてくれるお父さん。

『メグちゃん、今日も頑張ってるわねー！　偉いわ！』

『メグ、あんまり張り切りすぎるなよー？　仕事は逃げねーんだから』

シュリエさんやケイさんも、ついでだからってわざわざ私の許に様子を見に来てくれる。

『メグは休憩しないのですか？』

『お腹空いたんじゃない？　一緒に休憩しようよ、メグちゃん』

それから、いつだって私のことを一番に考えてくれる、ギルさん。

『お疲れ、メグ。今日も頑張ったな。……ゆっくり休め』

早く、会いたい。みんなに。

「だからね、この旅が終わって家に帰ったら、また一生懸命頑張ろうって思うの。少しでもみんなに、認めてもらえるように」

泣くもんか。もう泣いたりしないもん。いっぱい泣かせてもらったから。拳をギュッと握りしめて、また会えることだけを信じて。

「じゃあ、私たち一緒だね。明日には離れ離れになっちゃうけど、お仕事を頑張るって目標は一緒。私、いつもメグちゃんのこと思い出しながら頑張るよ」

うっかりすると泣きそうな時に、アニーちゃんはそう言って微笑みかけてくれる。なんだか救われるな。勇気が出たよ。

「うん！　私も挫《くじ》けしょーになったら、アニーちゃんのことを思い出しゅ！」

そう言って私たちは笑い合った。ほんの僅《わず》かな時間しか側にはいなかったけど、ここでアニーちゃんと出会ってこうして話が出来て本当に良かった。絶対に帰るんだって、改めて決意が出来たんだから！

5　鍛錬《たんれん》

朝だ！　部屋の窓から差し込む陽射しで目を覚ました私は、むくりと身体を起こして伸びをする。

昨日はアニーちゃんとお話したので、少しだけ寝る時間が遅かったから寝坊しちゃったかな？　窓の外の明るさからいってそこそこ早く起きたとは思ったんだけど、向かい側のベッドにもう人がいないとこを見ると、ラビィさんはもっと早起きしたのだろう。……夜も私より遅かっただろうに、いつ寝てるのかな？　それとも大人ってそんなもんだったっけ？　もうそんな記憶も忘れかけてるからなぁ。

キョロキョロと部屋を見回してもラビィさんはいない。どこかに出かけてるのかな？　と思って何の気なしに窓を開けて外を覗いてみる。

「あっ」

「ん……？　おや、メグ。おはよう！　起きたんだね」

窓の外はちょうど宿の裏庭に当たる場所だったみたい。井戸があるその場所はほんの少し広くなっていて、ラビィさんはそこで剣の素振りをして汗を流していた。すでに全身汗だくで、きっと起きてからずっと鍛錬してたんだろうなぁ。す、すごぉい！

「もう少ししたら終わるから、着替えてこっちにおいで。顔を洗うだろう？」

「は、はい！　わかりましたー！」

返事をしてから部屋に頭を引っ込ませた私は、ラビィさんの鍛錬する姿を見たことで胸が熱くなっていた。感動したのだ。なんでかって？　カッコいいから！　ただそれだけだ。戦う女の人って、女冒険者って、カッコいいじゃないか！　ふおぉぉ！

そうだよね、何にもしないで強くなる人なんていないもん。私も、幼女だからって守られて、何もしないままでいたら、結局何も出来ない大人になっちゃう。それはまずい。自然魔術しか取り柄《え》がないだなんて、今みたいに魔術が満足に使えないような状況になったら何も出来ないお荷物でしかないもん。悲しい。

オルトゥスのみんなだって、皆それぞれ弱点を抱えてる。でもそれを補う何らかの方法を誰もが持ってるって聞いたことがある。サウラさんだって攻撃されたらひとたまりもないけど、いざとなったら逃げ切ることの出来る切り札があるって言ってたもん。

じゃあ私は？　何が出来る？　何も出来ずにただ泣くだけだきっと。そんなんじゃオルトゥスにはいられない。戦力にならない人がいたって、迷惑なだけだもん。いつまでも甘ったれてちゃダメだ。もう五十歳になるんだから、そろそろ考えて、鍛錬しなきゃ！

そう思った私は収納ブレスレットから昨日アニーちゃんにもらったお下がりの村娘風な服を選び、一瞬で着替える。毎回収納するだけで洗濯済みなことに感謝し、私はトタトタと走ってラビィさんの許へと向かった。

「鍛えて、くだ、しゃい！　私をっ！」

そして私は井戸まで辿り着くと、ゼハーゼハー、と荒い呼吸をしながらラビィさんの前でそう告げた。締まらない……まず挨拶から説明からなにもかもすっ飛ばしてこれを言ってしまった辺り幼女だわ、私。ほら、ラビィさんも目を丸くしてるじゃないか。ひとまず、おはようございます、と取ってつけたようにペコリと頭を下げて挨拶をすると、そこでようやくラビィさんが吹き出した。なんかすみません。

「おはよう。なんだい？　突然。……強くなりたいって、思ったのかい？」

ラビィさんは首からかけたタオルで汗を拭きながら私に言う。こんなちびっ子だからとあしらうことなく、ちゃんと話を聞いてくれるみたいだ。それだけで嬉しい。

「ううん。私はきっと、そんなに強くはなれないでしゅ。でも、魔術が使えない時、いざっていう時のために、せめて自分の身が守れるくらいには、逃げ切ることが出来るくらいにはなりたいんでしゅ！」

自分に出来ることと、出来ないことくらいはわかっている。今からずっと鍛錬を続けていれば、いずれは強くなれるかもしれないけど、正直望みは薄いと思っている。それでも、自分の身を守ることくらいは出来るようになるはずだ。

「足手纏いは嫌なんでしゅ。今から少しずつ鍛えていきたいけど、何をすればいいのかわからないから……」

「……そっか」

私がそう伝えると、ラビィさんはそっと頭に手を置いて、そしてひと撫でするとその場に屈んで私と目を合わせた。

「わかった。それなら鉱山までの旅の間、時間の空いた時には一緒に鍛錬しよう。ただ、厳しいよ？」

ウインクしてそう言ったラビィさんに、頬が紅潮していくのがわかる。私はぐっと両拳を握ってよろしくお願いします、と元気良く答えた。オルトゥスの優しすぎる保護者以外からの鍛錬である！　頑張るぞーっ！

とはいえ今はもう朝食の時間。その場で顔を洗うだけにして、リヒトやロニーとともに食堂へとやってきました！　もぐもぐと朝食のパンとトマトスープを食べながら、今私はいざという時のための心得をラビィさんから聞いています！

「護身術って言っても、体を鍛えることが全てじゃないんだ。そりゃ強ければ相手を打ち破れるかもしれないけど、一番大切なのは、まず危険な目に遭わないことだ」

「それ、当たり前のこと……？」

ラビィさんの講義に、疑問を口にするロニー。確かに当たり前のことだよね。

「そう。その当たり前が大事なんだ。でも意識するだけで違うよ？　一人で人通りの少ない場所や暗い場所をウロつかない、怪しいと思った人には近づかない。当たり前のようでいて、意識しないと意外とやってしまったりするもんさ。近道だから、時間がないからって思ったりしてね」

言われて目から鱗《うろこ》である。説得力がありすぎた！　私なんか特に、未だに大人だった時の癖が抜け切らなくて一人でウロウロしがちだもん。何度叱《しか》られたことか。前世の記憶も忘れた方がいいことばっかり覚えてるんだから。

「ま、これは大前提の話。誰だって、危険な目に遭いたいわけじゃないでしょ？　それを、少しの注意で避けられるならそれに越したことはないんだから、これはとにかく頭に叩き込む。それが大事なんだ」

「わかりまちた！」

ごもっともである！　私は腕をピシッと真っ直ぐ上げて返事をした。いい子だね、と頭を撫でられた。えへへ。

「じゃあ次。もしも、危険な場に遭遇したら、だ。簡単に出来ることから教えるよ？」

ラビィさんはトマトスープを一気に飲み干すと、舌でペロリと唇を舐《な》めた。なんだかセクスィ。

「これは私も緊張した時に必ずやるんだけどね。深呼吸だ」

「深呼吸？」

「そう。危ない、と思った時こそ落ち着かなきゃならない。慌てて変な行動を起こして、余計に厄介なことになったら元も子もないでしょ？」

だから、危険を前にパニックになったら、ゆっくり大きく息を吸って吐く深呼吸を、落ち着くまで繰り返すんだよ、とラビィさんは言う。それだけで随分落ち着くから、冷静に物事を考えられるんだって。

なんだそんなこと、と一瞬思いはしたものの、理に適《かな》っていると思う。脳に酸素を行き渡らせるってことだよね。それに落ち着く。実際ピンチになったらそんなことさえ出来ないものだし。泣いたり叫んだりね。そんな時もありました。

「さて、じゃあここで問題だ。深呼吸して冷静になった頭で何を考える？　危険な状況は変わらない。さぁどうする？」

えっとえっと、目の前に危険な状況。私だったらどうにかして……。

「逃げる……？」

「おっ、正解だよ、メグ。よく出来ました！　そこの馬鹿は戦うって答えたからね！」

「ぐっ、昔のことを言うなよラビィ！」

なるほど、リヒトはすでにこの講義を受けていたんだね！　いや、私だって力があったら戦う！って答えてたと思うし、リヒトの気持ちもわかるよ。

「大前提が危険な目に遭わないこと、なんだから、逃げることを考えるのは当然の流れさ」

そう言ってラビィさんは腕を組んで笑った。お、おう、正解して良かったよ……！　私は照れてにやけそうになる顔を誤魔化すようにパンを口に放り込んだ。もぐもぐ、おいしー！

「ま、逃げるって言っても状況によって色々と異なるよね。けど大体やることは一緒だ。目の前に危険人物がいて、今にも襲われそうになったとしよう。そうしたらね、まず大きな声を出すんだよ」

私が食事を終えるのを待ってから、ラビィさんは講義を続けてくれた。大声を出す、か。でも怖くなると意外と出来なかったりするんだよねぇ。まず深呼吸だって覚束《おぼつか》ないもん。

「この時、さっき言った深呼吸が大切になってくる。深呼吸をした後なら、きっと大声も出せるからね」

あ、なるほど。思わずおぉ、と声を漏らした。

「とにかく大きな声を上げながら逃げるんだ。突然大声を出されたら、相手だって一瞬怯《ひる》むからね」

その後、もし掴まれてしまったらどうするか、口を塞がれたら、など色んな状況を挙げて説明をしてくれるラビィさん。とってもわかりやすくて感動したよ！　喉を狙うとか目を狙うとか他にも色々。実践出来るかはわからないけど、知ってるのと知らないのとじゃ大きな違いだもんね！

「いいかい？　相手だって人なら必ず隙が訪れる。突然殺される、なんてことになったらさすがにどうしようもないけど……捕まったという状況ならきっとチャンスは訪れるからね。その時を待って、隙を突き、逃げるんだ。これをしっかり頭に留めておくように！」

「はいっ！　ありがとーごじゃいました！」

とってもも身になるお話だったよ。ふぅ。見ればロニーも頭を下げていた。うんうん、一緒に頑張ろうね！

「さ、講義はこのくらいにして。そもそもメグの場合は体力がなさすぎる。今日はしっかり働いてもらおうかねぇ？」

「ひょっ、が、頑張るぅ……！」

ほんの少し意地悪く笑ったラビィさんに、背筋を伸ばして答えると、クスクスと笑われてしまった。か、からかわれた！

「さぁ、荷物をまとめたらすぐに出発だ！　のんびりしてられないからね」

ラビィさんの声に私たちは揃って返事をすると、立ち上がって準備のために部屋に戻る。昨日ラビィさんが情報収集のついでに買ってきてくれたものをそれぞれの荷物に分けるだけだったから、さほど時間はかからなかった。お世話になったジェットさんに会えたらもう一度挨拶を、とも思ったんだけど、結局そんな時間も取れなかったな。でも、私たちが旅立ったことくらいは知らせておきたかったので、宿の近くのお肉屋さんに言伝《ことづて》を頼んでおいた。イケオジ様にお別れを言えなかったのは非常に残念である。しょぼん。

「じゃあメグちゃん元気でね！　また近くに来ることがあったら寄ってね！　きっとよ！」

　さらにはせっかく仲良くなったアニーちゃんともお別れなのがすっごく悲しい。しかもお別れの言葉が刺さる、刺さる。だって、近くに来ることなんてもう……ううん。もしかしたらあるかもしれないよ？　でも私はオルトゥスに帰るつもりだから、アニーちゃんと再び会える可能性は限りなく低い。むしろそうじゃないと困るんだ。でも寂しいものは寂しい。それにそんなこと涙目でこちらを見つめてくるアニーちゃんには言えない！

「うん、きっと……！」

　だから、私はそれしか言えなかった。うっかり二人でホロリと涙を流してしまったけど、アニーちゃんみたいに私もちゃんと笑顔で手を振れたよね？

「よく頑張ったね、いい友達が出来たじゃないか」

　たとえもう会えないとしても、とラビィさんが頭を撫でて励ましてくれる。そうだよね、もう会えなかったとしても、この出会いは私の大事な思い出として心に残る。辛くても、めげそうになっても、頑張ろうって勇気をもらえるはずなんだ。

「うん！　ずっと、わしゅれない！」

　涙をグイッと腕で拭いて、前を向く。アニーちゃんからもらった洋服を早速涙で汚してしまった。リヒトとロニーがさりげなく隣に立ってくれるのが心強い。そうだ、しょぼくれてばかりもいられないのだ。次に立ち寄る予定の村までは結構距離があるみたいなんだから。そうなると必然的に野宿となる。野営って初めて！　……ってワクワクしてる場合じゃなくて。つまり結構、いや、かなりヘトヘトになるだろうなぁ、ということが予想されるのです。

しかぁし！　今のメグさんは一味違うのである！　体力をつけるためにも、せっせと歩きます。出来るだけみんなの速さについていけるようにね！　でも、もちろん無理していたら続かない。だから、様子を見てまたしてもロニーの背中に頼ることになりそうだ。いや、だからってすでに心配そうにチラチラこっちを見なくていいからね？　ロニー。で、出来るだけ自分の力で歩くからねっ！


「はふぅぅぅ……」

「お疲れ様、メグ。よく歩いたね！　ここらで休憩にしようか」

村を出て日が高くなるまでひたすら歩き続けた私たち。泣き言も言わずにしっかり自分の足で歩いたけど、もうガッタガタである。生まれたての子鹿状態です。な、情けない……！　しかも私がそんな調子な上に元々遅いから、進むのも遅かっただろうなぁ。申し訳ない。

「まぁ、何を考えてしょぼくれてるのかはわかるけど、文句も言わずにしっかり歩ききったんだから、初日としては上出来さ！」

「そうだぞ、メグ。フラフラになるまで歩いてえらかったと思うぜ？　いつ泣き出すかなーって思ってたのに」

「な、泣かないもんーっ！」

励ましてくれるラビィさんと、微妙にからかうリヒト。もう無理だからって泣いたりしないよ！　ヘロヘロすぎて今は涙目だけどっ！

「お昼を食べた後はロニーに背負ってもらいな。無理すると明日歩けなくなるからね。毎日少しずつ、歩ける距離を増やしていけばいいのさ」

「ん、任せて」

そ、そうですね。さすがに私ももう歩ける気がしないもん。むしろ立てるかさえ怪しい。素直に甘えようと思います。

「ごめんね、ロニー……ありがと」

申し訳なさからモジモジしていたら、うっ、と顔を赤くして呻《うめ》かれてしまった。ああ、ごめんよ！　早く体力つけるからね！

こうして、昼食後にはロニーに背負われつつ移動をした私たちは、午前の遅れを取り戻す勢いでどんどん進んだ。この速度についていける日は来るのだろうか？　そんなことを考えてたら、知らぬ間にロニーの背中で寝てしまっていたけどね！　睡魔には勝てなかった……！　ハッと気付いた時に周囲を見回してはみたけど、代わり映えのしない景色だったからどのくらい時間が経ったのかわからなかったんだよね。そんなにたくさんは寝てなかったと思いたい。ごめんなさい！

陽が沈む少し前くらいにラビィさんが立ち止まる。山道に入ってからだいぶ歩いてきたよね。木々に囲まれてはいるけど道はあるから、みんなここを通っているのだということがわかる。そして、立ち止まった位置は少し開けた場所。定番の野営場所みたいになってるのかな？

「暗くなる前に野営の準備をしなきゃなんないからね。今日はここらでいいでしょ」

「野営の準備かぁ……」

薪《まき》を集めたりとかテントを張ったりとかかな？　というか私、簡易テントをサウラさんからもらってるんだよね。んー、でもここだとちょっとなぁ。

「ラビィさん、あの、もう少し先に行けましぇんか？　出来れば人がいない場所に。あの、特殊なテントを持ってるから……」

ゴニョゴニョと口ごもるように言うと、何かを察したらしいリヒトが口を挟む。

「きっととんでもない機能が付いてたりすんだよ。そんなものが、人の目に触れちゃまずいってことだな？」

さすがはリヒト、散々私の非常識具合に驚いていたから慣れたものである。仰《おっしゃ》る通りです、と首を何度も縦に振ると、ふむとラビィさんは腕を組んだ。

「そのテントにはみんなが入れるのかい？　でもあんまり時間を取ると野営の準備が……」

暗くなったら準備も大変になるもんね。でも大丈夫である！

「外から見ると普通のテントだけど、中は広い普通のお家みたいになってるの。キッチンもあるし、お部屋も二つは付いてるから……」

私がそう説明すると、リヒトとロニーが呆れたような眼差しを向けてきたのに気付く。な、なんだよぅ。

「えっと、つまり、野営の支度をしなくて済むってことかい？　またとんでもない物を持ってるねぇ……」

ラビィさんまで呆れたようにそう呟いた。ち、違うの！　私が欲しがったわけじゃないんだよ⁉

というフォローもはいはい、と流されてしまった。くぅっ！

そんなこんなで私たちはもう少し先まで進み、森の中の木が多そうな場所を探した。うん、この辺なら大丈夫そう。早速収納ブレスレットからテントを出す。

「……おい、こんなのに泊まるのかよ」

「ぴ、ピンクなのは外側だけだからっ！」

テントは淡いピンク色なのでリヒトの口元が引き攣《つ》る。気持ちはわかるけど大丈夫だからっ！

そして続けて簡易結界の魔術具を取り出す。小さなランプ型になっていて、半径十メートルくらいは侵入者を許さない作り。保護者たちの本気を感じる……！　でも今は魔力の消費を抑えるためにも半径二メートル程度に設定をしなおしておく。節約、節約。三人の物言いたげな視線には意図的に気付かないフリである。気にしない、気にしない。気にしたら負け。

「ま、まぁほら、どーじょ！　中に入って！」

こうして半ば無理やりテントの中に三人を押し込む。そしてみんなが入ったところでテントのステルス機能をオン！

「もう、驚かないぞって、思ってたんだけどな……」

テント内の様子やステルス機能など、諸々《もろもろ》を目の当たりにした皆さんは、リヒトの呟きに心の底から同意を示していました。初めてこれを見た時の気持ちを思い出すなー。安心して、私もたぶん今のリヒトたちと同じことを一度は思ったからね！

テントのおかげで快適に野営が出来ることがわかった私たちは、もはや村に寄らなくても大丈夫なのでは？　と気付き、極力立ち寄らずに進もうと決めた。これを野営と呼んでいいかどうかは置いておく。物資の調達もいらないんだよね。なぜならテント内に設置してあるキッチンに、冷蔵庫はもちろん食材倉庫にも食料がたくさん用意されていたのだから。さすがに私も軽く引いた。だって倉庫は時間の経過がない魔術まで施されていたんだもん。食品が腐る心配もない。至れり尽くせりがすぎる！

オルトゥスのみんなの過保護っぷりに軽く呆れてしまったけど、ふと、サウラさんから言われた言葉を思い出した。あまりにも色々くれるからこんなにあっても使えないって断ろうとした時のことだ。

『備えあればうれいなしよ！　どうせ悪くなったりもしないんだし、何かあった時の保険だと思っておきなさいな』

今になってその意味の重要さを実感したよ。この世界でもそんな概念《がいねん》がやっぱりあるのねぇ、なんて今更ながらに思う。

「好きに使っていいとは言ってもねぇ。無駄遣いはよくないだろうし、考えながら使わせてもらうよ」

この人数でも数ヶ月は生活出来るくらいの物資はあるんだけど、ラビィさんはあくまで慎重に、と考えているみたいだ。堅実《けんじつ》な人である。私だけだったら深く考えずに無駄遣いしそうだったから、しっかり者の存在はとてもありがたいよ。み、見習いますとも。そんなラビィさんが色々と考えて夕飯を準備してくれるというので、ここはお言葉に甘えることにした。材料をどれだけ使うかとか、お任せした方が絶対いいもん。間違いない。その間に私はリヒトとロニーを部屋まで案内している。

「二階まであんのかよ……」

「あー、うん。本当は階段をちゅくる必要はないんだけど……お洒落《しゃれ》でしょ？　ってちゅくってくれた人がね……」

マイユさんである。確かにお洒落だし幼児に優しい低めの緩やかな階段だけどさ、二階を作る必要性は全くない。亜空間魔術が組み込まれているから省スペースにする必要もないし。あの人は技術の無駄使いを極めし者なので仕方ないと思うしかあるまい。

階段を上り切ってすぐ左側の部屋に二人を案内し、ついでに部屋の使い方も教えてあげる。

「おいおい、別に使い方まで教えてくれなくても……なんだこれ？」

「部屋の中に、部屋が、ある」

そりゃあね。これがただの部屋ならリヒトの言うように説明なんかはいらないんだけどさ。ここはホテル並みの設備が揃ってるんだよ。でもこの世界ではこの仕様は普通じゃないのだから説明は必須なのだ。その証拠にほら、二人が動揺している。

「ここはね、はい！」

「なっ、えっ、シャワールーム⁉」

二人が怖がってドアを開けようとしないので百聞は一見に如《し》かず、ってことで開けて見せてあげた。水やお湯の出る魔道具と浴槽《よくそう》を見て二人は目をまん丸にしている。驚いてる驚いてる！　猫足バスタブではあるけど、この世界でもよくある形の浴槽だからすぐにシャワールームってわかってもらえたのは安心かな。

「手をかざしゅと魔力に反応してお湯が出るの。二人とも魔力があるからへーきだよね！　そんなに魔力もちゅかわないし。ここにもお湯を溜めて、全身洗った後にちゅかるといいよ」

「浸かる……？」

指差しながら二人に教えていると、ロニーが首を傾げて聞いてきた。もしかして、湯船に浸かったことがないのかな？　あり得る。浴槽はあってもそんな文化がなくてもおかしくないもん。オルトゥスで湯船に浸かるのが当たり前なのは、お父さんの影響だろうしね。でもリヒトは浸かったことがあるみたい。そのことについてロニーに説明してくれている。でもまだロニーが微妙な顔をしてるものだから、拳を握りしめて力説したよ！

「あったかいお風呂にのんびりちゅかると、気持ちいーんだよ！　ちゅかれが取れるしおすすめ！でも、長くちゅかるとのぼせちゃうから注意だよ？」

このままではやらないかもしれない、と思った私はあらかじめ浴槽にお湯を溜めてやった。えいやっ。これなら水がもったいないって入ってくれるだろう。ああっていう声は聞こえない聞こえない。

「そりゃー、毎日入るのは魔力の無駄遣いになるかもだけど……たまになら、いーでしょ？　今日は、お試しってことでダメ？」

美味しいとか、楽しいとか、気持ちいいとか、いいものは人にも教えてあげたいじゃないか。特に二人にはお世話になりっぱなしなんだから。もちろん、あとでラビィさんにも教えてあげますとも。

「贅沢《ぜいたく》すぎんだろ……あー、もうわかったよ！」

「あとで、感想、言う」

ジッと二人の反応を待っていたら何に根負けしたのかはわからないけど額に手を当ててリヒトが言い、苦笑を浮かべながらロニーが言った。なんか私がワガママを言ったみたいになってて解せぬ。まぁいい。

「うん！　絶対気持ちいーから！　お水もしっかり飲んでね！」

ロニーの反応が楽しみである！　じゃあまた後でね、と声をかけて私は二人の部屋を出た。早速ラビィさんにも伝えちゃおう！　夕飯の支度、一段落ついてるかな？

「はーっ、お湯に浸かるって聞いた時はそんな贅沢ダメだろって思ったものだけど、やっぱりいいものだねぇ」

「でしょ？　でしょ？」

呼びに行った時、ラビィさんの方も一通り準備が済んだ頃だった。まさにベストタイミング。リヒトやロニーにしたのと同じようにお風呂のことを伝えたところ、自分には魔力がないからそれなら一緒に入ってよと言われ、そして今に至る。ラビィさんの長い髪をわしゃわしゃ洗うのは楽しかったですっ！　いつもはほら、洗ってもらってばっかりだからさ……背中を流したことはあるけど、頭を洗わせてもらったのは初めてだったのだ！　もちろん、私はラビィさんに洗ってもらいましたとも。でも、実は他に気になることがあったのである。

「古傷にじんわり効いてる気がするよ」

そう、ラビィさんの身体は傷でいっぱいだったのだ。大きいものから小さいものまで、傷の種類も多種多様っぽかった。切り傷や火傷《やけど》、色んな怪我をしてきたんだなって……だから背中を流すのがなんだか怖くて頭を洗うことになったのだ。もう痛くないっていうのはわかるんだけど、痛そうに見えるんだもんっ！

「メグは優しいね。ごめん、見てて気持ちのいいもんじゃないだろ？　傷ばっかりでさ」

「そんなことはないの！　ただ、痛そうでびっくりしただけで……ごめんなさい」

本当にびっくりしただけなのだ。日本にいた時はもちろん、今もここまで傷のたくさんある身体を見たことはなかったから。オルトゥスのみんなが怪我をしないってわけではなく、治療の魔術が高度だからその傷がほとんど目立たないだけなんだよね。あと、魔大陸の人たちは種族柄、自然治癒力も高いんだと思う。

人間って、脆《もろ》いんだなって思っちゃったのだ。最弱の種族だって聞いていたし、知識として知ってはいたんだけど、それを目の当たりにしたよ。

「謝ることなんかなんもないだろ！　そうやって、痛そうだなって心配してくれるのがもう優しい証拠じゃないか」

あははっと明るく笑ってそう言ってくれるラビィさんの方がずっと優しいよ。いつか、温泉に連れて行ってあげたいな。普通のお風呂より古傷にも良さそうだもん。住んでる大陸が違うから、無理かもしれないけどさっ。

「さ、そろそろ出よう。アイツらも腹を空かせてるだろうし。いいお湯をありがとうね」

「！　うん！」

とりあえず、ラビィさんには満足してもらえたから、今はそれでオッケーである！

私たちが着替えてダイニングテーブルまでやってくると、頬をほんのり赤くさせたリヒトとロニーが椅子に座ってのんびりしているところだった。二人は私に気付くと、目をキラキラさせて報告してくる。

「お湯に浸かれて最高だったぞ！　疲れも取れたし！」

「うん。いいこと、教えてもらった」

そうだろうそうだろう！　ロニーもお風呂が気に入ったみたいだ。よかったー！

「さ！　あとはスープを温めて並べるだけだから、あんたたち手伝いな！」

そんなラビィさんの声に返事をし、みんなでテキパキ食事を並べていく。それぞれが席に着いたところで夕飯のお時間です。お風呂上がりでサッパリし、美味しい夕飯をみんなで囲んで。なんだか本物の家族みたいだな。オルトゥスのみんなも家族だけど、まさか人間の大陸でもそんな風に思える人たちと出会えるとは思ってもみなかったよ。まだ出会ったばっかりだし、そんなボケボケした頭ではいられないのはわかってるんだけども。うん、この出会いに感謝だ。

夕飯を食べながらするのは今後の話し合いである。すでに何度も話しているし、確認のためのものって感じではあるけどね。確認というのは何度したっていいのだ。いつ予期せぬ事態になるともわからないんだから。でも喋ってるのはほぼラビィさんで、私はせっせと夕飯を口に運ぶのが仕事である。

「というわけで、村や町の中には基本的には入らない、は徹底していこう。今後、どんな情報がどの程度出回るかわからないからね」

「でもよ、ラビィだけ入れるってのはずるいよなー」

そう、方針はこうなった。そろそろ、私たちが逃げてきた東の王城からの情報が出回ってもおかしくないらしいからね。いくら人間の大陸では子どもが珍しくなくても、子連れの旅ってだけでやっぱり目立つようなのだ。でも情報収集はしたい。そこで、仕事柄慣れてもいるラビィさんがその役目を買って出たというわけだ。私たちはラビィさんの調査中は近くの森で待機。つまり隠れて待っていられる場所が周囲にないと調査も難しいってことでもあるんだけど、ここらの村は大体近くに森があるというのでそこは安心かな。

「何言ってんだい。少しでも危険を減らすためだろう。いずれ、どうしても通らなきゃならない街とかも出てくるんだから、そこで我慢しな」

「ちぇ、わかってるよ」

ちぇ、って可愛いなリヒト。でも、その気持ちはわかるけどね。自分も役に立ちたいのだ。

「それに、待ってる間は課題を出すからね。ただ待ってるのなんか、暇《ひま》だろ？」

しかし、続くラビィさんの言葉とニヤリと笑うその微笑みに私もリヒトもロニーも顔を引き攣らせてしまった。か、課題、ですか？

「鍛錬は一日で身につくものじゃないのさ。時間があったら鍛える、これは常識さ！」

なんだか生き生きしてますね!?　ひえーっ！

「ど、どんな課題出す気だよラビィっ」

「お、お手柔らか、に」

「お願いしましゅ……」

そんな弱気でどうするー！　というラビィさんの声に、私たちは揃って背筋を伸ばす。その背中を一回ずつバシバシ叩きながら大丈夫って言うけど、最も信用出来ない言葉に聞こえたのは言うまでもない。ううっ、泣き言なんか言わないぞーっ！　千里の道も一歩から！


しっかり休息を取った私たちは、翌朝から予定通り、あまり人とは会わずに移動を続けた。数日単位ではあったものの、順調にいくつかの村も通り過ぎることが出来た。その都度ラビィさんが調査をし、待ってる間に私たちは鍛錬をする、の繰り返し。反復作業やラビィさんの課題はなかなか辛いものがあったはあったけど、頑張れば乗り越えられる絶妙な課題を出してくれるおかげでどうにかこうにか鍛錬も続けることが出来ている。ラビィさん、いい師匠ですよほんと……。

そのおかげもあってか、毎日少しずつ自分で歩ける距離も増えて、護身術の心得やちょっとした反撃技なんかも教えてもらえるようになったよ！　技は上手く決まらないけどね……くすん。でも、ちゃんと成長してるって実感があるから楽しくもあるんだよ！　旅は順調そのものである！　と、言いたいところなんだけど……。

昨日、とうとうラビィさんが不穏な噂を耳にしてしまったのだ。

「東の王城から兵士が派遣されてるんだってよ」

「人探しをしてるみてぇだな」

「おいおい、犯罪者かなんかじゃねぇだろうなぁ？」

ラビィさんが村人の噂話を聞いたところによるとこんな様子らしい。所詮《しょせん》は噂だ。けど、無視は出来ない内容だった。ラビィさんがそれとなく会話に交ざり、あれこれ聞いたみたいだけど……そもそも噂に過ぎないので、村の人たちもそれ以上はよくわからないらしかった。本当かどうかも疑わしい、って。そういう噂だけで終わる報《しら》せはよくあるんだって。

「けど、今回は噂だけじゃないだろうねぇ……」

その日の夜、テントで夕飯のクリームパスタを食べながらラビィさんが言う。和やかな雰囲気すぎて危機感がないけど、実際は危機的状況だからね！

「東の王城から、だもんな。俺たちのこと捜してるよなぁ……」

「顔、知られてる……」

「そうだね。しかもあんたたち、それぞれ特徴のある顔立ちしてるから……」

特徴のある顔立ちって、とリヒトが軽くショックを受けた顔をしている。ロニーはドワーフ特有の雰囲気があるくらいで普通だと思うんだけど……それは亜人を見慣れている私だからそう思うのかもしれない。人間と同じかって言われると違う気もするからなぁ。これまですれ違った人間に比べると、彫りが深いとか？

逆にリヒトはロニーとは正反対だ。日本人顔だからね……そっか、それはそれで特徴的になっちゃうのか。

「……俺はここの人間じゃねぇしな」

「え……？」

そこでポツリ、と呟かれたリヒトの言葉に思考が止まる。え、えと、それってもしかして……？

「一番目立つのは、なんたってメグだけどね」

「うん、目立つ」

「反則級の美幼女だもんなぁ、メグは」

けど、その呟きを拾ったのは私だけだったみたいだ。そして口を開く前に話題が私になってしまう。あ、あれ？　やっぱりそうなの？　これればかりは生まれ持ったものだから仕方ない……強いて言うなら、美形すぎる両親のせいだ。

「出来るだけ顔を隠せる服にするかねぇ。ここから先は大きな街が増えてくるし、人通りも多くなってくる。入らなきゃならない街も出てくるし、少しでも誤魔化さないと」

「マント、とか？」

「みんなでマント被ってたら、それはそれで目立つだろ」

みんなが対策をあれこれ話し始めたので、リヒトに聞くタイミングを完全に失ってしまった。でも、あれってどういう意味だったのかな。この国の生まれじゃないからって意味にもとれるけど……。

そんなモヤモヤを抱えながらも、またいつか聞けたらな、とひとまず心にしまっておく。うん、焦って聞いて、「何だよ日本って」みたいなことになっても困るもんね。ここは慎重にいかねば！

それとなく確認出来る術《すべ》があればいいんだけど、なかなか難しいだろうなぁ。そんなことを考えながら、みんなの考えを聞きつつ、私はクリームパスタを黙々と食べ進めた。んー、おいしっ！

「さ、あんまり考えすぎて寝るのが遅くなってもまずい。食べ終わったらしっかり身体を解してさっさと寝な。しっかし、夜の見張りをしなくていいっていうのは楽だねぇ」

長旅の基本は無理なく休息をしっかり取ることって言ってたもんね。魔物が出ないとはいえ、賊とか野生の獣が出てこないとも限らないから、人間の大陸でも野営の際の見張りは必須だそう。それもそうだよね。でも私のテントのおかげでセキュリティは万全、ラビィさんもぐっすり眠れるというわけ。この点は本当に良かったって思うよ！　テントをくれたサウラさんには頭が上がらないよ！　もらった時はここまで活躍するとは思ってもみなかったけど。

おっといけない。私も早く寝る準備をしなきゃ。鍛錬で疲れた身体を入念にストレッチで解しておかないと。じゃないと明日になったらまた生まれたての子鹿メグになっちゃうからね……筋肉痛を甘く見てはいけない。

「メグ、随分、柔らかくなった」

後ろから背中を押してくれるロニーからお褒めの言葉をいただく。えへへ、そうでしょ？　初日に比べればかなりマシになった自覚はある。え？　初日？　足を伸ばした状態で手が全くとどきませんでしたけど、何か？

「メグはまだ小せぇからな、すぐ柔らかくなるんだろ。な？　心配いらなかったろ？」

隣で開脚《かいきゃく》しながらペタンと床に身体をくっつけて、リヒトが明るく声をかけてくる。相変わらず柔らかすぎでしょ！　私なんかようやく足を掴めるようになった程度なのにっ！　でも初日から変わらず励ましてくれたリヒトは全く悪くない。ただの私の嫉妬《しっと》心である。そんなこと言ったら同じくらい柔らかいロニーにも嫉妬してるけどね。

「慌てない。メグは、ちゃんと、成長、してるから」

そんな時にロニーの穏やかな声色は何度も私を落ち着かせてくれた。そうだよね、マイペースにコツコツと！　ってそのたびに自分にも言い聞かせられたもん。何ごとにも近道なんてものはないのである。

「うん、ありがと二人とも。毎日少しずつ、続けるよ」

その意気だ、とリヒトは笑い、ロニーは頭を撫でてくれた。甘やかしてくれるのはこの二人も同じだなぁ。心がふわりとあったかくなる。本当、私って出会う人に恵まれてるよなぁ。ありがたや。

こうして、寝る前の日課をこなした私たちはそれぞれ自室に戻ってベッドに潜り込む。不安な噂はあったけど、慌てず自分に出来ることをこなしていこう！

次の日から、私たちは対策として印象を変えながら移動することにした。どういうことかって？　私は簡単。せっかくオシャレ魔道具があるんだからってことで、茶髪や赤毛など、他の村や町に入るたびに髪と目の色を微妙に変えることにしたのだ！

この美幼女っぷりはどう足掻《あが》いても目立ってしまうので、せめて色を変えて違う印象を与える作戦である。たとえ美幼女を見たと報告されたとしても、髪色が違うだけで別人かも？　と思わせることが出来るからね。子どもが珍しくなく、髪色が変わるなんてことがまずない人間の大陸だからこそ出来る技だ。

次にリヒトだけど、こちらも簡単。村や町など、人の多い場所にいる時のみ魔術を使うのだ。存在を認識し辛くなる魔術って言ってたから、ギルさんが使ってた隠蔽《いんぺい》の魔術かもしれない。性能は劣《おと》るだろうけど、使えるだけですごいぞ、リヒト！　でも魔力の消費もするから、ここぞという時だけにするんだって。

そしてロニーは、もう仕方ないのでフード付きマントを被ることに。マントを被るのがロニー一人だけならそこまで目立たないからね。十分である。

ただそうまでしても、これらは気休めにしかならないっていうのはわかってる。だってまず、大人一人に子ども三人の旅人ってだけで目立つもん。リヒトはラビィさんより少し背が低いくらいでわかりにくいかもだけど、日本人顔……つまり童顔だし、ロニーは種族柄背が低いし、私は元々チビだし、でどう見ても子どもに見えてしまう。三人の子連れの旅人、というのはこの大陸であっても珍しいと思われるって言ってたし。成人するまでは生まれた場所で過ごすのが普通だからだそう。余程の事情で引っ越しとかでもない限り、ね。つまり、私たちは行く先々で余程の事情がある旅人として見られてるってわけ。うーん、村や町に立ち寄る回数を減らせて良かったたって改めて思うよ。

「さて、いよいよ明日には大きな街に入るよ。検問がある街だ」

対策をするようになってから数日後の朝、出発前にラビィさんがそう切り出した。どうしても避けては通れない街なのだそう。そういう場所があるのも仕方ないよね。前もって聞いていたし、覚悟は出来ている。人も増えてきたのを実感していたし、そろそろかな？　とは思っていたのだ。

「わかってる。転移だろ？」

ラビィさんの視線を受けて、リヒトが言う。そう、実は今回、なんと検問を避けて街へと侵入するのだ。記録を取られないためである。だから私たちは今、作戦決行前にみんなで最後の確認をし合っているというわけだ。要は不法侵入というやつである。うぅ、緊張する……！

「街がとにかく大きいからね。入ってしまいさえすればそうバレることはないさ。……街中で問題を起こしたりしなければね」

うあああ、罪悪感がすごい。悪いことをしてるみたいで。悪いことはするんだけど！　反則テントのおかげで、これまでの旅では楽をし続けていたのもあって、ようやく逃走中という実感が湧いてきたというか。……危機感がなかったのは私だけかもしれないけどっ！

「転移をしたら俺は魔力をたくさん使っちまうから……隠蔽はかけられないぞ」

「そうだね。人が多い街だから、人に紛《まぎ》れるしかない。あまり動き回らずに宿を取ったらリヒトの魔力が回復するまで大人しく宿にいるのがいいかもしれないね」

そう、リヒトの魔力回復を待たないと、出る時の転移が出来なくなってしまう。魔力回復薬は持っているけど……回復した側からまた魔力を使い切るのは、身体に大きな負担がかかる。旅はまだ続くわけだし、そんな無理はさせられないもん。自然に回復するのを待てるのなら、それが一番いいのだ。

だから、薬は再び転移を使って街の外に出た後に飲んでもらうことになってる。丸一日休めば大丈夫だって聞いてるから……それまでの我慢だ！

「宿で、大人しくする」

「私も、いい子にしてるよ！」

ロニーとともに頷きあっていたら、リヒトとラビィさんに頭を撫でられた。えへへ。

最終確認を終えてからすぐに出発した私たちは順調に人の波に紛れ込みつつ歩を進め、そしてついに目的の大きな街、ウーラの目の前まで辿り着いた。ふわぁ、大っきな門！　今からこの内部に侵入するのね……！　あぁぁぁ緊張するぅ！

6　オルトゥス内の動向

【サウラディーテ】


「来たわよ！　魔術陣の解析結果！」

見たこともない魔術陣の解析なんて、それこそ年単位で時間がかかるような仕事なのに、それを二十日でやってみせるなんて……ミコラーシュの本気を見たわね。今は夜になってしまったから、持って来たのは夜の姿であるミコだけれど。

私が声を上げるとその場にいたメンバーからの注目が一斉《いっせい》に集まった。もちろん、近くに寄ってくるのは実力者のみ。つまりいつものメンバーね。その辺り、ギルドメンバーは心得ている。聞きたい気持ちはあるものの、邪魔をしてはならない、ということを理解してるからよ。

「すぐに本題に入るわよぉ。これはねぇ、簡単に言うとぉ、一定以上の魔力を持つ子どもを呼び寄せる転移陣なのぉ。一定以上っていうのはぁ、一般的な大人と同程度くらいって思ってもらっていいわぁ」

重鎮メンバーがある程度集まったところで、ミコが早速説明をしてくれる。顔には疲労が滲んでいるわね……この後は少し休憩してもらわなくちゃ。

「……それならメグちゃんも対象になるね」

軽く殺気を纏わせながらケイが言う。殺気を纏っているのはケイだけじゃないけどね。でもそっか。これで納得がいったわ。街にも他に子どもはいるけど、その子は無事だったもの。子どもだけを集めてるんじゃなくて、大人と同程度の魔力を持つ子どもが集められたわけか。キナ臭すぎるわね。

「それで、発動場所は？　呼び寄せの転移陣ということは、そこにメグがいるということだろう？」

ルドが冷静に先を促す。それでも静かな怒りを感じるわ。無理もないけれど。

「その通りよぉ。そしてぇそれが大問題なの。場所は……人間の大陸なのよぉ」

ミコのその言葉にギルド内の全員が息を呑んだわ。私も、いい加減怒りで我を忘れそうよ。……いいえ、落ち着いて。ギルを叱り飛ばした癖に、私が怒りで焦ってはダメ。ゆっくりとした呼吸を繰り返す。

「どうりで……精霊たちでさえ連絡がつかないと思いましたよ」

シュリエが冷たい響きを持った声でそう言ったわ。メグちゃんが消えてから、当然シュリエやカーターには精霊たちを通じてメグちゃんを捜してもらっていたのよね。それでも連絡が取れないし、精霊たちもわからないと言ったらしいから……その時点で嫌な予感はしていたけれど。

もちろん、このことはすでに魔王様にも知らせてある。魔王城のメンバーも総出で捜索《そうさく》しているようだけれど、収穫はなし。というか魔王様ったら、メグちゃんの失踪《しっそう》を知った時、魔大陸全土に伝わったのでは？　という勢いで殺気を漏らしたのよね……すぐに収まりはしたけど、メグちゃんの父トリオの中で最も堪え性がないと思うわ。はぁ、気持ちはわかるけど。気持ちはすごーくわかるけどっ！

まあそんなわけで、メグちゃんの消息すら掴めない現状に、何らかの魔術で妨害されていたり、囚《とら》われている可能性もあったわけだけど。それがミコラーシュの調査で今はっきりしたってわけ。でもまさか、人間の大陸にいるだなんて……！

『サウラディーテさん！　おはよーございますっ！　あっ言えた！　噛まないで言えたーっ』

脳裏にメグちゃんの愛らしい声と弾けるような笑顔が浮かぶ。最近は言葉も随分上手に扱えるようになって、それを自覚しているからこそ成功するとこっちが嬉しくなるくらい大喜びして。たどたどしい話し方で、よちよち歩き回るメグちゃんもすごく可愛かったし、ちょっぴり成長が寂しくもあるんだけど、こうして成長を感じられるのはもっと嬉しくて。ああ、親ってこういう気持ちなのかしらって、メグちゃんのおかげでそんな貴重な感情を知ることが出来たのよね。

『私、ずーっとオルトゥしゅにいたいなぁ』

次期魔王という運命にあるメグちゃんは、いずれ魔王城に行くことになるかもしれない。魔王として、この魔大陸を魔物の暴走から守る使命があるから。魔王はこの大陸のトップという立場ではあるけど、国を統べる王とはその役割が全く違う。その強大な魔力と魔王としての威圧をもって、魔物たちの制御を行うことが一番の仕事。もちろん、魔王城周辺の街の管理もしなきゃいけないから、一国の王といえなくもないけれど……肝心の魔王としての役目が疎《おろそ》かにされないためにそこまで重要視されてないのよね。だからいつもクロンや宰相、魔王の補佐たちが苦労しているんでしょうけれど。

けど、メグちゃんがもしこのまま魔王として引き継いだらと思うと心配なのよね。仕事がこなせるかどうか、という話ではなくて……頑張り過ぎちゃうんじゃないかって。だってあの子、自分に出来ることだったらなんでもやる！　って姿勢なんだもの！　仕事を引き受け過ぎてパンクするんじゃないかって思うのよ。それにたぶん、引き受けた分はしっかりこなすタイプ。頭領や魔王のようにちょっと適当なくらいがちょうどいいのよね、本来は。……まぁ、あの人たちは大雑把《おおざっぱ》過ぎるところがあるけれど。限度って言葉を延々と説明してやりたいわ。

『だってね、オルトゥしゅが大しゅきだから！　お仕事、頑張るから……もし大きくなって違うことをしなくちゃいけなくなっても……ここに、いたいって思うんだぁ』

オルトゥスが大好き、か。心がじんわりとあったかくなる。そりゃあそうでしょ！　自分たちのことが好きでずっと一緒にいたいなんて言われたら嬉しいに決まってる。でも、きっとメグちゃんも、いつかは魔王になってお城に行かなきゃいけないのかもって勘付いてるのよね。それでも、ここにいたいって言ってくれてる。はぁ、私だってずっとここにいて欲しいわ。でも、魔王が魔王城に住まないなんて聞いたことないものね。

ううん、聞いたことがないだけでダメってわけじゃない。前例がないだけで。この先もずっとそう思ってくれるのなら、一緒に考えていきたいって思ってた。あの子の未来のために、最善だと思うことや、あの子の望みは出来る限り叶えてあげたいって。頭領が言ってたもの。メグちゃんには前世の頃から我慢ばっかりさせてきたから、今は自由に自分の道を歩んでほしいって。もう二度と孤独を感じさせたくないって！

ツーンと鼻の奥が痛むのを感じる。私だってそんな思いをメグちゃんにさせたくないって思ってた。でも、きっと今はとても心細い思いをしてるわよね……たった一人で、知らない場所に放り出されて、もう二十日も過ぎて……。そこに人はいるのかしら。優しい人ならいいけれど、邪《よこしま》な考えを持つ人に目をつけられていたりしないかしら。そもそも多くの魔力を持つ子どもを呼び寄せるだなんて、悪い予感しかしない。無理やり魔術を使わされたり、閉じ込められたり……ああ、ダメダメ。悪い想像ばっかりが浮かんでくる。あんなに可愛い子が酷い目に遭わされるなんて、そんなの絶対にあってはならないわ。泣いちゃダメ。私はオルトゥスの統括なんだから。今やるべきことをしっかり整理するのよ、サウラディーテ。力のない弱い身でも、心は誰よりも強くあれ。それが小《こ》人族《びと》の誇りなんだから！

「……こうしちゃいられないわ。まずは一刻も早く頭領と魔王様に伝えなきゃ！　そうね……誰か！　オーウェン、ワイアット、それからメアリーラちゃんを呼んできて。魔王城へ行ってもらうわ」

魔王様に伝えるのはこの三人がいいでしょう。とはいえ、魔王様も今はメグちゃん捜索に出ていると思うけれど。でも、クロンには伝えられる。彼女に言えば魔王様にもすぐに伝わるでしょうしね。伝えに行くだけだから道中の護衛には双子がいればメアリーラちゃんが適任。人選の理由はなんてったってスピード。メアリーラちゃんはスピードだけならギルにも負けないもの。ただ、戦う力がないから護衛は必要になるけれど。その点、ちょうどあの双子には外での任務を増やしてもらいたいと思っていたから打ってつけだわ。

「さ、サウラさんっ！　どうしてあの二人が一緒なのですかぁっ⁉」

すぐに三人は私の許へとやってきたわ。来る途中で事情を聞いたのでしょう。メアリーラちゃんは不服そうね。

「メアリーラちゃん一人で行けるの？」

「そっ、それは……っ」

「魔王城周辺は魔物が統率されているけれど、それまでの道のりは少し危ないものねぇ？」

「あうっ、えっと、それならワイアットだけでもいいのでは……⁉」

メアリーラちゃんは、本当にわかりやすいわね。口では嫌がってるけど、オーウェンを意識しているのが丸わかりよ？

「やっ、やだよ！　オーウェンに殺される！」

一方、事情を知っているワイアットは当然の拒否。双子の兄であるオーウェンが隣でニコニコと笑いながらも殺気を送ってくるものねぇ。オーウェンもわかりやすいんだからまったく！　弟にまで嫉妬してるんじゃないわよ！

「お、男の人二人も乗せて飛ぶのは……」

「あら。この前はケイと、大柄なニカ、それに吊るしてたとはいえジュマの三人を同時に運んできたじゃない」

そう、メアリーラちゃんはこう見えてかなりの力持ち。人型の時でさえ、重症な大柄男性でも軽々抱えていくもの。魔物型になった時の大きさはそこまでではないけれど、さらに力を発揮するしね。これで戦闘能力があったらバリバリ表に出て稼いでいたでしょうね。もちろん、メアリーラちゃんは医療チームとして重要な仕事をしてもらっているから十分なくてはならない存在だけどね。

「お、女の子は私だけなのですかぁ!?」

「ワイアットがいるからおかしなことにはならないわよ」

「えーっ俺、一番苦労するやつじゃん！」

あら、理解の早いこと。そうね、ワイアットは時々微妙に甘酸っぱい空気を醸《かも》し出すこの二人に挟まれて、メアリーラちゃんに文句を言われたり、オーウェンに気を利かせろと言われたりの板挟みになりそう。ま、慣れてるでしょうし頑張ってもらいましょ。

「人数が多くて嫌なら、オーウェンと二人でもいいわよ？」

「喜んで！　俺が必ずやメアリーラを守ってみせます！」

「わーっ！　ワイアットと三人で行きますぅっ！　三人がいいのですよう！」

よし、と。これで魔王様への伝達はオッケーね。涙目のメアリーラちゃんを、オーウェンが甘い顔で見つめているわ。元々ワイルド系の顔立ちなオーウェンがその顔をするとやけに色気がだだ漏れね。メアリーラちゃんが真っ赤になってるわ。ワイアットが頭を抱えてること以外は大丈夫そうね。もう、この二人もいい加減進展したらいいのに。

「ワガママなんて、言ってちゃダメでした。メグちゃんは、今も頑張っているに違いないのです。私には、メグちゃんを助けにいく力はないのですから……！」

ポツリ、とメアリーラちゃんが呟いた。緑の瞳にうっすらと涙が浮かんでいるわ。ああ、この子はやっぱり……！

「ごっ、ごめんなさいなのです！　我慢していたけれど、ど、どうしても……！　ううっ、メグちゃんが心配すぎるのです……自分の無力が悔しいのですぅっ」

あえて、元気に振る舞ってみせたのね。言っていたことは本気だったかもしれないけれど、メグちゃんが心配だっていう気持ちを必死で飲み込んでいたんだわ。

「だから、だから、与えられた仕事は完璧にやってみせるのです！　行くのですよ、オーウェン、ワイアット！　ものすっごく飛ばすから振り落とされないようにしてくださいなのですっ」

「メアリーラ……おう。頼りにしてるぜ」

「そうそう、守護の方も俺やオーウェンに任せておけって！」

あーもう、若い子たちが頼りになりすぎるわね！　本当に、成長したわね、この三人も。うっかり私まで泣きそうになっちゃった。……うん、大丈夫。メアリーラちゃんが泣いてくれたおかげで、私も随分心がスッキリしたわ。三人の背中を見送りながら、私は一つ自分の頬をペチンと打った。

さ、切り替え、切り替え！　次は頭領への伝達よ。

「次は、アドル！　貴方も出張してみない？」

私は受付で事務業務をこなしているアドルに声をかけた。彼はまさか自分が呼ばれるとは思っていなかったみたい。眼鏡の奥の黒い瞳を丸くしながらも、手にしていた書類をトントンと机の隅《すみ》に揃えて置いてから立ち上がった。

「私、ですか？」

「ええ、貴方が適任なの」

アドルフォーリエン。彼はヴァンという鳥型亜人で、私と同じ受付事務を仕事としているのだけれど、間違いなくそこでは私の次に有能よ。いつでも冷静で仕事に私情は挟まない。頭領相手ですら自分の意見をハッキリと言える貴重な人物だから、事情がわかれば間違いなく、後先考えずに人間の大陸に乗り込みそうな頭領の良きストッパーになると思うのよね。

ま、人間の大陸に乗り込むのはきっと止められないでしょうけど。だからこそ、人型形態が人間族とそこまで変わらないアドルは適任。赤みを帯びた黒髪と瞳だから、色合いから言っても人間の大陸にうまく馴染《なじ》めると思うもの。

そういった理由をアドルに説明すれば、ほらね。彼はクイと眼鏡を押し上げてから顔付きを変えて返事をしてくれたわ。

「サウラさんがそう言うのなら、私が適任なのでしょう。その任務、引き受けました」

小柄でやや童顔なアドルがニコリと微笑んで任務を引き受けてくれる。見た目が人好きするから、交渉ごとも得意なのよね。それでいて中身は冷静なんだもの。さすがはオーウェン、ワイアットに並ぶ魔術特化の中堅《ちゅうけん》トリオ。次代のオルトゥスも安泰《あんたい》だわ。ここらでステップアップしてもらういい機会よね。

「けれど、もちろん私だけではないのでしょう？　頭領を追うのは」

少しだけ口角を上げてそう聞いてくるアドル。やめてちょうだい。そんな可愛らしい顔であくどい顔をするのは！　いつも言ってるのに、まったく。まぁ、その通りなんだけどね。頭のいい子は嫌いじゃないわ。私も少し微笑んで応えると、すぐに口を開く。

「ギル、いるんでしょう？　出てきて」

任務から外すと言われても、必ずこの会話をどこかで聞いているはず。案《あん》の定《じょう》、少しの間をおいてギルはどこからともなく現れた。僅かに気まずそうな空気を纏っているわね。

「……頭は冷えたかしら」

少し意地悪っぽく聞いてみたわ。すると、ギルはバツが悪そうな表情を浮かべたの。

「……ああ。悪かった」

ポツリと、そう返事をしたギル。ああーっ良かったわ！　やっぱりメグちゃん救出にはギルの力が絶対に必要だもの。たぶん、この中の誰よりも私がホッとしてるわよ！　こんな内心、特にレキには見せられないわね。あんな偉そうなことを言っておきながら、情けない話ではあるんだけどね。だから意地でも、上に立つ者としてそんな態度は表に出さないわよ。毅然《きぜん》とした態度が今は一番大事だと思うから。はー、でも本当に良かった。もちろん信じていたけれど、ちゃんと聞くまでは気が抜けなかったもの！

「話は聞いていたわね？」

「ああ」

ギルの返事を聞いて、私はアドルに目配せをした。

「ギル、アドル。頭領に説明してきて。それから一緒に人間の大陸へ向かうのよ。……メグちゃんを保護してきてちょうだい」

最も重大な任務を、この二人に託《たく》す。頭領もいるけどね。ことの重大さをしっかり理解したのか、二人はコクリと頷いてすぐに動き始めた。ん？　ギルが少し立ち止まった？

「……サウラ。信用してくれて、感謝している」

「えっ」

い、今なんて？　あのギルが、私にお礼を言った……？　いえ、お礼を言われたことはもちろんあるにはあるけど、それは仕事上のものだったから。あの口ぶりからすると、私が不安に思いながらもギルを信用していたっていうのがバレバレだったっぽいわよね？　それはそれでめちゃくちゃ恥ずかしいんだけど、そんなことよりなにより、あのギルがそういった心情を口に出して伝えたっていうのが衝撃で……！

間違いなく、メグちゃんの影響ね。もちろんいい方向に変わってくれたんだわ。これはますますメグちゃん救出に力が入るわね。ただ、後ろ姿を見ただけでもわかるあの怒りのオーラを見てるとちょっぴり不安ねー。私はアドル、と一言名前を呼んだ。その声に反応してアドルはすぐに振り返ってくれたので、私は一つゆっくりと頷いてみせた。それを見てすぐさまアドルも頷きを返し、そのまま前を向いてギルの後を追う。うん、正確に汲《く》み取ってくれたようね。ええそうよ。あなたの役割はストッパー。頭領やギルの暴走を止めてちょうだいね。理解が早くて助かるわー。あー、でもたぶんだけど、魔王様のことも止めなきゃいけなくなる気がするわ。話を聞いた魔王様がじっとしているとは思えないもの。クロンが引き止められれば別だけど。あら？　ひょっとしてアドルにはちょっと負担が大きいかしらね……まぁいいわ。これも経験、経験！　頼りにしてるわよ、アドル！

【ギルナンディオ】

サウラの指示を受け、俺たちはすぐさまギルドの外へ出た。それまでの間に影鳥《かげとり》を影の中に飛ばし、頭領へ報せを送る。頭領の影には常に影鳥を一羽は忍ばせているから、返事はすぐに戻ってきた。ふむ、ドワーフの鉱山に集合、か。移動手段は空。俺一人なら影を通ってすぐに向かえるがアドルがいるため飛んで行くしかない。頭領とは鉱山前で落ち合うことにしたため、俺だけ先に着いても意味はないしな。今ここで急がねばならないということはないから問題もないだろう。
「ついて来られるか」
ただ、あまりのんびりもしてはいられない。ここから鉱山の前まで飛んで行くのに、丸一日はかかる。急げばもう少し早く着くが、アドルに無理をさせるわけにもいかない。頭領も着くのにそれなりの時間はかかるだろうことが予想されるしな。まぁ、いざとなればアドルは俺が乗せて飛ぶが。

「出来るだけついて行きます。修行になりますから」

「……無理はするな」

「はい。元も子もなくなりますからね。限界が来る前には必ずお伝えしますよ」

アドルも俺の意図を正確に読み取ったのだろう、満点の答えを口にした。なるほど、サウラの秘蔵っ子であるわけだ。自身の実力を正確に把握しており、かつ向上心もある。このやり取りだけでかなり優秀な男だということがすぐにわかった。

俺たちはすぐに魔物型へと変化し、飛び立った。アドルは俺と同じで黒い鳥型亜人だが、亜人としては数の多い輔翼鶴《ほよくばん》の亜人で、文字通り人を補佐する力に長けた鳥の種族。彼らは補助魔術を得意としており、どんなパーティーにも一人いれば百人力と言わしめる者たちだ。

魔物型の身体の大きさは比較的小柄。影鷲《かげわし》である俺の半分以下の大きさしかない。だからこそ同じ距離、速さで飛ぼうと思っても俺以上に力を消耗する。しかし、そこは補助魔術のスペシャリスト。自身の運動能力を魔術で補佐し、俺の飛行について来ている。非常に頼もしい。だがやはり疲労はするだろう。様子を見て半日飛んだら休憩を挟もう。

ひたすら無言で飛び続けていると、やはり色んなことを考えてしまう。脳裏に浮かぶのは、満面の笑みを浮かべるメグの姿。

『ギルにゃんディオ、しゃん……あーっ、今日もうまく言えないっ』

『明日は！　明日はきっとちゃんと呼びましゅからねっ！』

『ほんとでしゅよ？　信じてない顔してましゅけど！　悔しいーっ』

毎日の日課だったな。あのやり取りがないと、一日が始まった気がしない。うまく言えなくてもいい、また聞かせて欲しいと願わずにはいられない。メグ……無事だろうか。一人きりで泣いてはいないだろうか。悪しき者に捕まって、乱暴されてはいないだろうか。

人間の大陸だから、自然魔術が思うように使えず、さぞ困っていることだろう。身の安全を守る魔道具をたくさん持っているからある程度は大丈夫だと思うが……混乱していたら使えないかもしれない。珍しく、高価な物ばかりを持っているからと、逆に狙われたりするかもしれない。人間は狡猾《こうかつ》だ。そして信用ならない。笑顔でメグに近付き、騙《だま》そうとする者もいるだろう。

そして何より……寂しがっていることだろう。

それを思うと胸が張り裂けそうになる。必ず守ると約束したのに、ずっと側にいると約束したのに。何がオルトゥスナンバーツーだ。どれほど力があっても、いざという時に大切な者を守れないなら、全く意味がない。

メグ、メグ、メグ……！　どうか、どうか無事でいてくれ。必ず迎えに行く。

『ギルさん』

スッと、冷静な声で俺を呼ぶ声が聞こえた。隣を飛んでいたアドルの念話だ。叫ぶでもないその声は、不思議と頭によく響いた。考えごとをしている時は人の声に気付かないこともあるというのに。念話は直接頭に響くから、そのおかげもあるだろうが、アドルの人を落ち着かせる声色の効果が大きいかもしれない。

『信じる、ということは、とても勇気のいることなんですよ。知っていますか？』

おそらく、俺が何を考えながら飛んでいたのかわかっているのだろう。焦りが見て取れるんだろうな……情けない話だ。

『絶対大丈夫だと信じて、もしも実際大丈夫でなかった時に、心に多大なるダメージを負うからなんです。ですから、人は最悪を想定してあれこれ考えがちなんですよ。こうだったらどうしよう、と考えることで、もしもの時の対策を考えているんです。そしてその予想が当たった時に、少しでも心のダメージを軽くするためですね』

ギルさんなら知っているでしょうけれど、と付け加えてアドルは語る。そうだな、知っている。だが見事にその通りの思考になっているのだからどうしようもないな。

『けれど、人の信じる気持ちというのは時として力になります。信じる気持ちがその結果を引き寄せるんです。希望的観測ですけどね？　でも、全くの無関係とは言えないと思いませんか？』

返事に窮《きゅう》するな……それは、自分でもわかっていることだ。信じたい。メグは無事であると強く願っている。だが同時に恐ろしい。もしものことがあった時に、俺は俺を保てるか自信がない。俺が黙っていると、アドルはいいんですよそれで、と口にした。まるで考えを読んでいるかのようだ。

『ギルさんは、ギルさんの心を守るためにそうして悪い事態を考えていてください。貴方が負う心のダメージは……もしもの時にとても大きなものとなりますから』

『……お前は本当に人の心を読むのが上手いな』

『今のギルさんならわかりやすいですから。普段はこうはいきませんよ』

アドルはおどけたように言ってみせた。加えて人の心を掴むのも上手いヤツだ。

『全面的に信じて疑わない役は、私が引き受けます。私は何が何でも信じてみせましょう。メグさんは無事です。絶対に』

力強いその言葉に、幾分か心が励まされた気がした。後輩に励まされるなんてな……思わず自嘲気味な笑いがこぼれる。

『……情けないな、俺は』

『親とは、そういうものなのだそうですよ？　それに、完全無欠だと噂されるギルさんの人らしい一面が見られて、私は安心しています』

完全無欠、か。そうあろうと努力していた時期もあったように思う。だが、メグに会ってからはその考えも変わった。

メグは、俺も「怖い」という感情を持っていていい、と許してくれたのだ。それが、どれほど俺の心を救ってくれたことか。強くあろう、完璧でいようと自分で自分の首を絞めていたその手を、そっと解いて握りしめてくれた。抱きしめ、受け止めてくれた。

『……俺は、ただの人だ』

俺もただの人なのだと教え、ただの人であることを認めた上で好意を示してくれたのだ、メグは。大切で、誰よりも愛おしい。俺の、家族。

オルトゥスのメンバーは、信頼している。頭領がみんな家族だといって受け入れ、俺たちメンバーもそのように受け止めてきた。家族は助け合い、信頼し合う。それに否はない。だが、どこまでいっても他人だ。背中を預けたり、無条件で信じられる、でも他人という意識が俺の中から抜けきることはなかった。皆も、そんなものだと思っているだろうし、その上で家族という言葉と姿勢を受け入れているのだと思う。

だが、メグは違った。メグだけは無条件に、本当の家族だと思えた。それはあの日、ダンジョンで初めてメグと出会った時からだったように今では思う。なんとしてでも守らなければと、本能が訴えていたような感覚。それは今も続いており、むしろその想いは募《つの》る一方だった。俺以外にも、そう感じている者はいるんじゃないか？　確認したことはないが、妙に愛されるからな、メグは。魔王の血が俺たち亜人に特に影響しているのかもしれない。だが、それを抜きにしてもメグは特別だと感じる。人から愛される、そんな星の下に生まれたと言われても信じられるな。

その愛される性質が、人間相手に通じるだろうか。亜人ほどの影響はなくとも、通じて欲しいと願う。そうであれば、少なくとも酷い目には遭わないだろうからな。

『ところでギルさん、そろそろ、その……』

俺が思考の渦《うず》に沈みかけていると、アドルが言いにくそうに訴えた。そうか、そうだな、そろそろ休憩にしよう。

『俺の気を休ませてくれたからな。今度はお前の身体を休ませるとしよう』

『あ、ありがとうございます……』

誰にでも遠慮なく意見は言える癖に、こういう場面では少し遠慮がちになるんだな。いや、力不足が悔しいのかもしれない。だが半日、よく音《ね》を上げずに俺について来たものだ。十分すぎるほどアドルは頑張ってくれた。しっかり休んでもらおう。

適当な場所を見つけて地に降り立った俺たちは、各々人型に戻って休憩を取る。その間に影鳥が反応を示した。頭領と繋がっているようだ。

「頭領、今どこに？」

『ギルか。俺はもうじき鉱山入り口に着くぜ？』

どうやら、頭領は最初からそちら方面に向かっていたようだ。驚いて最初から場所がわかっていたのか尋ねると、勘だと返ってきた。この人は重要な場面でよく勘が当たる。サウラの次に勘が働く人だ。

『アーシュもすぐこっちに来るらしい。俺は先にドワーフと話をしてくる』

「わかった。それなら俺たちもすぐに向かう。今日中には着くだろう」

『おう、待ってるぞ』

それだけを話して影鳥との通信を切った。そうか、魔王も出てくるか。また仕事が溜まってくるだろうが、娘の一大事とあれば当然か。クロンも苦労する。

「……これ、私たちが行く必要あったんですかね？　魔王様も来るなんて……」

困惑したように言うアドルに少しばかり口角を上げた。なるほど、これを見越してサウラもアドルをともに来させたんだな。相変わらずのいい読みだ。まぁ、アドルの言いたいことはわからなくもない。

「必要だ。俺は人間の大陸に行った時に捜索する役目がある。アドルはおそらく、ドワーフとの交渉が最初の役目だろう」

「え、でも頭領や魔王様が交渉するのでは？」

不思議そうに聞いてくるアドルによく考えてみろ、と声をかけた。

「俺でさえ取り乱してるんだ。あの二人が冷静に交渉出来ると思うか？」

アドルもメグを大事なオルトゥスの一員だとは思っているだろうが、接する機会が極端に少ないため、俺たちほど頭に血が上ることもない。事実、先ほど俺を落ち着かせてくれたからな。それでいて元々の気質が冷静であることから、交渉するには打ってつけの人材ってことだ。

「…………私が必要ですね」

フッと笑ったアドルを前に、俺はすぐさま魔物型へと変わる。もう発たねばならない事情を理解したアドルは、迷うことなく俺の背に飛び乗った。休憩を十分に取れなかったからな。アドルはしばらく飛べないだろう。説明せずともそれらを判断し、動いてもらえるのは助かる。俺はアドルがしっかり騎乗《きじょう》したのを確認すると、そのまますぐに上昇した。

少しでも早く到着せねばならない。もはや頭領や魔王より早く着くことは出来なさそうだが、あの二人が暴走してドワーフたちと喧嘩《けんか》する前には間に合いたい。

「少しだけ、メグさんのことを聞いてもいいですか？」

飛び立って少しすると、アドルがそんなことを言い出した。話をする分には急いで移動していても問題はないため構わない、と返事をする。

「私は普段、ずっと受付の奥の方で仕事してますからね。毎日メグさんのことを見かけはするので

すが、あまりどんな子なのかは知らないなって気付いたんです」

色んな人から話は聞くんですけどね、とアドルは笑う。ただそのほとんどが、メグがこんなことをして可愛かっただとか、こういうことを言っててていい子だと思ったとかそういう褒め言葉ばかりらしい。……言いたいことはわかる気がする。

「私の印象はそんな噂話で固定されているので……一番よく一緒にいるギルさんから見たメグさんのことを聞いてみたいなって思ったんです。そしてオルトゥスに戻ったその時は……」

アドルはそこで一度言葉を切って、俺に掴まる手に力を入れて再び口を開いた。

「直接お話をして自分で確認してみたい。もっと関わりを持つべきだったと、今みたいに後悔なんかしたくないんです」

そうだ。いつもそこにいるのが当たり前だった。毎日変わらず朝が来て、笑顔で挨拶してきてくれて。時々体調を崩すことはあっても、いなくなることはない。その当たり前が今こうして奪われている。なぜ、どうして。なぜメグがこんな目に遭わなければならない？　飛ばされたのが俺だったならどれだけよかったか。まだしっかりとした自衛手段も持たない幼い子どもがなぜ、と。もうどれほど繰り返し考えたかわからない。だが、そんな事態が起きてしまった。改めて、今ある当たり前が当たり前ではないのだと思い知らされた。後悔してもしたりない、そんな想いで押しつぶされそうになった。いや、今もなっている。

だが、そうか。アドル、お前もそんな風に思ってるんだな。あまり接点がなかったとはいえ、メグを大切な仲間として心配し、怒り、後悔している。もっと知っておきたかったと。

『メグは……自分より人のことを優先させがちなヤツだ』

たぶん、今も俺たちに心配かけて申し訳ない、とか考えてるんだろう。もちろん、自分の不安も抱えてるだろうが、そう思ってるに違いない。

「それは……心配になりますね。いい子ですけど、もっと甘えるべきなのに」

アドルもそう思うか。詳しい事情を聞いたわけではないが、メグは前世において一人で頑張らなければならない日々が続いていたと聞く。なんでも自分でこなさなければならなかった上に、仕事もあれこれ引き受け過ぎたことから過労で倒れたのだと。そしてそのまま命を……ああ、いけない。殺意が漏れてしまうところだった。つまり、だ。そんな前世での経験があるからこそ、今もついそういった面が出てしまうのだろう。本人の性格によるところも多いだろうが、周囲が気をつけてやらないとまた同じ目に遭いそうで心配は尽きない。

『そうだな。だから俺たちは、いつだってメグを甘やかすことにしてきた』

「やりすぎじゃないかって思うほどの溺愛《できあい》ぶりは、そういった意図もあったんですね」

やりすぎ、だろうか。薄々、そんな気もしていたがまさかアドルにも言われるとは。

『……やりすぎ、な、自覚は……なくもない』

「あはは、やっぱあるんですね！」

だが、変える気はない。なぜならここまで甘やかしても、メグはいつまでたっても遠慮するということをやめないからだ。むしろ、このくらいやるのがちょうどいいと思っている。

「でも、それでいいと思います。メグさんは、甘やかされ続けたからって傲慢《ごうまん》になったり努力をしなくなるなんてこと、絶対になさそうですから」

ああ、それはそうだな。絶対にないだろう。いつだって前向きで、今自分に出来ることを探して、行動に移せる子だからな。

そうだ、メグはそういう子だ。今も、自分に出来ることを探して、見つけて、頑張っているに違いない。ならば俺も、俺に出来ることを全力でやればいい。待っていろメグ。必ず、迎えに行く。

第2章・思い出と旅路

1　指名手配

【メグ】

大都市ウーラ。巨大な国コルティーガの代表的な街の一つなんだそうな。東西南北、それと中央の王城がある都と同じくらい有名な街で、全国から寄せられる色んな食材や調味料、調度品や服飾などなど、とにかく色んな物が集まる街なんだって。五つの都より発展していて賑《にぎ》わっている印象があるってラビィさんが言ってた。でも……。

「そ、そんなに大きな街なら、その、検問をくぐり抜けるのって大変なんじゃ……」

私のイメージ的にはもっとこう、少し大きな街程度だったんだけど⁉　めちゃくちゃ大きな街じゃないかー！　というか大都市って呼んでる癖にあくまでここは街とか詐欺《さぎ》じゃない？　そんな感じのことを立て続けに訴えると。

「んー、五つの都はもっと大きいからね。賑わっているのは確かだけど……広さ的には街なんだよ」

えっ、都はもっと大きいの？　さすがは人間の大陸。魔大陸より何倍も土地があるんだもんね……基準がまず違うのか。

「んで、街だから検問もその程度ってことなんだよな？　都より緩いんだろ？」

「まぁそうだね」

リヒトの言葉に驚いていたら、ラビィさんからも肯定のお返事。それでいいのか大都市ウーラ！

それはつまり、悪い人が簡単に侵入出来るってことでしょ？　大きな街だし色々と問題になるんじゃなかろうか。いや、そのおかげで私たちも侵入出来そうなわけだからなんとも言えないんだけど。

そう思って愕然《がくぜん》としていたら、ラビィさんから補足情報が。

「でもここは、街の出入りは簡単だけど、あちらこちらで衛兵が見回っているから悪さは出来ないんだよ。問題が起きたらすぐしょっぴかれるし、そういった情報が出たら街から出さないくらいの対策はされるよ」

なるほど。しかも衛兵たちはかなりの手練《てだ》れ揃いなんだとか。それで街の治安が保たれているんだねぇ。衛兵さん、すごい。え、でもそしたら私たちもすぐにバレちゃうんじゃ……!?

「東の王城の噂がどこまで広まってるかわからないからね……大きな街だから王城から直接連絡がいってるかもしれないし。でも、大騒ぎしたり暴れたりしなきゃ大丈夫だと思うけど」

だからこそ、旅の疲れが出たということにして、リヒトの魔力回復までの間は宿泊先で大人しくする作戦じゃないか、とラビィさんは言う。そういえばそうでしたね……！

出来ればここも通過したかったんだけど、この街は鉱山へ向かうなら必ず立ち寄らなきゃならない場所。街が行き先を塞いでるような感じで存在しているんだって。でもそのおかげで街への出入り口は複数ある。私たちは東側から入って南側から出なきゃいけないのだ。つまり街にいる間は少しも気が抜けないのである。

「さあ行くよ。リヒト、準備はいいかい？」

「おう。いつでもいいぜ！」

いよいよである。姿が消えるのを誰にも見られるわけにはいかないため、私たちはそっと行商人の馬車らしき荷車の陰に隠れた。出来るだけ門に近付いていないと、転移で中にまで入れないからだ。だから私たちは小声で合図を送り合う。うぉぉぉ、ついに私も犯罪者！　で、でもそんなこと言ってられないもんね。ごめんなさい、と心の中で何度も謝っておく。髪の色も今は赤毛に変えてあるし、目も茶色でよくいる色合いになってる。大丈夫、目立ちにくいはず！　よし、覚悟は出来たぞっ。

みんなでリヒトに掴まり、それぞれ頷き合う。それを確認したリヒトは魔力を練ってから転移！と小さく唱えた。声に出した方がイメージしやすいんだったよね。その声に合わせてギュッと目を瞑ると、膨大な魔力が肌に纏わり付くのを感じた。王城から抜け出した時と同じ感覚だ。そして次の瞬間には、浮遊感。……浮遊感⁉　またこれぇっ⁉　あぁぁぁまた着地に失敗するやつぅ！

「う、あ、あれ？」

尻餅コース不可避《ふかひ》だと思って覚悟を決め、身体を硬くしていたんだけど、予想していた衝撃を感じない。不思議に思って恐る恐る目を開けると、なんと私はラビィさんにお姫様抱っこされていました！

「あたしは、リヒトの転移にそこそこ慣れてるからね」

やだ、ラビィさん素敵っ！　ってそうじゃなくて。ラビィさんに下ろしてもらってすぐに辺りの様子を確認する。周囲に人はいないみたいでまずはホッと胸を撫で下ろす。それからあとの二人の様子を見ると、ぐったりとしたリヒトが膝をつき、見事に着地を決めたらしいロニーがリヒトを介《かい》抱《ほう》していた。わ、私ってば一番情けない！

「さ、何ごともなかったように歩くよ。リヒト、すぐに宿を探すから少し我慢してな」

「お、おう……」

前回の時に比べてラビィさん一人分増えたからか、あの時よりリヒトはぐったりして見えた。うぅ、心配だなぁ。具合が悪いということにして宿に籠る予定でいたけど、実際に具合が悪いっていうのもなんだかな……リヒトの左側からロニーが支えて歩いているので、私も微力ながら、右側から支えることにした。

「こ、こんなちっこい子に支えられるなんて……」

私の親切心と年頃の男の子のプライドがせめぎ合っているようだ。けど、振り払いもせずにされるがままになっているので、私の親切心を受け取ってくれた模様。リヒトって、やっぱり優しいよね！　すぐからかおうとしてくるけど。よぉし、頑張ってリヒトを宿まで連れて行くぞ！　私はやる気に満ち溢れていた。

少し歩くと、人通りの多い道に出た。というか、多すぎじゃない？　あまりの多さに目を見開いてしまう。人がいないところを探す方が難しいくらいだ。私たちが転移した先に人がいなかったのは、リヒトが着地点にそういう場所をイメージしたから誰もいない路地裏だったんだね。いやぁ、よく見つけたよね、そんな場所。まだ早朝だから運が良かったのかもしれない。

あ、そっか、その指定があったから余計に魔力を消耗したのかな。うぅっ、無理をさせちゃったんだね。でも助かったよリヒト！　感謝の気持ちを込めて、支える腕にちょっぴり力を込めた。

そしてチキンな私は、現在ビクビクしながら歩いております……！　これ、挙動不審になっちゃってないかな？　そうは思ってもビクビクはしてしまう。だって、今更ながら検問をせずに街に入ったことが怖くなっちゃったんだよ。私に悪事は向かないな……すぐバレちゃうしすぐ白状する自信がある。

「メグ、緊張、しすぎ」

「うっ」

そんな私の様子はやはり不自然だったみたいで、ロニーがクスッと笑いながら指摘してきた。態度にも顔にもすぐ出る幼女ですみません。

「まぁ……初めての人混みに狼狽《うろた》える田舎《いなか》の娘には見えるかもしれないね」

田舎娘！　いわゆるおのぼりさん。う、うん。もうそれでいいや……あながち間違いでもないからね！　くすん。

「でもさ、田舎娘にしては、整いすぎてねぇ？　服だけそれっぽいけどさ」

服はアニーちゃんからもらったのを着てるから一般的な村娘感は出てると思うんだけどな。やはりこの見た目が浮いてしまうんだな……元の髪色だったらさらにやばかったのがよくわかる。マイユさまさまである。

「お忍びで来てる、お嬢様？」

「それにしちゃ、お供がお粗末《そまつ》でしょ。あたしも含めて、ねぇ？」

あ、あれ？　三人がなんだか落ち込み始めたぞ。お粗末なんかじゃないからね？　そりゃ、騎士とかには見えないけど。でもそれに匹敵《ひってき》するくらいの心強さがあるんだから！　とまぁ、なんだかんだと相談した結果、私は田舎の少しお育ちのいい幼女で、おのぼりさんという設定に落ち着いた。

ってか、この設定が必要な時ってくるの……？


「よし、問題なく二部屋取れたから、荷物を置いてひと休みしようか」

適当な宿を早々に見つけて立ち寄ると、ラビィさんが慣れたように手続きを済ませてくれた。この前宿泊した時と同じように二人ずつに別れて部屋に移動する。今回は小さな廊下を挟んだ向かい側にリヒトとロニーの部屋があるみたい。リヒトはまだ調子が悪そうだから、ゆっくり休んでほしいところだ。ロニーが付いていてくれるっていうから安心だね！

「さて、あたしは少し聞き込みをしてくるよ。夕飯の前には戻るから、メグはこの部屋か、リヒトたちの部屋から出ちゃダメだよ？」

「わかりました！　でも、ラビィさん、休まなくて大丈夫でしゅか……？」

ただでさえ旅で疲れてるのに、合間に私たちの特訓に付き合ってくれたりして……気苦労だけで結構な疲労が溜まってるはず。だから心配になってしまうのだ。

「ふふ、早めに戻って夕飯食べて、今日はゆっくり寝るつもりだから大丈夫さ。それに、動いてないと落ち着かない性分《しょうぶん》なんだよ」

ありがとうね、とラビィさんは私の頭を撫でた。確かに動いてないと落ち着かない人種っていうのはいるんだよね。サウラさんなんかも、そうなんじゃないかなぁ。それでもまだやっぱり心配だけど、早めに帰ってくるって言うんなら引き止めても良くないよね。情報を集めるのも大事なことだし、私が手伝おうと思っても、自然魔術が使えない今は足引っ張るだけになっちゃうし。うっ、辛い！　渋々ながらも私は頷くと、ラビィさんは笑顔で行ってきます、と部屋を出ていった。何ごともなく帰ってきますように！

こうして部屋に一人になった私は荷物を部屋の片隅にまとめ終えると、暇を持て余し始めた。ここで待っているのもなんなので、リヒトたちの部屋へ向かおうと足を向けた。けど、そんな時だ。

「ぐぅっ……！」

「ライガーさん！」

「大したことない！　先に行け！　すぐに後を追う……！」

「くっ、はい！　わかりました！」

窓の外からそんな慌ただしい声が聞こえてきた。……当然、気になるよね。外に出なければいいんだから、窓から様子を見るくらいは許されるだろう。それでも念のため、誰にも見られないようにそぉっと窓から外を覗いた。そしてその光景に息を呑む。

「怪我、してる……！」

宿のすぐ前の路地で、騎士のような格好をした男の人が膝をつき、太腿《ふともも》から血を流しているのが見えたのだ。手当てしなきゃ、誰か、と一人焦ってその周囲に目を向けてみるも、道行く人たちは遠巻きに見ていたり通り過ぎていくだけ。関わりたくないと思う人、手を差し伸べても何も出来ないからと戸惑う人、そして大多数はあの騎士さんの鬼気《きき》迫る様子に怯えているように見えた。

だってあの人、かなりダラダラ血を流していて、止血も間に合ってなさそうなのに立ち上がって、仲間を追う気満々なのが見て取れるんだもん。傷を負った部分に布を当てて傷口を押さえているけど……たぶん刃物で切りつけられたのかな、みるみるうちに布が血の色で染まっていくからまずい状況だと思う。さすがにあのままじゃやばい、よね？

……宿のすぐ側だし、少しくらい、大丈夫かな？　わ、わかってる！　目立つようなことをするべきじゃないってことは！　でも、でも、あんなに深い怪我をしてるのに何もしないで見てるなんて出来ないよ。もしかしたら救助が後で来るかもしれないけど、もし来るのが遅かったら？　そのせいで後遺症が残ってしまったり、最悪、死んでしまうようなことがあったら？　あの人は見た目から言って間違いなく騎士だろう。命を落としたらそれまでだし、助かっても後遺症が残ったら今後の仕事にかなりの影響を与えてしまう。場合によっては職を失うなんてこともあるよね。

私なんて風邪が長引いて会社を数日休んでしまった時でさえ、復帰後の体力の落ち具合にショックを受けたもん。ああ、あの居た堪れなさ……かなり昔なのに未だにありありと思い出せてしまうほどのトラウマである。騎士ならよりことの重大さがわかるってものだ。

つまりね？　何が言いたいかっていうと、私にはあの怪我を治す手段があるってことだ。そして怪我人を私は見てしまった。放っておけると思う？

「……ごめんね、シズクちゃん。少しだけ、頑張ってもらえるかなぁ？」

助けない、という選択肢はないよね。私は耳飾りを触りながら水の精霊、シズクちゃんに声をかけた。魔力回復薬なら持ってたのに、傷薬系は持ってなかったんだよね。何かあってもシズクちゃんがいれば大丈夫って思ってたから。あんなに道具はあるのにっ！　今後はちゃんと準備しておかないと。

『大したことは出来ぬが、主殿の頼みならば聞くのだ』

すぐに返ってきた頼もしい声に、僅かに微笑む。でもやっぱり少し弱々しい声だ。私は収納ブレスレットから小さな空き瓶《びん》をいくつか取り出した。

「この小瓶に、癒しの水を溜めて欲しいの。出来る分だけでいいから……」

『その程度なら問題ないのだ。早速作るのだ』

本当は直接癒しの霧を吹きかけた方が効くんだけど、あんまりしっかり治してしまうと怪しまれてしまうのと、そもそも魔術を使ったりなんかしたら大騒ぎになってしまう。だから、元々持っていた癒しの水ということにして使おうと考えたのである。確か人間の大陸にも、こういった魔道具や薬の類は流通してるはずだからきっと大丈夫。

シズクちゃんは早速、耳飾りから出てきて姿を現すと、その場でくるんと一回転。水色の尻尾がふわりと私の頬を掠《かす》める。すると、空き瓶全てに癒しの水が満たされていたので目を見開いてしまった。

「が、頑張りすぎだよシズクちゃん！　大丈夫？　辛くない？」

『大丈夫、なのだ……でも、しばらくは動けぬのだ……』

きっと、私のために少し無理をしてくれたんだ。私は感謝の気持ちを込めて、少しだけ艶のなくなってしまった毛並みに抱き着く。それからそのまま、私の魔力を渡した。自分が動けなくなってもいけないから少ししか与えられないのが心苦しいんだけど……。

『ああ、心地良いのだ主殿。この魔力が空気中に消えぬよう、妾《わらわ》は魔石に戻ろうぞ』

それでも、嬉しそうに目を細めて頬擦りしてくれたから、私もシズクちゃんに頬を寄せた。

「うん。本当にありがとう。ゆっくり休んでね」

しっかりお礼を言って首筋を撫でると、シズクちゃんは耳飾りの魔石に戻っていった。久しぶりに抱きしめたけど、私も癒されたぁ。はぁ、側にいるのに精霊たちとスキンシップ出来ないのはやっぱり寂しいなぁ……っと、いけない。今はこの薬をあの騎士さんに持って行ってあげなきゃ！

そう思い立った私はもう一度窓の外を確認してから、そっと部屋を出たのだ。

そしていざ、宿の外に一歩出てみたものの。

「私に構わなくていい！　いつも通り過ごしてくれ！」

と、気丈にも騎士さんが周囲の人たちに声をかけてしまったものだから、近付くタイミングを逃している私です……！　騎士さんの言葉により、立ち止まって様子を見ていた人たちも、ゆるゆると移動を始めてその場から去っていってしまった。通行人はこちらを少し気にしつつも気まずげに通り過ぎていくのがなんとも異様な光景に見える。たぶん、手を貸すのはやぶさかではないのだろう。でも、鬼気迫る騎士さんの様子が近くで見るとものすごい迫力のために通り過ぎていく、という人が多数なんだと思う。見て見ぬ振りする人も多いし、そういうところが人間だなぁなんて思ってしまう。というか騎士さんも、無理しないで少しは助けを求めればいいのにっ。騎士だからそういうのはよくないとか思ってるのかな。根性論で怪我が治るなら誰も苦労しないよ。それであんな怖そうなオーラを放って一人でどうにかしようとしてたら、助かるものも助からないでしょうに。意地を張る時と場合を考えた方がいいと思いますっ。……ああ、私もそういうとこあったよね。自《じ》戒《かい》、自戒。

しかぁし！　オルトゥスメンバーなメグさんを舐めてはいけない！　なんてったって本物の鬼の殺気を感じたことがあるんだからね！　ジュマくんってば本当に血気盛んだから、すぐ殺気を飛ばすんだよね。とっても迷惑だけど今だけは感謝だよ。あれに慣れてしまった私にとって、騎士さんのあの様子は超不機嫌なレキくらいの迫力でしかない。……超不機嫌なレキも怖いけどね。要するに近寄ってもへっちゃらなのである。よぉし、いざ！

「あ、あにょ！」

「ん……？」

それでも噛んでしまうあたりが残念な私である。いや、でも騎士さんがこちらに気付いてくれたから良しとしよう、うん。

「えと、これを……」

「ん？　なんだい、これは……？」

突撃しにきた割にうまく言葉が出てこない私。これはあれだ、人見知りというやつである。頑張れ元社畜。絞り出せ言葉！　とりあえず持っていた小瓶を騎士さんに差し出した。

「怪我、してるから……あの、これで治るから、使ってくだしゃい！」

「え……？　まさか聖水⁉　いや、そんなはずはないか……」

私が説明すると、一瞬驚いたように目を見開いた騎士さん。でもすぐに否定した模様。もしや、この地で怪我をすぐに治す薬は、かなり高額だったり手に入りにくかったりするのかな。よく考えたら魔大陸でさえ、専門の人や一部の人しか癒しの力は持ってないもんね。

……はっ⁉　それってもしや、人間の幼女が持っていたら明らかにおかしい⁉　流通はしてるからって考えが浅すぎたかも。ど、どうしよう。でも、今更後には引けない。

「気持ちがとても嬉しい。お嬢さん、どうもありがとう」

内心で動揺してたら、思いがけず騎士さんが笑顔で受け取ってくれた。さっきまでの迫力が鳴りを潜め、全身からいい人オーラが滲み出ている。意外と子どもに優しい人だ……ってそうじゃない！　効能に気付いたら怪しまれて……！

「え、なっ……こ、これは⁉」

ですよねー！　でも止める間もなく小瓶の中身を一気に飲み干してしまうってどうなの⁉　少しは疑おうよ⁉　もし毒入りとかだったらどうすんのさ！　盛らないけど！　というかそれは傷口に吹きかける用に渡したんだけどっ。シズクちゃんのお薬だから飲んでも問題はないけど……いくら相手が幼いからって、悪い大人に頼まれて毒を渡したってこともあるかもしれないのに！　……ひん曲がってるかな、考えが。でももっと危機感を抱いた方がいいと思います！

「き、君、これはもしかして、本物の聖水なのか⁉　ただの痛み止めかと……血は止まって痛みも……う、うっすら傷も塞がっていないか⁉」

あぁぁぁ、なんかもう手遅れ！　そしてほんの少しなのに素晴らしい効能だよ、さすがはシズクちゃん！　などと言ってる場合ではない。よぉし、こうなりゃ腹を括《くく》ろうじゃないの！　私は口を開いた。

「パパたちから、もらったの。もし怪我をしたら、使いなしゃいって。だから、よくわかんない……」

必殺、子どもだからわかりません、アゲイン！　嘘もついてないしね。ふふふ、私は何もわからない幼女……メンタルがゴリゴリ削《けず》られていくのはきっと気のせい。

「あ、そ、そうか。まぁそうだよな……すまない。取り乱してしまって」

危機回避ーっ！　よくやった私！　誤魔化されてくれたようだ。ナイス幼女。今日ほど幼女で良かったと思った日はない。よし、じゃあ私はこれでー……と思って立ち去ろうと思ったんだけど。

「ああ、待ってくれ。知らなかったとしても、これがかなり高価な物であることは変わらない。解毒されているようだし、お礼もせずに返すわけにはいかないんだ」

そっと手を取られて引きとめられてしまった。というか毒ももらってたの⁉　ナイフに塗られてたのかな……だから血も止まらなかったとか？　あー、なるほどねー、それならそう思いますよね！　逆の立場だったら私も同じこと言うもん。さすがはシズク印のお薬、万能である。でも、どうしよう？

「お礼をさせてほしい。お家の方は近くにいるのかい？」

ひょえーっ！　そうだよね、幼女が一人で街をうろつくわけないもんね。しかし、慌てることなかれ。今こそ予《あらかじ》め決めていた設定を活かす時。私の中の女優、目覚めよ！　私は心まで幼女になりきって、田舎から出先の父親の許へと向かう途中の、どこかのお嬢様設定をフル活用した。

「えっと、今は、近くにいないんでしゅ。冒険者の人に頼んで一緒にパパの許に向かってる途中で……」

「ふむ。少々、訳ありなんだな。すまない、全部は話さなくていい。冒険者か……依頼主のことは守秘義務があるから話せないだろうな」

「あにょ、薬は好きに使っていいって言われてるから、その、気にしなくても……」

合間にもう本当にお礼なんていいから、と遠回しに告げてみるも、そうはいかないと騎士さんは譲らない。律儀《りちぎ》な人である。や、本当にお礼とかもらっても困るだけなんだけど、正直に言える内容じゃないのがもどかしい！

「親御さんのいる場所もかなり遠いようだ……うむ、困ったな」

その後も、私の幼児な説明を聞いてついに話を理解してくれた様子の騎士さんは、だからこそ困り果てたというように眉尻を下げている。どうやら私があげた薬はこの地では聖水と呼ばれ、一部貴族や王族でさえなかなか手に入れられないような貴重な物なのだそう。あ、そんなにでしたか、そうですか……使う前にリヒトたちに相談すればよかったと思うものの、後の祭りである。私が、浅はかでした……！

「碌に信じもせずに飲み干してしまった、私は馬鹿だな……返せるものが今手元にないんだ。どのみち、返しきることは出来なさそうだが」

あ、疑いもせずに飲んだのは確かに馬鹿だと思います、はい。でもお返しは要らないんだよう。あれは魔大陸に戻ればいくらでも作り出せる物だから……価値観の違いってやつである。もちろん、シズクちゃんに頑張ってもらったからこそ出来上がった物だから、今はその価値も上乗せであるっちゃありますけども。

「お返しなんて、いらないでしゅ」

このままではラチがあかない、というわけで私は意を決してハッキリと告げてみた。

「何を言ってるんだ。そういうわけにはいかないだろう」

でも秒で言い返された。ですよねー。この人、本当に真面目そうだもん。けどなぁ、何とかして早く部屋に戻りたいんだけど。だってラビィさんと約束したのに私ったら外に出ちゃったから……！　お、怒られるぅ。

「じゃ、じゃあ、内緒にしてくだしゃい……」

「内緒？」

交換条件としては、私にとって今一番重要なことである。この街にいる間、私たちは目立つわけにはいかないのだ。

「私がそのお薬をあげたこと、内緒にしてほしいんでしゅ。そんなに高価な物って知らなかったから……目立っちゃうと、危ないからって言われてるんでしゅ」

「ふむ……確かにこんな高価な物を幼子《おさなご》が持っていたら、良からぬ者たちに狙われかねないな」

お、なかなかいい感じかな？　それならお返しはそれで、なんて言おうと思ったんだけど。

「しかし、それを黙っているのは当然のことだ。君に危険が降りかからないように努めるのは当たり前だろう？　お返しにはならない」

手強い！　そんなことより早く部屋に戻りたいのにぃっ！　うーむ、と困った顔をしていたのだろう、騎士さんはクスッと笑って私の頭に手を置いた。撫でられてる？

「子どもというのは純粋でいいな。本来ならこのまま同行者にも一緒についてきてもらって礼をと言うところなんだが……」

おっと、それは困るよ⁉　目立つのは本当に洒落にならないのだ。内心ヒヤヒヤしてしまう。

「今、私は不審人物を追わなければならない。重大な任務なんだ」

「不審、人物……？」

何となく、嫌な予感がした。ドッキン、ドッキンと胸の音がうるさくなっていく。ま、まさかね？

「ああ。捜しているのは子ども三人なんだが……黒髪の少年と、赤茶で髪の長い少年。それから黒髪の、君くらいの幼い女の子なんだが……中でも女の子は飛び切り整った顔立ちだと聞いている。君も驚くほど整った顔立ちだからもしやとは思ったんだが、赤毛だもんな。それに少年二人も見当たらないし」

せ、セーフ！　いや、弱アウトじゃない⁉　髪の色変えておいて良かったーっ！　それに、今回ばかりは私一人で良かった……うっわぁ、この人、まさかの私たちを追ってる人だ。東の王城から派遣された騎士さんなのかな？　うひょぉ、顔が引き攣りそうになるのを抑えるので必死だよ！

「ああ、そうだ。ついでだから見ておくといい。その子ども三人を連れ去った人攫いがいるようなんだ。君も幼いし、気をつけなくてはいけないよ」

「え……」

人、攫い……？　ヒュッと喉の奥が鳴るのを感じる。騎士さんは胸のポケットから一枚の紙を取り出して、それを開いて見せてくれた。

「ラビィと名乗る女冒険者だ。もし見かけたら近付かずに我々に連絡してくれ」

紛れもなくラビィさんの似顔絵だった。人が描いたものだから、何となくの雰囲気しか伝わらないけど、長い髪をポニーテールにしているところとか、勝気そうな目とか、そばかすとか……特徴をよく捉えていてラビィさんを知る者が見たらすぐにそうとわかる絵だった。名前まで載ってる……！　なんで？　ラビィさんが人攫いだなんて。私たちを助けてくれているのに、そんな扱いになってるってこと……？　違うのに。ラビィさんは悪い人なんかじゃないのに！　でも、それを言うことは出来ない。子どもの発言力なんて当てにならないもん。私やリヒト、ロニーがいくら言ったところで、君たちは騙されていたんだよ、って諭《さと》されるのがオチだ。そもそも正体を明かすことなんて出来ないもん。

悔しい。悔しいけど今は我慢だ。そして、ラビィさんが誰にも見つかることなく、早く帰ってきてくれることを祈るばかり。ドクンドクンとうるさい胸の音を抑えながら、私は騎士さんにわかりました、とだけ返事をした。

「ああ、それから。やはり礼はしたいからな。もし何か困ったことがあったら、騎士団にいつでも来てくれ。東の騎士団、ライガーの名を出してくれれば、どこの騎士団でもすぐに聞いてくれるだろう。もし、それで話を聞いてくれなかったとしても、必ず私が駆け付けて君の助けとなることを誓う。今はこれくらいしか出来なくて本当に申し訳ない」

そう言って何やら紋章の入ったハンカチを差し出されたので思わず受け取る。身分の証明をするために騎士は常に数枚持ち歩いてるのだそう。赤いラインが三本刺繍《ししゅう》されているのは団長の証《あかし》なんだって。カッコいい。でも、団長さんでしたか。震える……！

それから名前だけ教えてくれと言うので、少しだけ悩んでから正直に名乗ることにした。たぶんどこにでもある名前だし、ラビィさん以外は名前まで出回ってないからね。名乗った覚えもないから当たり前ではある。

「メグ、か。いい名だな。覚えておく。本当に助かった。君は命の恩人だ」

ライガーさんは最後に、すぐに礼をすることが出来なくて本当にすまない、とまた謝罪をしてから走り去った。私はその後ろ姿を複雑な気持ちで眺めていた。助けになってくれるっていうなら、私たちを追うのをやめて欲しい。ラビィさんを捕まえようとするのをやめて欲しい。ラビィさんは、すごくいい人なのだから。もちろん、そんなことは無理だっていうのはわかってる。

ライガーさんは私たちにとって敵になる人だけど、あの人は悪くない。上から指示を受けて動いているに過ぎないんだから。それに、どう見てもいい人だったもん。怪我を治してあげたことも、後悔はないよ。人を助けるのに理由なんていらないもん。

『人間というのは腹の中で何を考えているのかわからない種族なんじゃ』

また、脳内でレオ爺の言葉が繰り返される。そうだよね、あの人だって人間。一般市民でまだ幼い「私」だから親切にしただけで、立場が変われば態度も変わるのかもしれない。だけど、ライガーさんは信用出来る人だって思っちゃう。甘いかな？　甘いよね。わかってる。でも、信じたくなっちゃうんだもん。

……ううん、今はそんなことを考えている場合じゃない。ラビィさん、早く戻ってきて……！

私はそう祈りながら急いでリヒトたちの部屋へと向かった。

「ばっ、かやろぉ！　危ないことすんなっ！」

「ほへんはひゃいっ！」

そして現在、リヒトの部屋にて今しがた起きたことを正直に伝えれば、やはりというべきかリヒトに怒られた。すごく怒られた。まだ顔色は悪いけど、この様子だとだいぶ回復はしたみたいで安心したよ。でも、その、あの、反省してるからほっぺぐにぐにはもうやめてぇっ！　助けを求めるようにロニーに視線を送る。

「今回は、メグが、悪い」

「あうっ……」

ロニーにも怒られてしまった。リヒトに叱られるより心にクる……！

「……ったく。無事で良かったぜ。ほんと、心配かけんな……」

「良かった、本当に……」

ほっぺから手を離したリヒトが、心底安心したというようにそう言い、ロニーも眉尻を下げて言う。ああ、心配してくれたんだ、二人とも……それがわかったから、ほっぺの痛みとは別の種類の涙が滲んだ。

「ほんとに、ごめんな、しゃい……ぐすっ」

一人で勝手に動く前に、二人に相談すれば良かったんだ。なんで私は自分勝手に動いちゃったかな。独りよがりになるところ、まだ直ってないんだ私。深く深く反省した。

「ん。わかったんならもういい。だから泣くな」

リヒトが微かに微笑んでそう言い、ロニーがハンカチを出して私の涙を拭いてくれた。

私たちはふふ、と笑いあって、リヒトもロニーも怒ってごめんと謝ってくれた。謝ることなんてないのに、二人とも優しいなぁ。私は本当に幸せ者だって、すごくすごく思った。

「それにしても……指名手配書が出回ってんのか。想像以上にやばい状況だったんだな」

ベッドの上にあぐらをかいてリヒトが唸っている。ちなみに私は今リヒトの膝の上で抱えられています。逃げないように、って人を脱走犯みたいに……しかし怒られた手前、黙ってされるがままの私。反省してます……！

「ラビィ、心配」

ロニーは窓際の椅子に座りながら、チラチラと窓の外に目を向けている。私だって心配だ。しかしホールドされているので窓の外を覗き込むことは出来ない。はい、大人しくしてるので腕の力を強めるのはやめよう、リヒト？

「ラビィさん、誘拐犯なんかじゃないのに……」

私がそう呟くと、それはある意味仕方ないのかもな、とリヒトが言う。

「行方不明の子どもが三人、大人一人に連れられてんだから。ラビィのことを知ってた誰かが、悪気はなくとも子ども三人連れてたって噂すりゃ、王城が捜してる子ども三人と一致して誘拐犯扱いになるのも無理はなかったんだ。くそっ、もっと気ぃ回しとけば良かった……！」

そう、だよね。私たちは出来る限り人目につかないように移動をしてはいたけれど、最初は髪の色も変えずに村へ立ち寄っていたし、街道で見かけたって人もそれなりにいたと思う。そこに王城からの知らせがあれば、噂と噂が結びついてそんなことになったとしても不思議じゃない。すごく悔しいし、否定しにいきたい気持ちでいっぱいだけど、無駄なことどころか危険な行動だっていうのはみんなわかってるんだ。しばらく沈黙が続く。それぞれが黙って俯《うつむ》いていることしか出来ない。歯痒い思いを抱えてはいるけれど、今はラビィさんの無事を祈ることしか出来ないのだから。

そんな私たちの心配をよそに、ラビィさんは夕方、日が落ちきる前に何食わぬ顔で帰ってきた。ホッとしたけど……待っていた私たちは揃って口をあんぐりと開けてしまう。ラビィさん!?　そ、そ、その髪……！

「あー……なんか指名手配されてたから、切っちゃった」

なんと、ラビィさんのポニーテールがなくなって、肩につかないくらいまで短く切り揃えられていたのである。変かな？　と頭を掻きながら照れたように笑うラビィさんは、気に病んでるような様子は見られない。でも、でも……！

「えっ、わっ、メグ？」

なんだか胸にこみ上げてくるものがあった。何か言わなきゃ、と思っても何も言えなくて、思わずラビィさんの腰にギュッと抱き着いた。リヒトやロニーだって立ち上がって呆然とすることしか出来ないでいる。

「ラビィさんは、なんにも悪くないでしゅ！」

謝るのも違う、お礼だって違う。同情も違うし怒るのはもっと違う。なんて言えばいいのかわからなくて、そんなことしか言えなかった。旅をして色々見てきた限り、短い髪の女の人もいたから、ここでは女性が髪を切るということが重い意味を持ってるわけじゃないとは思うけど……それでも、誘拐犯だなんて言われて、変装するために長くて綺麗な髪をバッサリ失うっていうのは何だかモヤモヤする。ラビィさんだって気にしてないかもしれないけどね？　それでも。それでもだよ！　しがみつく腕の力をついつい強めてしまった。

「あー、ごめんね。そんな顔をさせたくはなかったんだけどねぇ」

ラビィさんは今、きっと困った顔で微笑みながら私の頭を撫でてるんだ。なんで私が慰められているのだろうか。この状況だと、逆でしょうに。ラビィさんは、強いなぁ……。

「髪なんてすぐ伸びるし、気にするんじゃないよ。ほら、ちょうどメグとお揃いだろ？　あ、あたしの方がずっと短くなっちゃったか」

かける言葉でさえ、こんなにも優しい。私はぐいっと目元を腕で拭《ぬぐ》い、ラビィさんを見つめた。私が出来る恩返しは、まず無事に家に帰り着くことだ。そして。

「ラビィさん、無事に私が魔大陸に帰れそうだったら、一緒に魔大陸に行こ？　私、ギルドのみんなにお願いしゅるから！」

ラビィさんの助けになりたい。指名手配までされちゃったから、ラビィさんはこの先、人間の大陸で顔を隠しながらコソコソ生きなきゃいけなくなるかもしれないんだ。そんなの、ダメだもん！　私たちのために犠牲になるなんて、絶対にダメ！

「……ああ、そりゃ魅力的なお誘いだねぇ。考えておくよ。ありがとうね」

ラビィさんは驚いたような表情を見せた。瞳が、ほんのり濡れているように見える。きっと、現実味がないって思ってるのかな。子どもの提案だし、あんまり本気にはしていなさそうだ。でも、私は本気だよ？　だから、どうにかお父さんたちの説得をしようって決意した。絶対に絶対に、ラビィさんを一人にさせないんだからっ！

ようやくみんな、というかやや興奮気味だった私が落ち着いたところで、そのままリヒトたちの部屋でラビィさんからの報告を聞くこととなった。ごめんなさいね、一人であわあわしてて。精神面が幼児なのでなかなかすぐには切り替えられないのである。でも強制的に切り替えざるを得なかったけどね！　リヒトが私の件について真っ先に報告してくれちゃったものだから、当然のように私は叱られたのである。静かに怒るラビィさんはとても怖かったです……！　ううっ、二度としませんーっ！

「どうやら、東の王城から派遣された騎士たちは、真っ直ぐこの街に向かっていたようだね。遠回りしてたあたしたちに、あっという間に追い付くのも無理はないって話だよ」

ここは大きな街だから立ち寄る可能性が高い、という判断だろうとラビィさんは考察していた。

あとは思っていたより派遣された人員が多そうだって。行く先々の噂の内容が曖昧《あいまい》なものではなく、概《おお》ね同じだったことから、色んな方向へ数名ずつ騎士を出してたんじゃないかって。なるほど、確かにそれなら確実に情報が行き渡るよね。この国はとても広いのに、流れてくる噂に統一性がある理由はそれしかないってラビィさんは考えたみたい。

それについての感想は、そんなに⁉ だった。たかが子どもを見つけるのに東の王城はそこまで本気になるのか、って。転移陣を使うのにお金や労力や魔力をものすごく消費したからなんとしてでもって思っているのか、そうまでしても手に入れたいという利用価値が私たちにあるのか。いずれにせよ、国の本気を感じ取って身震いをしてしまう。

「悪い報せはまだある。どうやら、あたしたちの捜索には他の王城からも騎士が派遣されてる。つまり、東の単独行動じゃないってことだよ」

人員がやけに多いのはそのせいでもあったんだ……それを聞いたリヒトもロニーも顔を青ざめさせている。きっと私も似たようなものだろう。それほど衝撃的な報せだったんだもん。だって、それはこの大きな国そのものが、私たちの敵になるってことなんだから。

魔力を多く持つ貴重な子どもを手に入れようと計画しているのは、コルティーガ国の意思。犯罪者や借金返済のためのもの以外、人身売買は許されていない。だというのに国が裏ではやっている可能性が高いってことじゃないか。それに、そもそも私たちは突然、転移させられた。これはもはや誘拐であり、犯罪。その犯罪を、この国が主犯となってやってるってことでしょ？

「そんなことがあって、いいの……⁉」

思わずそう漏らした言葉に、ラビィさんが腕を組んで唸った。

「もしかしたら、売買目的じゃないのかもしれないね」

「売買目的じゃない……？　それなら一体何のために俺らを狙うんだよ。国がここまでやるなんて……」

「だからこそ、だよ」

リヒトの反論に、ラビィさんは食い気味に告げる。

「人身売買のためだけに、ここまでやるとは思えないじゃないか。損害は大きいだろうが、それだけで子ども三人を取り戻すために、騎士団を動かすとは思えないんだよ」

確かに、一理ある。それほど貴重な存在なのだ、と言われればそうなのかな、と思わなくもないけど……騎士団をたくさん動かして私たちを手に入れて、それで採算が取れるのかと言えば、無理なんじゃないかと思うし。

「きっと、あんたたちを利用しようとしてるんだ。目的はわからないけどね。ただ売ろうとしてるんじゃなくて、何かをやらせようとしてるんじゃないかと思うんだ」

「何かって……？」

リヒトが眉根を寄せて疑問を口にすると、黙っていたロニーが口を挟んだ。

「魔術を使う、何か、だ」

魔術。そうだ、きっとそう。私たち三人の共通点は魔力持ちだから。それも、普通の子どもより多めの魔力保持者。

「それなら国は俺たちを、というより……大量の魔力を欲しがってるってことだな？」

「そう考えるのが、一番正解に近い気はするね」

私たちの間に暫し沈黙が流れる。魔力の少ない子でもたくさん転移させれば魔力はたくさん集まるし、それこそ子どもではなく大人でも良かったんじゃないかとか、まだまだ疑問に思う点はいくつかある。でも、ここで考えていても答えは出てこない。魔力を多く持つ子どもでなくてはならない理由、その真の目的はなんなんだろう。不安ばかりが募っていく。のほほんと旅をしながらここまで来たけど、実際は思っていた以上に危機的状況だったんだ。でも、でもね？

「結局、出来るだけ急いで鉱山に向かうっていうのは、変わらないよね？」

そう、目的はやはり変わらない。通るルートを気にしたり、これまで以上に注意する必要はあるだろうけど、要は一刻も早く鉱山に辿り着ければいい。……もちろん、それで魔大陸に行けるかはわからないけど、ロニーがいるなら少しは匿《かくま》ってもらえるかもしれない。この人間の大陸で最も安全な場所は鉱山であることに変わりはないのだ。

「そう、だな。ここの騎士たちがラビィにもメグにも気付かなかったんだから、変装の意味はあったって証明もされたわけだし」

「うん、変わらない。何も」

リヒトとロニーが私の意見に同意してくれる。元気を出そうと、私は笑顔を心がけて微笑んだ。やらなきゃいけないことがハッキリしていると、いくらか気持ちが楽になるんだよね！

「ふふ、頼もしいねあんたたちは！　よし、そうと決まれば食堂が混む前に夕飯を食べて、早めに寝る！　そして早朝にはここを出ちまおう。心配なのはリヒト。どうだい？　魔力は回復しそうかい？」

「んー、まぁなんとか。最悪メグには薬をもらうかもしんねぇけど……」

「大丈夫！　毎日飲み続ける、とかでなければ身体の負担も少ないから！」

それでも続けて飲む、というのはあんまり良くないから、もしも飲むなら今回限り、と約束。今からしっかり食べてぐっすり寝れば、回復してるかもしれないからね！　いわば保険である。

それから私たちは今後の方針と意思を確認し合い、早速夕飯を食べに下の階の食堂へと向かった。

2　思い出のレオ爺

一階に下りると、すでにいい匂いが充満していた。というか、どこかで嗅いだことのある匂い。思わずスンスン鼻を鳴らしてしまう。

「あ、夕飯食べますかー？　空いてる席にどうぞ！」

私たちに気付いた宿の女性が手で示しながらそう言い、パタパタと水を取りに奥へと向かう。私たちは部屋の隅の方の席につき、運ばれてくる水や料理を待った。すると、しばらくして先ほどの女の人が水をテーブルに置きながら上機嫌で口を開く。

「月に二度、この街で一番有名なレストランから夕飯を仕入れてるんだよ！　お客さんは運がいいね！　その日に当たるなんてさ！」

「レストランから？　そりゃ楽しみだねぇ」

「何が出てくるんだ？」

「ふふーん、それはお楽しみ！」

嬉しそうに笑った女性はそう言い残して厨房の方へと立ち去っていく。余程自信があるようだ。でも普段自分たちで出す料理よりオススメするっていうのもどうなの？　それほど有名なレストランだったりするのかな？

「あーそれはね。きっと彼女たちも賄《まかな》いで食べられるからじゃないかな」

疑問をポロリとこぼすと、ラビィさんが苦笑を浮かべながらそう言った。なるほど。有名レストランの賄い食なら上機嫌にもなるわけだ。というかそんなにわかりやすくていいのか。気持ちはすごくわかるけどね！

しばらくして、お待たせしましたー、という元気な声とともに料理がテーブルに運ばれてきた。

その料理を目にした私は思わず……言葉を失った。メニュー自体はステーキ肉に焼き野菜、具だくさんのスープにパンというシンプルなものだったけど、私はこのスープに見覚えがあった。この香りに、覚えがあり過ぎたのだ。

「メインはこのステーキ肉だけど……実は一番のオススメはこのスープなの！　あのレストランの顔とも言える看板メニューで、伝統的な味が代々受け継がれてるんだって！　すっごく美味しいよ！」

「へぇ、そりゃ楽しみだねぇ。早速いただこうか」

みんなでいただきます、と挨拶をしてから私はそのスープに手を出した。ドキドキしながら口元に運ぶ。気のせいじゃない。これは……！

「やっぱりこれ……！」

「ん？　どうしたメグ」

リヒトの声にすぐには反応出来なかった。だってこれは、紛れもなくレオ爺のスープの味だったんだもん……！　どうして⁉

「う、ううん！　しゅっごく美味しいね！」

でも、今ここで取り乱してはならない。ドキドキとなる胸の鼓動を抑えつつ、とりあえず簡単にそう返事をして、私は再びスープを味わう。懐かしい。ほんの少し前まで当たり前のように飲んでいたスープがすごく懐かしく感じる。レオ爺が作り、チオ姉が受け継いだスープの味だ。インスタントのを飲んではいたけど、出来立てはやっぱり一味も二味も違う。でもなんで？　なんでこれがここで味わえるんだろう？　……そういえば、ウーラってどこかで聞いたことがあるような気がしてるんだよね。大都市ウーラ。えっと、どこだっけな。うーん、うーん……あ！

『儂《わし》は昔人間の国にいた時、ウーラという大都市で一番有名な店でコックとして働いとったんじゃ』

ふと蘇《よみがえ》ってきたのは、レオ爺の優しい笑顔とあの話だった。ようやく一本の糸で繋がった気がして、私は思わず声を上げる。

「ウーラ！」

「おわっ、なんだよメグ！　突然街の名前なんか叫んで！」

「あう、ごめん……つ、つい！」

驚いて文句を言うリヒトと、目を丸くしてこちらを見ているロニーにラビィさん。これは後で説明を求められちゃうかも。ひとまず、えへへと笑って誤魔化し、私は再び一生懸命ご飯を口に運ぶ。もう、私ったらいつも気付くのが遅いんだから。でも、今気付けて良かったよ。

ここは、レオ爺がいた街なんだ。人間の大陸出身だって聞いたことがあるじゃないか。それに、繰り返し聞いたあの話にウーラという地名が出てきてた。宿の人が言う有名レストランっていうのが、昔レオ爺が働いていたレストランなんだ。お店には行ってないものの、まさかこんなところでその味に出会えるなんて、すごい奇跡。

懐かしいなぁ……優しかった、レオ爺。私はそっと目を伏せて、あの日々のことを思い出した。


私がオルトゥスで働き始めてから一年後くらいに、レオ爺は予定通り街で隠居《いんきょ》生活を始めた。退職の際はオルトゥスのみんなで盛大なお疲れ様パーティーを開いたなぁ。レオ爺のためのパーティーなのに、出された料理はそのほとんどがレオ爺の作ったものだったっけ。なんでも、自分がやりたいって名乗り出たんだよね。生粋《きっすい》の料理人だったんだよなぁ、レオ爺は。

美味しい料理がたっくさん並べられて、だけどお別れ会だからみんなどこか寂しそうだった。私もしょんぼりしてたものだから、ギルさんがポンポンと背中を叩いてくれてたな。そんな中、乾杯の音頭をレオ爺がとってくれた。その時の一言をよく覚えてる。

「儂の人生で得たかけがえのない宝物は、頭領に出会えてこのオルトゥスで働けたこと。そしてその日々じゃ。みんなにとっては短い間だったかもしれんが、儂にはとても長く充実した日々じゃった。今日まで本当にありがとう。近くに住む予定じゃからな、散歩ついでにまた立ち寄らせてもらうよ」

レオ爺が本当に満足そうな笑顔でそう言ってくれたから、私たちにも笑顔が伝染したんだよね。今日は精一杯楽しむんだぞ、っていうお父さんの一言を聞いて、ようやく賑やかなパーティーが始まったんだ。

各々が合間を見てレオ爺の許に話しかけに行った。この味が食べられなくなるのは寂しいな、とか、たまに作りに来てくれよとか。惜《お》しむ言葉が多かったかな。もちろん、私もギルさんと一緒に挨拶しに行ったよ！

「レオ爺、おうちにあしょびに行ってもいい？」

初めて挨拶しに行った時に、約束したから。覚えていてくれてるかな？　って思って聞いてみたんだよね。惜しむ言葉よりも先にこれが出てくるあたり私だなぁ、なんて思ったりもしたけれど。

「もちろんじゃ。約束していたからの。ケーキやクッキーの簡単な作り方を準備しておこうなぁ」

「覚えててくれたの!?　うれしーー！」

レオ爺は当たり前だというように笑ってくれて、頭を撫でてくれたのだ。お料理教室が出来るのが私はすごく楽しみだったんだ。だからレオ爺の手を握ってありがとうってなんどもお礼を言った。

「お礼を言うのは儂の方じゃよ。老後の楽しみを作ってくれたメグちゃんには、感謝でいっぱいじゃ」

返してくれる言葉も優しさで溢れていたから、終始私はニコニコしてた。

「チオリスも寂しがってるんじゃないか」

そこへ、ギルさんもレオ爺に声をかけた。そうなのだ。チオ姉はレオ爺の跡を引き継いで、オルトゥスの調理担当のリーダーになるんだもん。責任も増えるだろうし、ちょっと心配だった。

「変に生真面目なところがあるからのう、チオリスは。もう十分すぎるほどの腕を持っているというのに、本人の自信だけが足りていない。じゃが……」

レオ爺はそこで言葉を切ると、厨房の方に顔を向けて目を細めた。そこから調理場の様子は見えなかったけれど、レオ爺には一生懸命作業をしているチオ姉の姿がありありと目に浮かんでいたのかもしれない。

「チオリスなら大丈夫」

レオ爺がそう言うなら、本当に大丈夫だろうなって思えたんだ。その言葉にはそんな説得力があった。

遊びに行く時は連絡をするね、と最後に言い残し、私たちはその場から離れることにした。他にもレオ爺と話したいって人がたくさんいたからね。ギルさんの後について行こうとした時、ちょっと待っておくれってレオ爺に呼び止められた。ちょいちょいと手招きをしているので、とっとこと近くに寄っていくと、レオ爺は手を口元に当てて内緒話をするように教えてくれた。

「実は、かけがえのない宝物はもう一つあってな。そのもう一つというのが……」

それを聞いて私は目を丸くした。

「どーちて、私に教えてくれたんでしゅか？」

きっと、秘密の話だったはずだ。だからこそ私にこっそり教えてくれたのが不思議で、思わずそう聞き返したのだ。すると、レオ爺はなんでかのぅ、とのんびりと言い、それから続けてこう言った。

「メグちゃんには、知っていて欲しいと思ったんじゃ。なぜかはわからんが」

不思議なことを言うなぁって思ったけど、子どもだからこそ言いやすかったのかもしれないなって思った。このお別れ会という特別な空間だからこそ、誰かに聞いて欲しくなったのかもしれない。

そういうことってあるもんね。秘密じゃよ、ってレオ爺は言ったから、私も口元に人差し指を当てて秘密を守るって約束したんだ。


お別れパーティーが終わり、レオ爺が出て行ってから数日後。早速私はレオ爺との約束を取り付けた。その日から一週間に一回くらいのペースでレオ爺の家に遊びに行ってたなぁ。行き過ぎかな？　とも思ったけど、レオ爺は嬉しそうにしてくれるし、みんなも行ってあげてって言うので私も頻繁《ひんぱん》に行くのをやめなかった。

「儂が昔人間の国にいた時、ウーラという大都市にある一番有名な店でコックとして働いとったんじゃ。懐かしいのぅ、もう六十年ほど前じゃったか。あの時の料理長は怖かったもんだ」

料理を教わりながら、私たちはいつもお喋りをした。レオ爺は昔の話や人間の国での話なんかも色々教えてくれたので、元人間としてはとても興味深く聞かせてもらったんだよね。

「いいかい、メグちゃん。もしも人間に出会ったら、絶対にその力や正体を話してはいけないよ。それがどんなに親切な人でも、人間というのは腹の中で何を考えているのかわからない種族なんじゃ。約束しておくれ」

そしてオルトゥスのメンバーは必ずそうなのか、レオ爺も例に漏れずとても心配性だった。まず人間に会う機会なんて滅多にないのに。ま、結局、会うどころか人間の大陸にまで来ちゃってるけど、こうなるなんて夢にも思ってなかったからさっ。そもそも人間とは住む大陸が違うし、私のような希少なエルフの子どもは売り物として速攻捕まってしまうらしい危険な場所に、興味があるってだけでわざわざ行こうだなんて思わないしって。ふっ、その時の私に言い聞かせてやりたい。世の中には不可抗力というものがある、ということを！　はぁ。だからその時は、自分は長命な種族なわけだし、そんな機会が絶対訪れないとも限らないか、って思い直してレオ爺の忠告をきちんと聞いておこうと思ったのだ。そこはえらい。さすが私だ。おかげで今もちゃんと思い出せる。

レオ爺曰く、魔に属する者、つまり魔力を持つ者は良くも悪くも真っ直ぐなんだそうだ。表裏があまりないんだって。親切にしてくれる人はその通り親切な人だし、悪事を働く人は隠しもせず堂々と行う。そりゃ、中には裏切りや人を騙す人もいるけど、人間のように上手く切り替えが出来ないのが魔に属する者なんだって。そのため、荒くれ者は荒くれ者で集まりやすいとか。元ネーモのある地域はそういった人たちが集まりやすい場所だったたって言ってたな。そういえば元ネーモギルド員たちは、マーラさんがトップになってから組織としてはまとまっているけど、ギルド員同士の争いごとなんかは相変わらずだって話もしてたっけ。前にマーラさんに聞いた時、そういう性なんだから止めても無駄なので個人責任にしてるのよって言ってたもん。つまり真っ直ぐやんちゃな人ばかりなのである。というかマーラさん強い……！

「優しい人が突然裏切ったり、悪い人だと思っていた人物が本当は誰よりも色んなことを考える人だったり。人間はそんな複雑な者たちばかりじゃ。メグちゃんは素直だからの、すぐに騙されてしまいそうじゃなぁ」

レオ爺はいつもこう言って私のことを心配してくれてた。騙されやすいのは事実なだけに何も言い返せなかったよ。そう、自覚があるのだ。これは環の時からの気質だと思うから。気を付けていてもなぜか騙されてしまう。主に騙してくるのはお父さんだったけどね！

「だが儂は、人間が嫌いにはなれん。儂が人間だから、というのもあるが、様々な者がおるからこそ洞察《どうさつ》力が鋭い。そして集団で力を合わせて何かをする時に最も力を発揮する。短命ゆえに次代へと引き継ぐことで、文明が目紛《めまぐる》しく発展していくのも、とてつもない力じゃ。長命な者は現状に満足している者が多いから変化を求めてはおらんでな」

まぁ、私たちや亜人は個々で力が強いもんね。オルトゥスはチームワークがいいけど、みんなで力を合わせて一つのものを作り上げる、とかはあんまり見ないし。種族特性というものを考えるきっかけになったんだよね。人間は最弱だって言われているけど、本当に侮《あなど》れない種族なんだって改めて認識したというか。私なんかは指摘された通り単純なので、特に気を付けなきゃいけない。もちろん、悪い人ばかりじゃないっていうのは理解したうえで、だ。

「ただ一つ、魔の者と人間に共通点があるとするならそれは……」

レオ爺が人間の話をする時は、決まって長かったんだよね。話し出したら止まらないのだ。とても大事な話だし、私だってちゃんと聞いてたよ？　けど、歳のせいか遊びに行くたびに同じ話を聞かされてしまうのが難点だった。毎回ではないんだけど、結構たくさん聞いた気がする。しかし、いい子な私はいつも最後まで聞いていたよ！　ふふふ、おかげで一言一句違わず話せる自信がある！　こうして、思い返すことだって容易《たやす》い。

「おっと、つい話し過ぎてしまったのう。つまらない話だったじゃろ。すまないね、メグちゃん」

「ううん！　大事なお話でしゅもんね！　レオ爺が心配してくれるの、わかりましゅから」

昔を懐かしんで、長々と話をしてしまうけれど、いつでも人を気遣ってくれる優しいレオ爺が私は大好きだった。だから何度同じ話を繰り返されたって、私はいくらだって最後まで聞こうと思えたんだ。

だって、普通の人間であるレオ爺とのお別れの日が、嫌でも近付いているのがわかっていたから。少しでも長く、レオ爺との時間を作りたいと思ってたんだ。そして私のその行動は大正解だったと、後になって噛み締めることとなる。

それは天気の良い休日だった。レオ爺と約束してた日。以前、作り方を教えてもらったふわふわシフォンケーキを私が作って持って行くという約束をしていた日だ。シフォンケーキって本当に難しくて、なかなか膨《ふく》らまなかったんだけど、レオ爺に教えてもらったように作ったら本当に上手く出来て、とっても感動したのを覚えてる。オーブンとか、危ない部分はチオ姉に手伝ってもらったりしたけれど、ほぼ自分の力で作り上げたケーキだったから、その出来を見てもらうため、そして一緒に食べるためにレオ爺の許へと向かっていたのだ。

「こんにちはー！　メグでしゅ！」

私がいつも行く日は、大抵レオ爺が料理する準備やお茶を淹れる準備をしてくれているから、勝手に入ってきていいと言われていたんだよね。だから、いつものように元気に声をかけつつレオ爺の家の中に入っていった。

「あれ？」

けど、この日は違った。いつもはすぐに返ってくる優しい声がない。それどころか物音一つしないのだ。不思議に思った私は家の中を歩き回る。それでもなんの音も聞こえないことが不安で、思わずショーちゃんに声をかけた。

「この部屋から、何か聞こえる？」

『ううん、何も聞こえないのよー』

それはつまり、生き物はいないということだ。ショーちゃんは声の精霊だから、口に出した声でなくても生き物なら必ず発している何かを感じ取って声を拾うことが出来る。それが言葉ではなくても、生き物がいるかどうかはすぐにわかってしまうのだ。ショーちゃんすごい。

しかしそうなるとますます不思議。レオ爺が約束を忘れて出かけるなんて今までになかったことだから。でも、もしかしたらお茶っ葉か何かがなくて買いに行ってるのかもしれないし……そうやって、私は心の中に渦巻き始めた嫌な予感を考えないようにしていたのだ。

「レオ爺……？」

キィと小さな音を立てて寝室の戸を開ける。寝室だから、何となく入るのが躊躇われたけど、そこへ行かなきゃいけない気がしたから。ベッドに目を向けると、まだ誰かが横たわっているのがわかった。誰か、だなんて。決まっているのに。

「レオ、爺……」

声をかけても、レオ爺は起きない。それどころか全く動かない。穏やかな顔をしていて、まだ眠っているみたいだ。

『ご、ご主人様……』

「うん。……みんなに、伝えてきてくれるかな」

『わ、わかったのよ！』

それがどういうことか、私にはすぐにわかった。でも、なんだか現実味がなくて、うまく理解が出来なくて……たぶん、動揺してたんだと思う。無意識にそっと布団の外に出ている手に触れた瞬間、私は思わず手を引っ込めてしまった。だって、予想していた感触じゃなかったから。それは、レオ爺が旅立ってしばらく時間が経っていることを意味していた。

頭ではわかってた。一目見ただけで気付いてた。でも不思議なもので、どうしてもレオ爺の魂がもうここにはないのだという実感が湧かなかった。目の前で、明らかに旅立っているのがわかるのに、変なの。妙に冷静でいるように自分では思っていたけど、実はパニックになっていたのかもしれなかった。自分の感情が、わからなかったのだ。

「メグっ！」

「メグちゃん！　レオが、レオが死んでいるって……！」

そう時間をかけずにギルさんとチオ姉が私の許へとやってきた。私はゆるりと二人の方へ顔を向けた。後で聞いたけど、この時の私は表情が抜け落ちていたらしい。私はすぐにギルさんに抱き上げられた。

「レオ……？」

息を切らしていたチオ姉が、そう呼びかけながらレオ爺に近付き、ベッドの脇に跪《ひざまず》いていたっけ。

「レオ、嘘だろう？　お別れも、言わずに……こんな、突然……」

突然ではあったけど、近いうちに来るだろうことは誰もがわかっていた。けれど、やっぱりなかなか受け入れられない。特に私たちは長命で、丈夫で。余程危険な任務にでも当たらない限り命が失われることはあまりないから。だから、こんな時にどう対応したらいいのかわからないんだ。

「逝《い》かないで、逝かないでくれよぉ……！　レオぉっ!!」

ギルさんが私を抱えて部屋を出ていったから、その様子を見ることは出来なかったけど、背後から聞こえてきたチオ姉の悲痛な泣き声に、胸が締め付けられる思いがした。私たちと入れ違いにやってきたルド医師とメアリーラさんがチオ姉を宥《なだ》めている気配も感じた。

「……よく、頑張ったな」

「ギル、しゃん……」

そうして、ギルさんに頭を撫でられた私だったけど、なぜかその時でさえ涙を流せずにいたんだ。

レオ爺の通夜《つや》はその日の夜に行われた。この世界の弔《とむら》いは地方によって違うみたいだけど、この国では火葬が一般的なんだってお父さんから聞いた。日本との違いがあまりなくてどことなくホッとする。目立たない地味な服装で、故人に花を手向けてお別れをする、という簡単なルールのようなものがある程度で、弔いに関しては決まった作法などはないらしい。

「我々にとっては短い間だったが、レオポルトはその人生の半分以上をオルトゥスの料理人として務め、貢献《こうけん》してきてくれた。そのことに感謝の祈りを捧げよう」

だからオルトゥスではお父さんが弔いの指揮をとってくれた。お父さんがそう声をかけると、みんなは揃って目を瞑り、レオ爺に祈りを捧げた。私も一生懸命お祈りしたけど、なんでかな、ここまできたというのにまだ実感が湧かなかった。

「……では、お別れだ！」

だけど、お父さんのその一言でレオ爺の棺が燃え盛る炎に包まれた時、私の中で何かが弾けた。怖いと思った。あの中にレオ爺がいるのに、あんな火の中に入ったら熱いよって。熱いよ、って……。

「や、やだぁ……やだぁ！　レオ爺ぃっ！　レオ爺ぃぃぃっ!!」

「め、メグ……っ！」

突然ワァワァ声を上げて泣きながらレオ爺を呼ぶ私。それを見て驚いたギルさんに、私が炎の近くへ行かないようにと慌てて抱き上げられた。それでも手を伸ばしてやだやだと泣く私を見て、みんなが堪えていた涙を流し始めた。

自分でも、何をしてるんだって思う。だけど、泣いて、叫んで、レオ爺を呼ぶことをどうしてもやめられなかった。やめられなかったのだ。

こうして泣き疲れていつの間にか寝てしまった私が次に目覚めた時は、全てが終わっていた後だった。


レオ爺がいなくなって、最も影響を受けたのは……チオ姉だった。オルトゥスの調理リーダーを引き継いだチオリスさんである。あれからそこそこの年月が過ぎてはいたけど、チオ姉は時々、調理場で一人頭を悩ませていたっけ。それを知ったのは、オルトゥスでいつも通りの日々を過ごしていた時のことだった。

「あーダメだ！　どうしてもあの味が出せないっ！」

久しぶりのお昼寝が終わって何の気なしに食堂を通ると、そんな叫び声が聞こえてきたので思わず顔を向けたのだ。見ればキッチンで頭を抱えて何やら唸っているチオ姉の姿。どうしたのかと思って私は声をかけに行った。

「チオ姉？」

「あ、メグちゃん。こりゃ恥ずかしいところ見られちゃったな」

声をかけるとチオ姉は、チロッと舌を出して恥ずかしそうに笑った。いつも元気で明るい人だから、確かにこういう姿は珍しいって思ったよ。でも、誰だって悩むことはあるんだから、恥ずかしがらなくてもいいのに。ま、相手が子どもならそんな気にもなるかな？

「お昼寝はいいのかい？」

「はい！　さっき起きたところでしゅから。それに、最近はお仕事のない日しかお昼寝しないんでしゅよ？」

「ふふ、そうなんだ。体力が付いてきたんだねぇ。いいことだよ！」

そう言ってチオ姉のナデナデをありがたく受け取ってから、私は何か悩みごとかと聞いてみた。

すると少し困ったように眉尻を下げたチオ姉は、レオ爺がよく作っていたトマトのスープが思ったような味にならないのだと教えてくれた。

「分量なんかも同じはずなんだけど……どうしても味に深みが出ないんだよ」

ちょっと味を見てくれるかい？　と差し出されたスープを飲ませてもらったけど……ご、ごめんなさい！　私にはレオ爺のスープとの違いがわからないみたい！　素直に謝るとチオ姉は明るく笑った。

「あははっ、いいんだよそれならそれで！　他の人にもメグちゃんと同じことを言われたし。たぶん、あたしが納得いってないだけなんだ」

だから気にしないどくれ、と笑ったチオ姉は少し寂しそうに見えた。

「きっとあたしは、未だにレオがいなくなったことを受け入れられないんだよ……とんだ甘ちゃんだね、あたしは」

ふぅ、とため息を吐いて遠い目をしたチオ姉は、レオ爺のことを思い出していたと思う。その時すでに、レオ爺が他界《たかい》してからもう八年ほどが過ぎていたけれど、私だって当時の出来事は未だに胸に残ってる。一番お世話になっていただろうチオ姉が引きずるのも仕方がないよね。

「はぁ。つい思い出しちまったね。まだこんなに引きずってるなんて、情けないったらないよ」

そう言いながら苦笑を浮かべたチオ姉は、続けて人間なんかに惚れちまったのがいけないんだけどね、と笑った。この時、お子様な私は初めて知ったんだ。チオ姉が、レオ爺にずっと想いを寄せていたってことに。自分よりずっと早い速度で成長し、どんどん自分を置いていく姿を見るのはとても苦しかったたって語るのを聞いていたら、ギュッと心が締め付けられた。

「出会った頃はあたしと見た目年齢も変わらなくて生意気だったのに。置いていくなんてさ。あーあ、もう！　人間に恋なんかしちゃダメだよ、メグちゃんは」

そう言いながら照れ隠しなのかチオ姉は私の頭をぐりぐり撫でてきた。なかなかの力強さだったけど、私は黙って大人しくそれを受け入れた。

「結局最後まで気持ちは伝えられなかったけど……後悔はしてないよ！　もし伝えていたら、お人好しのレオのことだから、きっと困り果てていたと思うからね」

その言葉を聞いて、ハッとする。え、だって、レオ爺も。レオ爺だって……。

『実は、かけがえのない宝物はもう一つあってな。そのもう一つというのが……チオリスだ。おかしいと思うかもしれんがなぁ、儂にとってチオリスは、誰よりも大切で、特別な人なんじゃ。彼女がこれからもオルトゥスで頑張ってくれるから、儂も安心して退職出来るんじゃよ』

お互いに、想い合っていたんだ……。

置いていってしまうレオ爺も、置いていかれるチオ姉も、どちらもすごく悩んだだろうな。想いを伝えるべきか、何度も考えたんじゃないかなって思う。今ここで私が言ってしまうのは簡単だけど……それはなんだか違う気がした。いつかはチオ姉に伝えなきゃって思うけど、たぶんそれは今じゃない。もう少し、時間が必要な気がした。だって、もっと早くに知っていればって後悔するかもしれないもん。やっと立ち直ったのに、余計に辛くなるかもしれなかったから。

「さ、あたしはもう少しだけ研究するよ。聞いてくれてありがとうね、メグちゃん」

そう言った時、チオ姉にはいつもの明るい笑顔が戻っていたから、だいぶ元気を取り戻してくれたんだなって安心したんだよね。もう少しだけ傷が癒えるのを待ってから、そしたら打ち明けようって決めた。今は一歩踏み出してくれたチオ姉の心を守るのが大事。だから、私の髪がぐしゃぐしゃになることくらい、なんてことなかったのである。

「チオ姉。私はチオ姉のスープ好きだよ。レオ爺のスープも、チオ姉のスープも、同じくらい好き。だからね、あの、チオ姉はチオ姉の味を守ったらいいんじゃないかなって……」

他に言えることは何かなって考えて言ってはみたものの……ちょっと生意気言っちゃったかな、と思ってやや尻すぼみになっていたら、一瞬目を丸くしたチオ姉がフッと笑ってこう言ったっけ。

「ああ、そう言えばレオにも同じこと言われたんだったよ」

軽く伸びをし、仕事に戻ったチオ姉は、どこか吹っ切れたような顔になっていた気がした。

懐かしくも悲しい記憶を思い返しながら私は夕飯を食べ進めた。そう、そうだよ、チオ姉に伝えるためにも絶対に帰らなきゃね。もしかしたら、人間の大陸に来たことは案外悪いことじゃなかったのかも。いや、悪い事件ではあるんだけど……こんなことでもなければ知らないままだったことも多かったから。うーん、このスープをどうにかしてチオ姉にも飲ませてあげたいなぁ。それでその時に、今度こそレオ爺の気持ちを伝えなきゃ。……よし。聞いてみよう。そう思い立って私は食事の途中だけど一度席を立ち、さっきの女性の許へと向かった。

「え、メグ？」

その様子を三人がキョトンとした目で見ていたけど、特に止められることもなかったので後で説明することにしよう。厨房方面は三人からも見える位置にあるからね！　そのまま見守っていてもらう。

「しゅ、しゅみましぇん……」

緊張からか、いつも以上に噛んでしまう。は、恥ずかしいっ！　けど、さっきの女性がすぐに気付いて駆け寄ってくれた。

「あら、なあに？」

「あ、あの。今日のスープって、数量限定だったり、しましゅか？」

特別にレストランから仕入れてるって話だし、数に限りがあるかもしれない。そう思って確認すると、スープは大量に作ってもらっているからお代わりも一回なら大丈夫だと教えてくれた。良かった！

「えっと、飲ませてあげたい人がいて……お、お金は払いましゅから、一杯分もらえないかなって」

「あー、そうねぇ。一応、店に来てくれたお客さんだけに提供するっていう決まりなんだけど……」

うっ、そうだよね。誰にでもあげてたら商売にならないもんね……無理を言ってる自覚はあるし、ここは諦《あきら》めよう。でも思わずしょんぼりしてしまう。くすん。

「まっ、ままま待って！」

「ふえ？」

とぼとぼと席に戻ろうと後ろを向くと、慌てた様子で私を引き止めるお姉さん。心なしか顔が赤いけどどうしたのかな？　とりあえず言われるがままにに少しこの場で待っていると。

「お嬢ちゃん。えっとね、特別よ？　ちゃんとお金を払ってくれるならいいって言ってもらえたの。でも、一杯分だけになるけど、いいかしら？」

「ほ、ほんとでしゅか⁉　嬉しいでしゅ！　ありがとーっ！」

そっか、わざわざ聞きに行ってくれたんだね！　優しいっ！　嬉しくて思わずバンザイしてしまう。

「ううっ、可愛い……っ！　じゃあちょっと待っててね。持ち帰れる蓋付きの容器に入れてくるから！」

そう言って厨房の奥へと消えていくお姉さんを、私はホクホク顔で見送る。その間にポケットから出すように見せかけて収納ブレスレットから財布を出し、お金を用意しておいた。銀色のコインを五枚。ちゃんと人間の大陸で使えるお金だ。ふー、前にラビィさんが使っているのを見てなかったらうっかり忘れて魔大陸のお金を出しちゃうところだったよね！　危ない。

お金の価値はどちらの大陸も変わらないんだけど、物価やお金の種類が全然違うんだよね。だから私はこの大陸では一文無し……だと思うでしょ？　ところがどっこーい！　有能すぎる私の魔術機能付き猫さん財布はですね、魔力を込めれば人間の大陸のお金と両替が出来ちゃうのだーっ！　魔王城にある換金所と魔術で繋がっていて、登録された魔道具からなら換金して引き出せるっていう仕組みになってるらしい。その性能のぶっ飛びっぷりにはもはや何も言うまい。というか、猫さん財布をもらう時にギルさんも呆れてたんだよね。そんな機能いつ使うんだ、って。でもこのお財布は魔王さんから貢がれた物なんだよね。人間の大陸との貿易が盛んな魔王国では結構使う機会が多いんだそうだ。だから便利なのだぞー、と言われたんだけど。それも使うのは魔王国で商売する人だけでしょ、って乾いた笑いをしてしまったなぁ。だけどこうしてかなり役に立っているから、人生わからない。魔王さん、グッジョブ。あの時は呆れてごめんなさい。

「はい、お待たせ！」

「ありがとーごじゃいましゅ！　お金、これで足りましゅか？」

「三枚でいいよ。ふふ、毎度あり」

お金を渡してスープを受け取る。器があったかいので両手で受け取り、席まで運んだ。それから、一度部屋に持って行く、という体で部屋まで戻ってから収納ブレスレットへ。その場でしまうわけにはいかなかったからね。これで、チオ姉には熱々のスープを飲んでもらえる。その時のチオ姉の喜ぶ顔を想像して、思わず笑みを浮かべた。オルトゥスに必ず戻るという目的がさらに増えて、気合いも入れ直せた気がする。えへへ。

「まったく、突然何をしだしたかと思ったら……」

席に戻ると、ラビィさんに呆れたような目で見られてしまった。そうですよね、ごめんなさい。

思い付きですぐ行動にうつしてしまうのが私の悪い癖である。うあぁ、直したいとは思っているのになかなか直らない悪癖ぃ！　反省しつつ簡単に説明すると、ラビィさんたちは納得したように頷いてくれた。

「なるほどねぇ。思い出の味ってことか。言われてみれば飲ませてもらったスープと同じ味だってわかるよ」

ラビィさんはどこか悲しそうな表情でそう呟く。大切な仲間が亡くなったって話したから、一緒に悼《いた》んでくれたのかもしれない。

「それならわかんなくもないかな。ビックリはしたけどさ、早く渡してやりたいよな」

リヒトはそう言いながら、ニッと笑ってくれた。その明るさに心が軽くなるよ。

「きっとすぐ、渡せる。大事に、持って帰って」

ロニーは優しく目を細めながらそう言って頭を撫でてくれた。もう、みんな優しいなぁ。レオ爺のことを思い出してちょっとしんみりしちゃったけど、おかげで元気が出た。

「よし、メグも食べ終わったことだし、今日はさっさと寝ちまうよ！」

ラビィさんの言葉にはぁいと返事をして、私たちはそれぞれ立ち上がる。みんなで階段を上がっていくその最後尾にいた私は、一度お店の人の許へ立ち寄った。

「とってもおいしかったでしゅ。ごちそーさまでした！」

私が笑顔でそう言うと、色々とお世話になったお姉さんは少しだけ目を瞠《みは》ってから微笑みを返してくれた。

「ふふっ。そのレストランのシェフにも伝えておくね」

あっ、そうか。今日のメニューはここの人たちが作ってくれたものじゃなかったんだよね。ちょっと失礼なことを言っちゃったかな、と思ったけど、お姉さんは気にしてないみたいなのでセーフと思おう。本当は、そのレストランにも行ってみたかった。レオ爺のことを知ってる人がいるかもしれないから。でも逆算すると、もう百年近くも前のことになるから、もうレオ爺を知ってる人はいないよねぇ。人間の大陸での平均寿命がわからないけど、魔大陸にいる人間よりも長いってことはなさそうだし……悲しいことだけどね。それも仕方のないことだ。

それにしても、そんなにもずっと前から続く老舗《しにせ》レストランってことか。くぅ、やっぱり一目だけでも見たかった！　もちろん無理だしそんなワガママは言わないけど！　まだそのお店があったんだよ、っていうお土産《みやげ》話で我慢しないとね。スープも手に入れたことだし、贅沢は言えません。

そんなことを思いながら二階へ向かい、部屋の前でリヒトとロニーにおやすみ、と挨拶をしてからラビィさんと一緒に部屋に入る。それから寝支度をしてすぐにベッドへと潜り込んだ。

今日は、色んなことがあったな。怪我をした騎士さんをこっそり治療したり、国から追われているというおっそろしい情報を知った。それによってラビィさんが髪を切ってしまうという衝撃的なこともあったし、レオ爺の思い出に触れることも出来た。相変わらず不安要素の方が多くはあるんだけど、希望も失われてない。私はまだまだ頑張れそうだ。家に帰るまで、頑張れる。なんとかなる。そう言い聞かせながら目を閉じると、ふわりとかけ布団をかけ直される優しい感覚に気付いた。少ししてからゴソゴソという音と、部屋の照明が消されたのを感じる。ラビィさんもベッドに入ったみたい。明日はまたリヒトの転移でウーラの街を出て、急いで街を離れる必要があるんだ。今日のうちにゆっくりと身体を休めないとね。なかなか寝付けそうにないけど、寝るぞっと気合いを入れて目をギュッと瞑った。おやすみなさい！

3 リヒトの出自《しゅつじ》

「うしっ、何とか大丈夫だ。けどたぶん、外出たら動けねぇ」

「大丈夫。僕が、背負うから」

「悪ぃな、頼むよロニー」

次の日、早朝からさっさと宿を出た私たちは、南側にある門の周辺へとやってきた。人数が多い分、転移出来る距離も短いためだ。確実に街の外へと出るためには、少しでも門に近付いておきたいんだって。逃げる時も、遠くにいた方がいいしね。

リヒトの魔力は一度なら転移が出来る程度には回復したらしい。それはよかったけど、きっとその後はフラフラになっちゃうよね。だから回復薬が飲めるようにリヒトにはすでに渡してある。ただ、薬を飲んだとしてもすぐに動けるようになるわけではない。魔力は飲んだ瞬間から回復していくんだけど、あくまで自然に回復していく力を促進させるという薬だからどうしても身体に負担はかかってしまうのだ。すぐにその場を離れることが第一なので、身体の負担を減らすためにもその間、ロニーが背負ってくれることになっている。背負うのはラビィさんでもよかったんだけど、唯一戦えるラビィさんは手を空けておいた方がいいからね。だから私もずっとロニーにおんぶされていたわけだし。いや、もう自分で移動するからね？　ちゃんとついていけるように頑張らなきゃ！

「ちょうどあそこに馬車小屋がある。あの裏なら人目につかないからそこで転移しよう」

ラビィさんが小声で指示を出す。いくら早朝とはいえ、人が全くいないわけじゃないからね！　私たちは自然な様子を装いながら馬車小屋へと向かった。コソコソしてたら逆に目立つのだそうだ。そりゃそうか。

「よし、リヒト頼むよ」

「わかった。みんな俺に掴まってくれ」

馬車小屋の裏に着くと、すぐさまラビィさんがリヒトに合図を出す。それぞれがリヒトに掴まったところで、リヒトは転移、と小さな声を出した。膨大な魔力が練られ、身体に纏わり付いていく。三度目ともなるとだいぶ慣れてきた。徐々に視界が歪《ゆが》んでいく。それにしても毎度毎度、こんなに魔力を放出してててバレないんだろうかって不思議に思ってしまう。私たちなら気付かない方が不自然な魔力の放出も、人間は気付かないんだって。ラビィさんは魔力を持たないから、纏わり付くような感覚も一切ないって言ってた。環だった頃は私も気付かなかったんだろうな、とぼんやりそんなことを考えていた。

そろそろ景色が変わる頃かな、と思った時。一瞬、少し離れた位置に人影が見えた気がした。その瞬間、緊張により全身に力が入った。み、見られる！　焦ったけど今更どうしようもない。馬車小屋が完全に見えなくなる寸前、私はそこに来た人と……あろうことか目が合ってしまった。

「わっ……！」

次の瞬間、そこは舗装された道だった。リヒトの転移先は人のいない場所を選ぶだけで、細かい場所指定は出来ないみたいだからね。つまり、目立つ道でも人がいなければそこに転移される。何が言いたいかというと、今は私たちを隠すものは何もないってことである。隠れる場所がどこにもない、見晴らしのいい街道に転移してきたのだ。早朝だったため、たまたま人がいなかったからだろう。心細い！

「リヒト、大丈夫かい？」

「あー、たった今薬は飲んだから魔力が回復していくのは感じるけど……無理ー。ロニー……」

「うん、乗って」

いつも着地に失敗するからだろう、ラビィさんが私を抱っこしてくれていたので衝撃はこなかった。お世話になります。そして足元ではリヒトがぐったりと座り込んでいて、そのすぐ隣にロニーが背を向けてしゃがみ込んでいる。大変そうなところ申し訳ないけれど、私はさっき見たことをすぐに報告しなければ。

「転移する時、人と目が合ったの！　一瞬だからハッキリとは言えないけど……たぶん、昨日会った騎士さんだった！」

たぶん、たぶんね！　見覚えがあるなって思っただけだから確信はないんだけど。でも、見覚えのある騎士と言ったらライガーさんしかいない。どのみち消える瞬間を騎士に見られたのだから、急いでこの場を離れなきゃいけないのは変わらない。

「！　それはまずいね……早いところここを離れなきゃ。ロニー、走れるかい？」

「任せて」

そうして、ラビィさんは私を、ロニーはリヒトを背負って走り出した。この際、抱えた方が早いと判断されたのだろう。情けないけど英断だと思う。けど……先を見ても隠れられるような場所がない。ここは見通しが良すぎて、いくら遠くに逃げていたとしても、逃げる私たちの姿が見つかってしまったらあっという間に追いつかれてしまう。これは予想外だ。すぐに森の中にでも隠れられるかな、と思っていたのだ。地図にはそんな細かい部分までは記されてなかったからわからなかったよ。きっと騎士たちは馬で追って来るだろうし、なんとかしないと！

そう考えた私はラビィさんの背中で収納ブレスレットのウインドウを出した。何か、何か役に立つ魔道具は……あ、あった！

「ちょ、ちょっとだけ止まってくだひゃいっ、いだっ！」

揺れる背中で叫んだので思わず舌を噛んだ。痛い！　でも私の声は、聞こえたようなので二人とも止まってくれた。

「こ、これぇ、吹きかけるとしばらくしゅテルしゅ機能が発動しゅるんでひゅ……ちゅまり、追っ手から見えにゃくなりまひゅ」

いつも以上に噛み噛みで涙目なのは許してほしい。けどどうにか伝わったようで感心したようにラビィさんが口を開く。

「そんなものまであるんだねぇ……魔大陸ってのは」

「ラビィ、でもきっと、一般的じゃ、ない」

「ああ、さぞ高価なんだろうねぇ……」

遠い目になりながら二人は話す。ひ、否定は出来ないけどね！

「これはしゅプレータイプで、たくさんはないから、しゅぐなくなっちゃう。でも今が使う時かなって……」

「……いいのかい？　使っても」

「必要な時に使うのが一番なんでしゅ！」

そもそも、こういう機会でもないと使わないのだ。宝の持ち腐れとはまさにこのこと。むしろ今使わないでいつ使うの？　という感じなのでガンガン使いましょう！

「そうかい。ありがとうね」

「ううん！　ラビィさんも、いちゅも助けてくれてありがとう！」

本当に申し訳なさそうに言うものだから、私の方こそお世話になってるよ、ということをアピールだ！　それからせっかくおんぶされてるので、そのままの体勢でラビィさんと私の頭からスプレーを振り撒《ま》いた。次にロニーとリヒトにもプシューッとな。よし、これでオッケー！

「……なんか、変わったように思えないんだけど」

不思議そうにラビィさんは自分の身体をあちこち見ている。それからロニーやリヒトも観察しつつ首を傾げていた。あ、そっか。ラビィさんは普通の人間だから、見えないのか！

「ちゃんと、魔力の膜《まく》が見えてるから、大丈夫だよ！」

「へぇ、魔力を持ってれば見えるものなんだねぇ」

「うん、俺にも膜が見える。変な感じだな、これ……」

リヒトとロニーには見えるみたいだ。よし、間違いなくスプレーはかかったね！

「そのうち、お互いのことも見えなくなるよ！　自分のことは見えるんだけど……だから、これで！」

そうして取り出したるは……なんと、透糸蜘蛛《とうしぐも》の糸！　ルド医師からもらったのであーる！　今はただの白い糸だけど、魔力を流すと見えなくなるのだ。この糸を私たち四人の腕に結び付けていく。簡単には切れない上に、結んだ者が切れろと思えばすぐ切れるようになっているから安全でもある。ほんと、すごい。

「これで、見えなくても離れ離れにならないよ。あと、音は消えないから、静かにしなきゃダメ！」

「何でも有りだねぇ。ああ、本当にみんなが見えなくなってきた。じゃあ、あたしが先頭を歩くから、糸を頼りについてくるんだよ？」

そして、何かあった時は糸を引っ張ること、と決めて私たちは歩き始めた。走らなくていいから私も降ろしてもらって歩くよ！　リヒトはまだグッタリしてるのでロニーに背負われたままだけど。どのみち静かにしてなきゃいけないから、今のうちに身体を休めてもらいたい。でも、少しでも早く休憩出来そうな場所に連れて行ってあげたいところだ。

その状態で少し歩き進めた時だ。背後から馬の駆けてくる音が聞こえてきた。思わず振り返ると……あぁっ、やっぱり騎士だ。しかも三人くらいいる！　先頭を走るのはあの時、怪我を治してあげた騎士、ライガーさん。すごく怖い顔してる……やっぱり私たちを追ってるのかな……？

「ライガーさん！　どこにも見当たりませんよ⁉　本当に外に逃げたんですか⁉」

「私はメグが消えていくところを見たのだ！　おそらく誰かに何らかの魔術を使われたのだろう。魔力持ちの子どもたちだと報告を受けているしな。上にも報告せねば。門の近くにいたからまず外に逃げたと考えた方がいい。見当たらないからと油断するな！　くそっ……」

そんな叫び声を聞きながら、目の前を走り抜けていくのを私たちは見送った。よ、良かった、スプレーかけておいて！　まだ心臓がドキドキしてるよ。実は今の今まで効果もどれほどのものなのか心配だったけど、これで証明されたというわけだ。いや、ケイさんからもらった物だから間違いないとは思ってたけどさ！　だって使うのは今日が初めてだったんだもん。ほら、使う機会なんてなかったじゃない？

ひたすら静かにしながら騎士さんたちをやり過ごし、完全にその姿が見えなくなったところで、私たちは誰からともなくホーッと安堵《あんど》のため息を漏らした。みんなも緊張していたみたいだ。それにしても……。

「やっぱり、見られてた……しかも名前を呼んでたし、バレてるぅ」

ライガーさんはすごく悔しそうだった。私が捜している子どもの一人だってわかったからだよね、きっと。す、すっごい罪悪感。ついにあちら側に名前がバレてしまったし、髪の色が変わってることも報告されちゃうだろうな。今後、一層気を付けないと……念のため髪の色を赤茶色から焦げ茶色に変えておこう。パッと見ただけですぐに気付かれない、というのはやっぱり大事だしね。

「あんまり気にするんじゃないよメグ。おかげでこうして対策出来たんだから」

「そうだぞ。メグが騎士に気付いてなかったら、追われるなんて思わずに普通に逃げてただろうし」

「ん、確実に、捕まってた。メグ、えらかった」

そ、そうかな？　むしろ気付けて良かったってことか。も、もう、みんな褒め上手っ！　リヒトなんてまだ身体がしんどいだろうに、私のフォローにまで気を回してくれて……よし、落ち込まないぞ。私は私に出来ることをした！　それでいいのだ。

胸を撫で下ろし、気持ちもだいぶ落ち着いたところで、私たちは再び歩き始めた。もちろん、騎士さんたちが去って行ったのとは違う方向へと。街道を真っ直ぐに進んでいってくれて助かったよ。私たちはこの先にあるであろう森に入るつもりだからね。でも、捜して見つからなかったら森にまで捜索範囲が広がるかもしれないから、油断は大敵である。無理なく、でも出来るだけ急いで行かないとね。まだお互いの姿が見えない状態なので糸を頼りにして進む。歩を進めながら私は少しだけ後ろを振り向いた。

さようなら、ウーラの街。レオ爺の思い出の街だから、ゆっくり見て回りたかったけど……ううん、少しでも立ち寄れて良かったと思おう。次に立ち寄るのは、鉱山前の町になる。それまでは、どこにも立ち寄らないでひたすら何日も歩くことになるだろうから、頑張らなきゃ！

体感では三十分ほどだろうか。そのくらい歩いたところでようやく私たちは森の中へと入ることが出来た。騎士団から追われる身だから、人の通る道は出来るだけ避けたいしね。うーん、舗装とかもされてないから歩くだけでも大変そうだぁ。

「ロニーありがとな。もう自分で歩くよ」

「そう？　無理は、しないで」

森の入り口でそんな感想を抱いていると、リヒトとロニーのそんな会話が耳に入ってきた。リヒトはだいぶ元気になってきたみたい。もう自分で歩き始めるようだ。回復力がすごい。

「おや、リヒト。もういいのかい？」

そこへラビィさんの声。まだ姿が見えないから声をかけて確認し合っている。

「おー。ロニーにも悪いし、魔力は十分に回復したしな！　メグの薬すげぇな」

「私のってわけじゃないんだけど……どーいたしまして！」

私がルド医師からもらってた薬ってだけなんだけどね。ハーブティーで割ってるわけでもないから ちょっと苦いやつだ。リヒトは平気だったみたいだけど、私はやっぱりナババ味になってないと飲むのは辛い。身体がお子様なのだから仕方ない。そう、身体がお子様なせいであって私の問題ではないのである！　ここ、大事っ。

「なら、大丈夫だね。せっかく天然の修行場なんだから活用しなくっちゃ！」

え、ラビィさん、今なんと？　修行って言った気がするんだけど……リヒトも戸惑うように声を上げてる。きっと今は表情を引き攣らせているに違いない。

「歩きにくい山道なんて修行するのにピッタリじゃないか。ただ歩くだけなんてもったいない！お互いの位置を確認しながらスピードを上げて移動するよ。あえて険しい道を選んでいくからね」

ラビィさんは続けて、その方が人にも会いにくいでしょ、と明るい口調で告げた。そ、そう言われてしまっては頑張るしかないじゃないか。修行を頼んでいるのはこちらの方だし、断る理由もない。あ、ルド医師の糸も外された感覚。これは、ガチの修行だ……!

「ああ、でも。メグは辛くなったら早めに声をかけるんだよ。あたしが背負うから。あんたたちは男を見せな!」

「容赦《ようしゃ》ねぇ……!」

「やるしか、ない」

慈悲のないラビィさんのお言葉に覚悟を決めたらしいリヒトとロニー。わ、私も出来る限り頑張るよ!

それにしても、ステルススプレーの持続力すごいな⁉ あれから結構長いこと森の中を進んでいるけど、未だにお互いの姿が見えない。え、これいつまで効果が続くの? ってやや不安になる。姿を確認出来ないってだけでものすごい精神的負荷がかかってる気がするもん。声をかけ合ったり、川で上がる水しぶきを頼りにしたり、草葉が動くのを見て場所を確認するしかないからね。じゃなきゃ下手したら迷子になってしまう。そうなったら大変なのでみんな必死だ。普通に修行するよりずっと集中力が鍛えられたのではなかろうか。

「はぁ、ふぅ……あっ!」

余計なことを考えていたからか、もう身体が限界だったのか。私は足を滑らせてしまった。川を越えるために岩の上をピョンピョンと移動していた時だったから、見事に川にドボーンである。気を付けてたのにー！　あーっ！

ゴボゴボと川に沈む。川の底に辛うじて足は届くけど、そこそこ流れが速いからうまく立ち上がれない……！　そして私は泳げない。詰んだーっ！　どうにか酸素を取り込もうと水面に顔を出しはするものの、波も立つから一瞬で沈んでしまう。息を吸おうとしたところで口の中に水が入り込み、思うように息継ぎも出来なかった。これ、やばい……苦しい。誰か、助けて……。

ギル、さん――。

「メグっ！」

グイッと身体が引っ張られた。久しぶりの空気だ。早く酸素を吸い込みたいけど、水を飲んでしまっているから咳き込んでしまう。く、苦しいーっ！

「メグ！　大丈夫か⁉」

川岸に連れて行かれ、背中を撫でてくれる手がある。声からいってリヒトだ。ちょ、ちょっと待ってね、今咳き込んでてそれどころじゃないから。げっほげっほ。

「だ、だいじょぶ、でしゅ……」

どうにか声を絞り出してそう返事をすると、突然ギュッと抱きしめられた。力が強くて少し苦しいぞ？　え？　え？　何？

「っ、よかった……！」

「リヒト……？」

弱々しい声だったけど、耳元で言われたから聞き取れた。私を抱きしめる腕が震えてる？　というか、全身震えてない？　だ、大丈夫⁉　リヒトも川に入ったから濡れちゃったのかな……でも、服は濡れてないみたいだけど。あ、私が濡れてるから寒いのかな。離れた方がよくない？　それともどこか怪我でもしたかな？　どうしよう、とオロオロしていると、こちらに駆け寄ってくる足音が聞こえてきた。

「リヒト！　メグは無事かい⁉」

「あ、ああ……」

ラビィさんだ。その声に反応してリヒトが私の身体を離す。あったかかったからちょっぴり名残《なごり》惜しい。

「良かった……メグがもがいてくれなかったら、どこにいるのかわからないところだったよ……！」

リヒトはどこも怪我してない？」

「俺は、大丈夫……」

そっか、水飛沫《しぶき》を頼りに私を見つけてくれたんだね。泳げないながらに足掻いて良かった。そこを、リヒトが手探りで引き上げてくれたのだ。あ、危ない。このまま流されるところだった……！

リヒトも怪我がないみたいで安心したよ。でも、やっぱりどこか様子がおかしい。どうしたんだろう。

「メグ、大丈夫？」

ロニーも近くにいるみたい。みんなに心配をかけてしまったな……ごめんなさい。

「もっと、気を付けておけばよかったね……」

ラビィさんの申し訳なさそうな声が近くで聞こえた。ケホケホと咳き込みつつ、私はブンブンと首を横に振る。濡れた髪による水飛沫が誰かにかかってたらごめん。

「けほっ、ううん。リヒトのおかげでたしゅかったもん。ありがとー……けほっ」

「いや、これはあたしの不注意だね。みんなが川を渡り切るまで、すぐに手が届くくらい近くにいるべきだったよ。メグ、本当にごめんね。リヒト、やるじゃないか。助かったよ」

ラビィさんは荷物から取り出したであろう布を使い、手探りで私を拭きながら申し訳なさそうに謝ってくれた。あう、あう、罪悪感がっ。

「違う……私がもっと早く、無理って言えばよかったの。最初にラビィさんにも早めに言えって言われてたのに……」

「いいや、ここは唯一の大人であるあたしが一番悪い。監督が行き届いてなかったんだから。本当にごめん。ここからは背負っていくからね」

私の言葉は受け入れてもらえなかった。頑として自分の落ち度だと言って聞かないラビィさん。なんだか、あれこれ背負いすぎてないかなって不安になる。たった一人で子ども三人を安全な場所まで連れて行かなきゃならないっていう重圧。それに加えて修行なんてものを頼んじゃったんだもん。どう考えても私だって悪いのに。

でも、大人として責任を感じるのはわかる。それなら、これ以上ラビィさんの心の負担になるようなことはしないようにしなきゃ。反省しよう。だから今は素直に背負ってもらうことにします。

びしょ濡れなのでまずはお着替え。さらばアニーちゃんのお下がり。また着替える頃には自動で洗浄されてるだろうし、しばらくは人目にも触れないだろうから自分の服でも大丈夫だろう。それでも地味めなものをチョイスしておいた。濡れた髪は、まぁそのうち乾くでしょう。タオルでしっかり拭いたしね。

「さ、そろそろ行こうか。みんないるね？」

着替え終えたところで声をかけると、ラビィさんがみんなに確認をとった。ロニーはすぐに返事がきたけど……リヒトの声が聞こえない。

「リヒト？」

さっきも様子がおかしかったし、心配になって辺りを手で探す。あ、何かに当たった。あっ、手を掴まれた！

「ごめん、大丈夫。行こう」

ギュッと握ってきたリヒトの手は、まだ微かに震えていたけど、声はしっかりとしてる。そのまま手を引かれてラビィさんに手探りで引き渡されたから、もうリヒトの様子はわからない。表情が見られたら良かったんだけど……ステルススプレー、効果長持ちで素晴らしい商品である。でもそろそろ効果が消えてくれてもいいんだよっ！

「メグ、しっかり掴まってるんだよ」

「はい！　よろしくお願いしましゅ」

私がラビィさんに背負われたところで、再び森を進み始める。さー走るよ、ってラビィさん⁉

修行は続行なのね⁉　リヒトのことが少し気掛かりだけど……身体を動かしていた方が気は紛れるかな？　私は私で舌を噛まないように気を付けながらガシッとラビィさんの肩にしがみついた。

一時間ほどが経過しただろうか。神経もすり減ってきたのでそろそろ一旦休憩にしようとラビィさんが声を上げた。朝も早かったし、色々あったし、お腹も空いたので早めのお昼ご飯にする、とのこと。魔力回復薬を飲んでるわけだし、リヒトも一度しっかり休憩しないとね。というか、よくここまで修行に参加したよね……ラビィさんの「やれるね？　ね？」という圧力もあっただろうけど、ものすごい根性である。ラビィさんは、リヒトやロニーに対してはスパルタだ。ちょっとだけ幼女で良かったと思った私である。

「この辺りでいいだろ。うっすらとみんなのことも見えるようになってきたね。いやー、見えないままだったらご飯を食べる時どうしようかと思ったよ」

荷物を下ろしながらカラカラと明るく笑うラビィさんの言葉にハッとした。確かにずっとこのままだったら、ご飯の支度もちょっと大変だったかも。スプレーをもらった時、ケイさんにもっと詳しく効能を聞いておけば良かったー。以後、気を付けます。

さて、今私たちはウーラの街を出て真南ではなく、南西へと向かっているところ。ラビィさんが休憩出来るように周囲の草木を刈《か》り取りながら、この森について少し説明してくれた。街で調べた情報らしい。私ったら何にも気にせずに森を通ってきたけど、ラビィさんはちゃんと下調べをしてくれてたんだね。やはりプロの冒険者は違う……！　私もいつかオルトゥスで依頼とか受けるかもしれないし、こういうところは見習わないと。

で、その情報によると、この森では人は滅多に通らないんだって。なんでも大型の獣の縄張りだとかで、狩人くらいしか来ないらしい。つまり、人とは滅多に遭遇しないだろうけど、騎士団にも追われているから絶対とは言えないし、大型の獣も出てくるかもしれない、という状況。おぉ、やっぱり気は抜けないね。それに大型の獣か……それはそれで怖いけど、魔術も使う凶暴な魔物に比べればいくらかマシと言えなくもないのかも？　いやいや、野生の動物を舐めてはいけない。少しでもリラックス出来るように動こうと思います！　私は早速、収納ブレスレットから出した簡易結界を周囲に設置して回った。そこまでしなくても……とラビィさんには言われたけど、備えあればうれいはないのだ！　それに、昼食の匂いで集まってくるかもしれないでしょ？　私は用心深い幼女……。

「身体の調子はどう？　魔力を回復させるために体力をちゅかってると思うから……修行もしてたし」

「あー、さすがにちょっと疲れたけど、魔力がなくなる辛さに比べればずっと楽だ。ありがとな」

簡易結界を設置して安心した私は、次にリヒトの許へと向かった。確かに魔力切れは辛いよね……でも、思っていたより元気そうで一安心。さすがは年頃の男の子である。体力があるんだね、頼もしい。それに、さっき震えていたのも気のせいだったかな？　と思えるほど今はいつも通りのリヒトに見えるし。ホッとしたけど、心の片隅で気にしておこう。心配させないように振る舞ってるのかもしれないからね！

「ロニーもありがとな」

「ロニー、おちゅかれ様。はい、お水飲んでー！」

「ん、どういたしまして。メグも、ありがとう」

いつもは平気そうな顔のロニーも、珍しく汗を滲ませていた。小さい私ならともかく、少し身体の大きいリヒトを運ぶのはさすがに疲れたのかも。リヒトを下ろした後も、修行だったしね。ロニーもすごく体力があるよね。力持ちだし、尊敬するよ！　まだ未成年なのに。なので一番動いてない私が今はせっせと働きます！　ラビィさんにもお水を渡して、私もまずは一杯。ほどよく冷えておいしー！　オルトゥスの美味しい水です。ふぅ。

「さ、昼食にしようか」

「あ、私が準備するから、みんなは休んでて！」

動き出そうとするラビィさんにストップをかけた。疲れてるだろうから、しっかり食べてもらいたい！　それに、昼食にはアレを出そうとこっそり決めていたのだ。私が何やら張り切っているからか、みんなしばらく様子を見ることにしたようだ。うんうん、ちょっとそこで待っててね。早速、私は収納ブレスレットから簡易キッチンをえいやっ、と取り出した。呆気にとられて口を開けたままのみんなのことは見ないようにするのを忘れない。慣れてください。まだまだ色々出てくるからねっ。

開き直って私はほいほいと収納ブレスレットからあれこれ出していく。みんなの私を見る目がもはや珍獣を見ているかのようなそれだけどまぁいい。まずは大きな鍋をコンロの上に出して火を点けた。お鍋の中にはー……たっくさんのカレーが入ってまーす！　そう、昼食のメニューはカレーである。まるでキャンプのようだと一人浮かれてなんかないったらない。中身が入っているので当然、お鍋は一人じゃ持ち上げられない。だから出したい場所に出せるこの収納ブレスレットの機能には本当に助かってます。とはいえ、熱々の鍋はさすがに危ないというチオ姉の助言を聞いて、冷ましてからしまってあったんだよねー。でもその方が二日目カレーの味わいが楽しめるのである。うふふ。

ご飯は炊きたてのものを炊飯器もどきごとテーブルに置いた。炊飯器もどきが何かって？　そのままである。炊飯器の機能がついた可愛いお花柄のお櫃《ひつ》だ。こっちは触っても外側は熱くないから大丈夫。炊き立ての状態で収納してあったからすぐにホカホカご飯が食べられちゃいます。便利すぎる。

「お皿にご飯をよそってほしーでしゅ！」

その他にも、お皿やコップ、スプーンなどをババッとテーブルに出し、カレーをかき混ぜながらみんなにそう言うと、三者三様の反応を示された。

「メグ、なんだい？　この茶色いドロッとした液体……食べ物なのかい？」

「でも、いい匂い、する……」

私が出したカレーに対し、ラビィさんは食べ物なのかと疑惑の眼差しだ。ロニーも知らなそうだけど、匂いで美味しそうだと判断したみたい。オルトゥスではもはや定番のメニューだけど、たまに外から来たお客さんでカレーを初めて見た人はこの二人のような反応をするんだよね。この様子からいって、やっぱりカレーはこの世界では食べられていないメニューなんだなぁと実感する。

「えっ、まさかこれって……」

だけど、リヒトだけは違った。リヒトはカレーを知っているかのような反応を見せたのだ。

「これはね、カレーっていうの。ご飯にかけて食べるんだよ！　おいしーの！」

「カレー……」

リヒトは、呆然としながら呟く。二人とは違った反応だ。ご飯に関してはラビィさんやロニーもそれなりに食べたことはあるみたいで驚かなかった。滅多に食べる機会はないけどって。でもカレーをご飯の上にかけたらものすごくビックリされたよ。やっぱりこれが一般的な反応だよね。

実は……今回カレーを出してみたのは、リヒトの反応を見るためだったりする。そのために簡易結界も設置して、匂い対策までしたんだから。出会った時から感じてた疑問。この世界に住む人とは明らかに顔の作りが違うなって思ってた。どうしても日本人に見えて仕方なかったのだ。それとなくリヒトについて確かめるには何がいいかなって、ずっと考えてた。直接《ちょくせつ》に聞くのではなく、それでいて反応によって判断出来そうなもの。それがカレーの存在だった。

いやぁ、とはいえカレー鍋を持っていたのは本当に偶然だったんだよね。いつかの夕飯でカレーが出た時に、その日の私は食べられなくてね……ものすごく悔しがってたら、同情したチオ姉が、いつでも食べられるようにって残ってたカレーをそのままくれたのである。あの日、私がカレーを食べていたら、チオ姉が過保護を発動していなかったら、今ここにはなかった代物《しろもの》。まぁ、結局は今の今まで食べそびれていたんだけどね。今回、活躍したからオールオッケーだ。

「リヒト、知ってるの？」

「……ああ。大好きだった食べ物だ。すごく、懐かしい」

リヒトにそう聞くと、どこか泣きそうな顔でリヒトはそう答えた。ああ、やっぱり。やっぱりそうなんだね？　人間の大陸には存在しないカレーを、ずっと人間の大陸で暮らしてきたはずのリヒトが知っている。そりゃあもしかしたら、人間の大陸でも、遠い国とかでは作られてるのかもしれないけど……同じものはないんじゃないかな。だって。

「ああ、この味だ。すげぇ、うまい……」

このカレーは、いわゆる日本の家庭の味なのだから。本場のカレーではなく、日本で作られた日本人好みのカレーに近い。それも当然である。だって日本人であるお父さんが研究して作り、広めたメニューなんだもん。だから、このカレーは今この世界において、オルトゥス周辺にしかないはずなのだ。余程の奇跡がない限り。

「あたしと出会う前に食べたことがあったのかねぇ？」

「……あぁ、そうだな。よく、家で作ってもらってた」

間違いない、と思う。リヒトは転移者だ。転生だったら私みたいに外見も変わるもんね。

「そっか……もう帰れないって言ってたけど……大きくなった今でもそう思うかい？」

ラビィさんが労《いた》わるようにリヒトに声をかける。すると、リヒトは一度俯き、そして一言無理だ、と答えた。それから顔を上げる。

「でも、このカレーが食べられる地には、行きたいかな」

そう言って顔を歪めて笑った。笑顔なのに、泣いているように見えて……私はその気持ちが、痛いほどよく理解出来てしまった。ねぇ、いつから？　いつからこの世界にいるの？　カレーを食べたって記憶があるってことは、そこまで幼い頃ではないはず。リヒトはまだ未成年だから、寂しかったに違いない。ねぇ、辛い思いはしなかった？　ううん、家族と別れてしまった時点で辛いに決まってるよね……どういった経緯で来てしまったのかな。すぐにでも、色々話したかったけど、ラビィさんや、ロニーもいるし、どこまで聞かせていいのかわからない。まだ、何も言えない。

「じゃあ、リヒトも一緒に、オルトゥしゅに行こう？　このカレー、そこでなら食べられるから！」

だから、このくらいしか言えなかった。だけど、嬉しそうに笑ったリヒトを見て、少し心が救われた気がする。リヒトは、必ずお父さんに会わせよう。たぶん、リヒトを最も理解出来るのは、全く同じ状況でこの世界に来たお父さんだ。もしかしたら、私たちが知ってる日本とも違ったりするかもしれない。異世界があるくらいだから、地球と似た並行世界とかがあってもおかしくないもん。その辺りはもう話を擦り合わせて確認するとか推測するとかしか出来ないけれど。でも、気持ちをわかってもらえる相手がいるのといないのとじゃ、きっと違うと思うんだ。リヒトの心が少しでも救われるように。寂しさが少しでも埋まるように。

　リヒトも家族の一員として受け入れたいし、家族と思ってもらいたいなって、心底思うのだ。

「……おいしーね」

「ああ。おかわり食いてぇ」

「いっぱいあるから、いっぱい食べてね！」

　リヒトがどうしてこの世界に来ることになったのかはわからない。お父さんだって、事故にあっ

たことがキッカケだっただけで、理由までは不明だって言ってた。ただの事故？　にしては、また日本から？　この偶然はなんなんだろう。私はほら、魂がお父さんと魔王さんと繋がってしまったから呼び寄せられたっていう理由があるからまだわかる。物事には、理由というものが存在するはずだ。だから、きっとお父さんやリヒトがここに来たのも、何か理由があるのかもしれない。

　今まで一度も考えたことがなかったけど、ここへ来て気になり出してしまった。お父さんじゃなきゃいけなかった理由、リヒトじゃなきゃいけなかった理由が、あったりするのだろうか。誰でもよかったのか、単なる不幸な偶然なのか。私はカレーを頬張りながら、一人悶々《もんもん》と考えてしまうのだった。


　食事を終えた私たちはすぐに片付けを済ませて立ち上がる。あまり休んではいられないのが辛いところだけど、なんせ逃亡中だからね。その辺りの自覚はしておかなければならない。その分、夜も早めに休むつもりだけどね。この先もまだ距離があるし、バテてしまわないためにも睡眠はしっかり取る予定だ。

「それにしてもカレーだっけ？　あんなに美味しいとは思わなかったよ」

　前を歩きながらラビィさんが満足そうにお腹をさすっている。気に入ってもらえてよかった！

「本当はね、もっと辛いのもあるんだ。でも、私が辛いの苦手だから……」

「そうなのかい？　いつかその辛いカレーも食べてみたいねぇ」

　そう、今回のは甘口だからね。ギルさんなんかは当然のように辛口だったなぁ。一口もらったことがあるけどかなり涙目になったのは言うまでもない。

『だから無理はするなと言っただろう』

ヒーヒー言いながら悶絶する私を見て、慌ててミルクを持ってきてくれたっけなぁ。……あ、ギルさんを思い出すのはまずい。泣きそうになっちゃう。思い出したのは私のアホ丸出しなエピソードだというのに、ギルさんってだけで会いたくて泣けてくるからダメだ。

「僕も、辛いの、食べてみたい」

「っ、あ、ロニーも辛いのはへーきなんだね！」

助かった！　ロニーが会話に入ってくれたおかげで泣かずにすんだよ。セーフ！

「俺はさっき食べたのでちょうどいいかなー」

「リヒトはお子ちゃま味覚だからね」

「んだよ、別にいいだろっ！」

なるほど、リヒトは私の仲間であったか。意外だ。心のメモに記しておこう。

ワイワイと和やかな雰囲気が流れてる。ご飯を食べて、体力も少し回復して気持ちも落ち着いたからかな。今後も旅は続くし、体力的にも精神的にも疲労が溜まっていくと思う。だからこうして息抜きをするのは大事だよね。さ、元気を取り戻したところで、出発だー！

4　家族

お父さん、ギルさん、ギルドのみんな、お元気ですか？　私は、私は……元気じゃありませんーっ！　あ、いやいや、泣き言は言わないぞーっ！

「はうぅぅぅぅ……」

「ほら、メグ！　あと少し！　頑張れ！」

「あいぃぃぃぃ……！」

でも、呻き声は出します、許してください……！

ウーラの街を出てから二週間くらい経ったかな。あの日から私はせっせと修行の日々を送っております。川を越え、木に登り、崖《がけ》もよじ登る日々。川を越える以外は特に必要性はなかったんだけど、体力作りと体の動かし方を覚える修行としてこなしているのだ。ちなみにあれ以降、川に落ちたり危ない目に遭ったりとかはしてません。ラビィさんがより注意して見てくれるようになったからね。気を遣わせて申し訳ないな、と思う半面、助かるのも事実なので素直に感謝しながら修行に励んでいる。

初日は全っ然ついていけなかったこれらの修行も、今ではある程度出来るようになったよ！　えへん。この身体はなかなかにハイスペックなようで、割とすぐに覚えてしまうのだ。環の時とは大違い！　まぁ、覚えはするけど鈍臭《どんくさ》さは変わらないけどね。私って本当に身体を使うの、向いてない……知ってた！　でも、無駄じゃないのはわかる。一般幼児よりダメだった私の身体能力が一般幼児並になったのなら喜ぶべきことである。これで自然魔術が使えたらもっと楽々と色んなことが出来るんだろうけど……今、そんな無い物ねだりをしても意味がない。オルトゥスに戻ってから色々チャレンジして、それでみんなに褒めてもらうんだい。それに、今は魔術が使えないからこそ、自分の身体だけを鍛えることが出来ているんだから。魔術が使えていたら、すぐに怠けていたように思う。今もめげそうになることがあるけど、その度に魔石の中から精霊たちの応援の声が聞こえてくるのだ。おかげで辛くても諦めずに続けられている。見ていてね、みんな。主人は頑張るよ！

「よい、ちょ……っと！　の、登れた！」

そんな精霊たちの声援を受け、私はついに崖を登り切ることに成功しましたー！　やったー！　高くて怖くて、最初は一メートルほど登ったところでリタイアしていたけど、ついにやったぞー！　ま、まぁ、今の私に出来るレベルってことで、五メートルくらいの高さにある足場を目標にしてただけなんだけどね。実際、崖のてっぺんはまだまだ上である。リヒトやロニーは当然、上まで登っているのだ。でも！　私にとっては十分な目標だったのっ！

「やるじゃないか！　今日は一人で出来たね。えらいよ、メグ」

そして、ラビィさんの飴《あめ》と鞭《むち》具合が素晴らしい。厳しい時はほんと、泣きそうなくらい厳しいけど、出来た時のこの撫で撫でがあるから全てが報われる。えへへ、もっと褒めてください。

「はぁぁ、手が真っ赤！」

「ふふ、頑張った証さ。メグは薬を持ってるから治すのは簡単だろうけど……」

「治さないで、残しておくでしゅ！」

「そうかい？　じゃ、痛くてどうしようもなかったら、治すんだよ？」

私の手のひらは、マメでいっぱいになっていた。ところどころ潰れたりもしていて、正直すごく痛い。でも、こういう痛みは久しぶりだなぁ、と思って。ギルドのみんなは、私が擦り傷を作っただけですぐに治しちゃうもん。さすがにちょっと、ダメ親になりつつあったよね？　痛みを知って、堪えて、こうして目標を達成出来る喜びを感じられたからこそ、今の私は充実感で満たされている。だからこういった体験は大事なんだってことを改めて思い知る日々だ。もちろん、みんなのことが大好きなのに変わりはないよ？　ただ過保護が過ぎてしまうのが難点なだけなのだ。

ラビィさんみたいに、時に厳しく、大らかに指導してくれるのは、なんか、こう、くすぐったい。とにかく新鮮なのだ。だから、私にとってお母さんみたいな存在だと感じてる。……お母さんにしちゃ若すぎるし、私はお母さんという人がどんな存在か、あんまりわからないんだけどさ！

「じゃ、そろそろ降りようか。ご飯にしよう」

「はーい！」

ラビィさんはそう言うと、一足先に崖下へと下りていく。ひょいひょいと軽い身のこなしで危なげなく下りていくのはやっぱりカッコいい。私？　私も下りるのは登りより早く出来るよ？　ただ、ラビィさんほどには無理だけど。デコボコとした岩の突起部分に足と手をかけつつ、強そうな蔦《つた》を掴んだり、軽くジャンプしたりして下りていきます！　やっぱり身体が軽く感じるなぁ。運動能力の高い両親に感謝である。これは遺伝だ。環？　運動神経のなさは母譲りだったらしいよ……？　とほー。せっかく今の身体が遺伝的に優れていても、ちゃんと使いこなせなくて大変申し訳ない気持ちでいっぱいです！

こんな日々を送っていたからか、私はなかなかのお転婆《てんば》になってきたと思う。今までがお上品すぎたのよね！　こういう訓練は、魔大陸に帰ってからも毎日少しずつ続けたいな。誰に頼むのがいいだろう……ギルさんやサウラさん、シュリエさんも過保護すぎるしなぁ。というかみんなあんまり、変わらないかも。ジュマくん？　とも思ったけど彼は限度というものを知らないから悩ましい。私、まだ死にたくないし！

「やっぱ、お父さんかなぁ……」

今は他のみんなと同じくらい過保護だけど、環を育てたお父さんなら説得出来る気がするんだ。お昼ご飯を食べながらそんなことを考えていたら、ぽろっと独り言を漏らしてしまった。そんな一言を拾ったリヒトが食いついてくる。

「何がだ？　お父さんになんかあんのか？」

「あっ、えと、帰ってからも訓練したいから、その、誰に頼もうかなって……」

私がそう答えると、ああそうか、と納得したような顔でリヒトは腕を組んだ。

「ギルドのみんなは過保護だからって言ってたもんな。確かに実の父親なら厳しく出来るか」

厳密に言うと実の父とは言えない気もするんだけど、その辺は事情が複雑すぎるので黙っておく。魂としては実の父と言えるけどね？　一応、そのポジションにいるのは魔王さんなんだけど……あの人は過保護の中でもトップクラスに入るからあんまりあてには出来ない。ごめんね、父様。

「俺も……親父は厳しかったからな。でも、俺のことを考えて厳しくしてたんだって、今ならわかる」

リヒトは続けて自分のことを話しはじめた。リヒトのお父さんって……きっと、日本にいるんだよね？　もしかして、今が聞くチャンス？　そう思って少しだけ切り込んでみる。

「リヒトのお父さんは……？」

でももしかしたら、ということもある。だから、当たり障《さわ》りなさそうなことを聞いてみた。どんな事情があるかわからないし、聞いてもいいのかなっていう気はするんだけど……。

「……たぶん、もう会えない」

「たぶん？」

「ああ。俺はもう、故郷には帰れないと思うから……」

リヒトがあまりにも悲しそうな顔をするので、思わずギュッと抱きしめてしまった。身長差があるのでお腹のあたりにしがみつく。

「うおっ、メグ？　大丈夫だぞ？　もう随分前からわかってることだし……」

「時間は関係ないよ。だってリヒト、悲しい顔してるもん！」

こんなに悲しくて辛いこと、時間が過ぎたって完全には癒えてくれない。そりゃあ、時間が解決することだってあるだろうけど、こういうことはどれだけ時間が過ぎても、ふと思い出した時に心を抉《えぐ》ってくるものなんだ。私だって環は死んだんだって思い出すと、未だに辛いもん。

「辛いものは、辛いよ。リヒト、家族に会いたいでしょ？」

「っ、それ、は……そうだけど……」

「辛いのを、もう平気だって言って心を騙すのは、苦しいよ？」

まだ辛い癖に、もう大丈夫、もう平気って言うのは本当は解決にならない。自分に言い聞かせて、強がってるだけなんだ。私もまだよくやっちゃうもん。じゃあどうすればいいって？　それはね、「今」に幸せを感じることなんだ。「今」安心出来る居場所があることなんだ。私は、それを実感してる。

「リヒトはね、私にとってもう家族みたいなものなんだよ。解決は出来ないと思うけど……悲しいも苦しいも、分けてもらいたいよ。話、聞くよ？　どんな話でも」

「いや……でも……」

リヒトはますます眉尻を下げていた。まぁ、こんな幼女に言われても困っちゃうかな？　濃い日々を送っているとはいえ、まだ付き合いが長いわけでもないもんね。私は人をすぐにホイホイ信用しちゃうけど、リヒトもそうとは限らないもん。というか、普通はそう簡単には人を信用しないと思う。自分がちょろ過ぎる自覚はあるのだ、これでも。

けどね？　許してもいいかなって、信じてみてもいいかなって、少しでも思ってもらえたらいいなぁって思うのだ。日本に帰れるにしても帰れないにしても、ここでの家族を作って欲しい。出来ればオルトゥスのみんなに会ってもらって、みんなのことを家族って思ってもらいたい。なんだかんだで本当の家族がいる私だから、説得力に欠けるかもしれないけど、でも、きっと心が軽くなるから。

「魔大陸に行ったら、私の家族に会ってほしいな。リヒトに、紹介したい人がいるんだよ」

「……うん、そっか。ありがとな、メグ。お前は本当に人のことばっかり気にかけるよなぁ……俺、なんかカッコ悪いな」

そう言って苦笑を浮かべるリヒトは、手を伸ばしてクシャクシャと私の頭を撫でる。

「もう少し、待ってな。いつか……話すよ」

「……うん。いちゅでも、聞くよ」

「プッ、締まらねぇな」

「そこは聞き流しゅところだよっ！」

なかなか調子良く喋れていたのに、最後の最後で噛んでしまった。笑われたことで余計に噛んじゃったし。な、情けない……！　でも、まぁ。そのおかげでリヒトの気まずさが少し紛れたのなら、ちょっとくらい笑われてやろうと思うのだ。

昼食を終えてみんなで片付けをしている間、ラビィさんはいつものように高めの木に登って周囲の様子を探っていた。簡易結界はいつも使うわけにはいかないからね。カレーの時にちょっとだけ叱られたのだ。無駄遣いするんじゃないって。確かに今後のことを思えば節約するべきでした。私ったら考えなしの行動が多くて本当にもうっ。反省している。また同じことを繰り返してしまいがちだけど。ダメな幼女である。

だからラビィさんが出発前や休憩前にこうして周囲を警戒してくれてるんだけど……今回は大慌てで木から下りてきた。な、何事⁉

「追っ手が来てる」

「えっ⁉」

声を潜めて言うラビィさんの言葉に三人で驚く。思わず声を上げてしまったから慌てて手で口を押さえたけど、ラビィさんはクスッと笑って大丈夫だよ、と言ってくれた。

「そんなに近くにいるわけじゃないから。遠くの方で煙が上がっているのが見えたんだよ」

つまり火を使ってるってことか。私たちはそういう目印を残さないように、私の簡易キッチン換気扇付きを使用してるから煙が上がる心配はないんだけど、普通はそうだよね。特に夜だったら目立って仕方ないから。魔道具さまさまである。

「しばらくは移動をメインにした方が良さそうってだけさ。これまでは修行に時間を少し割いてたからね……少しでも早く鉱山に向かおう」

確かに、修行を抜きにすればその分の体力も移動に使えるよね。目的を見失っちゃダメなんだ。無事に鉱山まで辿り着くこと。これが一番大事なことなんだからね！

「鉱山……」

「？　ロニー？」

ラビィさんの言葉に、ロニーが一言呟く。どこか遠くを見つめていて、ぼんやりした様子だったから心配になって声をかけちゃった。

「なんでも、ない。行こう」

私の声にハッとしたように我に返ったロニーは、穏やかに微笑んでから歩き始めた。どうしたんだろう。鉱山はロニーの家でもあるから、寂しくなったのかな？　必ず辿り着くって決意を固め直したのかも。んー、でもそんな感じじゃなかったような……？

「ほら、メグ。行くよ！」

「あっ、はぁい！」

気にはなったけど、ぼんやりしてはいられない。ラビィさんに呼ばれた私は、パタパタとみんなの後を追いかけた。

ひたすら先を行く道中は、なんというか……ものすごく疲れる。運動量から考えれば、修行していた方が疲れるに決まってるのに、それ以上に疲れるような感覚があるのだ。それはたぶん、ひたすら無言で歩き続けているからかもしれない。黙々と追っ手から逃げつつ目的地に向かうというのが、これほどまでに苦行《くぎょう》だったのかと思い知ったよ。今までは修行のおかげで気が紛れていたんだ。

「ちょうどいい高さの木があるね……少し様子を見てくるからちょっと待ってて」

こうして時折、ラビィさんが木に登っては周囲の様子を探るために立ち止まる。スルスルと登っていく様子は何度見てもすごいなぁって思う。私は大きくなっても魔術なしで登りきれる自信がない。

「はー、ひたすら歩くってしんどいんだな」

ラビィさんを待っている間、リヒトが木に寄りかかってそんな愚痴《ぐち》をこぼす。ロニーも何度も頷いている。

「やっぱり？　私もそう思った！　修行してた方が気持ちが楽っていうか……」

「ただ歩くだけだと、余計なこと、考えるから……たぶん、それで疲れる。精神的に」

あぁ、それはあるかも。しかもネガティブな方向に進みがちなんだよね。心なしか二人の表情も暗い。これはいかんぞっ！

「でも、ちゃんと前にしゅしゅんでる！　その分、鉱山に近付いてるもん！」

「！　そうだよな。同じような景色ばっか見てると、進んでる気がしないだけだよな。あと一息で鉱山だ。頑張ろうぜ！」

拳を握りしめてみんなを鼓舞！　でもたぶん、自分に言い聞かせてるところあるなぁ、これ。それはそれでいいよね。気付いたリヒトも前向きなことを言ってくれたし。気持ちは意識的に上向きにしておかないと、潰れちゃうからね。

「ロニーは、最初に家族に会えるね。楽しみでちょ？」

鉱山はロニーのゴール地点でもある。一番初めに家に帰れるのだ。羨《うらや》ましいけどそこまで行けば私だってゴールに近付くのだ。不安要素は残ってるけどさっ。きっとロニーにとっても嬉しいことのはず、と思って声をかけたんだけど。

「え、あ……うん。そう、だね」

ロニーの返事はどこかパッとしないものだった。嬉しくないのかな？　それともまだ不安なことでもあるのだろうか。思わずリヒトと顔を見合わせる。

「なぁ、ロニーの家族構成って聞いてもいいか？」

探りを入れているのだろうか。チラッと横目でロニーを見ながらリヒトが言う。

「父さんと、母さん、だけど……？」

ふむふむ、ロニーは三人家族か。ちゃんと両親が揃っているという事実に少しだけホッとする。だって、親がいないっていう話はよく聞くから。二百年前の戦争の時に亡くしているとかも聞くし、そうでなくても危険な仕事をしている人は多いから亡くなってる可能性は意外と高い。私は本当に平和な環境で過ごしていたからあまり実感はないんだけどね。世界全体で見ると案外親がいない子どもっていうのは結構いるのである。

「その、仲は、いいのか？」

続けて言いにくそうにリヒトが聞いた。それを聞いてようやくロニーも何が言いたいのか察したのだろう。軽く目を丸くして、それから苦笑を浮かべた。

「悪くは、ない。会話もするし、一緒に食事も、する」

ロニーの言葉からは、何もないわけではない、という印象を受けた。その通りなのだろう、ロニーは話を続けてくれた。

「僕、は。ドワーフの中では、変わり者、だから……」

そう言って、ロニーは目を伏せた。変わり者、かぁ。正直なところ、もはや普通の人とは？　って首を傾げてしまう。変わり者に囲まれているからわからないんだよね。だって濃すぎるんだよ、オルトゥスのメンバー！

「ね、ロニー。この世界にはさ、いろーんな種族の人がいるよね？」

だから、言わせてもらう。ロニーはきっと、仲間のドワーフから変わり者だって言われてるんだと思ったから。そしてそのことについて、少し悩んでいるように見えるから。正直なところ、私の目から見てロニーは普通の、よくいるドワーフとなんら変わらない。ドワーフの性質について詳しく知っているわけではないけど、話すのが得意ではない性質はドワーフそのものだと思うし。けど、たぶん何かがあるんだろうな。じゃなきゃこんなこと言わないもん。気にはなるけど、細かい詮索《せんさく》はしないでおこう。

「人間や、ドワーフや、エルフ。他にも色んな種族がいる。魔大陸に行けば、しょれがよくわかるよね？」

「う、うん」

ずいっとロニーの顔を下から覗き込みながら力説すると、ロニーは少しだけ後ろに下がって目を丸くしていた。おっと、押しすぎたようだ。落ち着こう。

「ドワーフだからこういう性格なのが普通とか、エルフだからこうするのが当たり前とか……しょーいうこと、結構あると思うの」

エルフは見た目、線が細くて繊細《せんさい》に見える。それは男性でもだ。だから魔術がなければ何も出来ない、ひ弱な種族だと思われがちである。シュリエさんなんかはよく、敵対した相手にそんな挑発をされたりするんだって。いやはや、命知らずだよね、その相手。まぁ、確かに私はその通り魔術がなければ何も出来ないひ弱なエルフなわけだけど、シュリエさんは腕っぷしも強いエルフだ。エルフの郷《さと》にもそこそこ腕の立つ人は数人いるって話だし、ひ弱なのが当たり前だって決めつけられるのは違うよねって前々から思っていたのだ。そしてそれはドワーフにも言えるんじゃないかな？

そんなことを私が話していると、スルスルとラビィさんが木から降りてきた。そのまま興味深そうに私の話に耳を傾けている。なんだか恥ずかしい。

「だからね、思ったの。しょーいう種族のイメージって『人』という大きな括りで見たら、なんてことないことがほとんどだよね？　って」

例えばお喋りなドワーフがいたり、やんちゃなエルフがいたとする。この世界の一般的な見解からすると、それぞれ種族的に珍しいなって思うような性格だ。ドワーフは無口な人が多いし、エルフはおっとりとした平和主義が多いから。でも、多いだけでいないわけじゃない。そしてそれは「人」として括れば別に珍しくもなんともないのだ。お喋りな人がたまたまドワーフで、やんちゃな人がたまたまエルフだっただけ。そう言えるんじゃないかって思ったのだ。

「全部ね、個性だと思うんだ。しょーいう『人』なの。だから、気にしないのがいいよ！　私は私らしく、ロニーはロニーらしくしてたらいいのっ」

そう、個性なのだ。ロニーのどんなところがドワーフとして変わっていると見られてるのかはわからないけど、優しくて、力持ちで、いつもみんなを気にかけてくれるロニーが私は大好きだしね！

「自分の人生なんだから、自分のしたいように、生きたいもん」

それがなかなか難しいっていうのはわかってる。色んなしがらみによって思うように生きられない苦しみを知ってるからね。やりたいことが出来るのがどれだけ幸せなことか、よくわかる。でも、だからこそ、こう言いたい。出来る出来ないは別にして、そういう望みは持っていたいのだ、今《こん》生《じょう》では！

「自分、らしく……うん。その考え方、僕、気に入った」

脳内お花畑なことを言ってしまった自覚はある。でも、そう言って嬉しそうにロニーが笑ってくれたから、良しとしようかな。ちょっとは気が紛れたなら、それで十分嬉しいからね。

「はーぁ、メグ。あんたって子は本当に眩しいねぇ。真っ直ぐで、前向きで。なんだか羨ましいよ」

ラビィさんにはそう言って目を細められてしまった。発言だけ聞くと、生きていく大変さを知らないお子さま発言だもんね。あ、今はお子さまだからいいのか。

そのまま木に寄りかかりつつ地面に座り込んだラビィさん。周囲に怪しいものも見えなかったから少しだけ休憩、と微笑んでいる。どこかお疲れモードな笑顔だ。そりゃそうだよね。誰よりも気を張ってて、疲れないわけがないもん。

「ラビィやリヒトは、家族、いるの？」

みんながその場に腰を下ろし、束の間の休息をとっていると、今度はロニーが二人に質問を投げかけた。おぉ、私も聞きたかった質問である。

「あー、ロニーが話してくれたのに俺が話さないわけにはいかないよな。んー、家族か……たぶん、いる」

リヒトはそう言って曖昧に笑う。たぶん、か。そうだよね。事情を察しているからそれ以上に言いようがないのも理解出来る。

「けど、随分前に別れたっきり。もう会えないんだ。あっ、別に気にしなくていいぞ。自分の中ではケリがついてるからさ」

聞いた瞬間、申し訳なさそうにするロニーを見て、慌ててフォローするリヒト。私に話してくれた時と同じような反応である。まぁ、あんまり気にされると困っちゃうよね。それもわかる。

「だから今、家族って呼べるのはラビィくらいかなー」

そっか、そうだよね。この世界における家族がリヒトにもいる。ラビィさんがいてくれて本当に良かったたって思うよ。

「あー、あたしもそうだね。あたしは孤児だから。でも仲間がいっぱいいいたから寂しくはなかったよ。もう随分と長いこと会ってないけどね」

ラビィさんは悲しそうに目を伏せながらそう言った。それなら、ラビィさんにとっても、リヒトは今、唯一の家族なんだよね？　でも、ラビィさんはリヒトに、この旅が終わったら一人で生きなって言ってた。なんで離れようとするんだろう。家族なら、ずっと一緒にいたっていいのに。それとも何か事情があるの？　今もその気持ちは変わってないのかな。なんだかモヤモヤする。けど、人の家の事情に首を突っ込みすぎるのはよくない。もうしばらくは様子見、かな。別れる時に気が変わるかもしれないし……。うーむ。でも二人とも魔大陸に来て欲しいけどなぁ。オルトゥスのみんなに紹介したいもんね！

「あたしのことはどうでもいいの！　ねぇ、メグは？　結局のところ、お嬢様に近いもんがあるんだろ？　どのみち両親の愛情をいっぱい注がれて育ったんだろうね。じゃなきゃこんなにいい子であるわけないよ」

おっと、今度は私の番でしたか。順番的にそうだよねー。いや、本当にお嬢様ではないんだけど……近いものはなくもない。過保護な保護者がいるって辺りが！　そうだなぁ、どこまで話そう。あんまり詳しく話しても複雑すぎて訳わからなくなりそうだし。

「えっと、おかーしゃんはいないの。私を産んだ後に、亡くなったって。だから覚えてなくて」

「えっ、そうなのかい？　あたしはてっきり……ごめんね」

あ、今度は私が気を遣わせてしまったようだ。見ればリヒトやロニーも意外そうに眉尻を下げている。私は慌てて手を横に振って、大丈夫なことをアピール。

「でも、保護者はたっくさんいるの！　みんな優しくて、ちょっと過保護だけどいつも私のことを考えてくれて……」

オルトゥスのみんなは、私を見かけると必ず声をかけてくれる。中には、名前を知らない人もいるけど。たぶん、オルトゥスに来る人たちはほとんど私のことを知ってるんだ。珍しいエルフの子どもだし、魔王の娘だしで色々と有名だから当たり前っちゃ当たり前ではあるんだけどね。ギルド内だけじゃない、街に行ってもみんなが私を知っていて、笑顔で声をかけてくれるのだ。地域全体で育ててもらっているようなものである。だから、見知らぬ人がいればみんなで警戒してくれるし、必要とあらばオルトゥスに連絡がいってすぐさま誰かが私の許に駆けつけてくれるくらい、私はみんなに守られて過ごしてきた。

「きっと、心配かけちゃってるだろうな……私は無事だよって、早く伝えたいな」

ロニーのご両親だって、きっと心配してる。捜し回ってるかもしれない。仲が悪いわけじゃないって言ってたもん。捜す、か……え、捜す？

「お、お父さんたち、絶対に私のこと捜してる！」

「お？　おお、そうだろうな。そんなに可愛がられてるなら当然、捜してるんじゃないか？」

私が突然、大きな声を出したものだから、三人がビックリして私の口を慌てて塞ぐ。逃亡生活中なんでした。ご、ごめんなさい。それでもリヒトが小声で私の言葉に答えてくれるあたりやっぱり優しい。

そうだよ、普通に考えて、みんな私のことを捜してる。それは頭ではわかってた。けどよく考えて？　あの人たちだよ？　たぶん、本気を出して捜してくれてるに違いない。私が魔大陸にいないことくらい、すぐに突き止めたのではなかろうか。人間の大陸にいるってことも。……うん、そうだよ。それくらい難なくこなす。だって、特級ギルドのメンバーなんだから。

だとしたら、だよ。もしかすると、人間の大陸まで捜しに来ているかもしれない。そうなると、こうしてこそこそ隠れつつ移動してる私はものすごく見つけ難いのでは？　魔術もあまり使えないだろうし……いや、あの人たちならある程度自由に使えるだろうけど。でも、魔道具以外、魔術も使わないから私の痕跡《こんせき》があんまり残っていないはず。どのみち見つけにくいのは確かだ。

「何を慌てているのかと思えば、そういうことか。一理あるね」

みんなにそう伝えてみると、ラビィさんが顎に手を当ててうーんと考え始めた。でもそれも数秒。すぐにラビィさんはニコッと笑って大丈夫だよ、と口を開く。

「だからといって、この場に留まるより、鉱山に留まった方が安全だろ？　王城のヤツらに捕まったら隠されるかもしれないし、やっぱり逃げてきて正解だったと思う。それに、鉱山に行けば、そこにいるドワーフたちがその保護者と会ってるかも確認出来るしね！」

「あ、そっか……」

逃げてくることに意味はあったってことか。しかも、私たちの情報はいまや色んな街で出回ってる。お父さんたちがそれを聞けばすぐに私のことだって気付くはずだ。そうしたら自ずと私が王城にはいないこともわかって……じゃあどこに行った？　って考えるかもしれない。

「ね、ロニー。鉱山には魔素があるんだよね？　普通に魔術がちゅかえる？」

「う、うん。使える。でも、魔大陸側ほど、うまく魔力が、変換しない、けど」

「ロニーは魔大陸側にも行ったことがあるの？」

私の質問に、ロニーは一つ頷いた。なんでも、ドワーフなら誰でも何度かは行き来しているのだそう。三日に一度、二つの大陸を繋ぐ転移門を起動させるから、その時に行きたければ自由に行ってもいいらしい。種族特権である。

「特に、用があるわけじゃ、ないから、みんなそんなに行ったり来たりは、しないけど。僕も、ここ最近はずっと、人間の大陸側に、いたし……」

なるほどー。でも行ったことは何度かある、と。それならより信じられる情報だね。よし、鉱山についたらまず、お父さんたちが来てないか聞いてみよう。それで人間の大陸にいるってことがわかったら、花火の魔術を打ち上げるのだ。そうしたら私がそこにいるって伝わるもん。かなり目立つだろうから、居場所は王城の人たちにもバレるかもしれない。でも、人間たちに、お父さんたちが後《おく》れをとるなんてあり得ないからね。誰が捜しに来てくれるかはわからないけど、オルトゥスのメンバーなら誰であっても早く来てくれるはず。だから、信じて待とうと思う。

逆に、まだ人間の大陸に来ていなかったとしたら、ドワーフの族長さんに頼んで転移陣を通らせてもらう交渉をしないとね。不安しかないけど、やるっきゃない！　よし。やることが決まってきたぞ。気持ち的にも落ち着いた。

「なんでずっと人間の大陸側にいたんだ？　お前ら、魔大陸側の方が魔術もうまく使えるだろうから、楽なんじゃねぇの？」

私が今後について考えを巡らせ終えた頃、リヒトがロニーにそんなことを聞いているのが耳に入ってきた。あー、確かに。こっちに飛ばされた直後は本当に身体が怠くて辛かったし、きっと種族的にも魔大陸側にいた方が身体はずっと楽だと思う。慣れてしまえばどうってことないけど、どちらにでも行けるなら魔大陸側にいた方がいいと思うのに。

「……父さんが、魔大陸側に、いるから」

すると、思いもよらない答えがロニーから帰ってきた。これにはリヒトとラビィさんと目を合わせてしまう。えーっと、もしかすると、思春期の息子がいる家族みたいなことになってたりするのかな。ロニーは今、お父さんと顔を合わせるのが気まずい、とかそういう感じなのかもしれない。

だから、父親がいる魔大陸側にはおらず、人間の大陸側にずっといるんだね。

「でも」

私たち三人が何も言えずにいると、ロニーは続けて口を開いた。

「鉱山に帰ったら、すぐ、会おうかな。その、転移陣も、使わせてもらいたいし……」

いくらいる大陸が違うとはいえ、同じ鉱山に住んでいるのだから息子不在は父親にも伝わってるはず。それはつまり、心配をかけているってことで……それをロニーも自覚してるんだね。うん、それがいいよ。転移陣のことももちろんあるけどさ、なんだかんだ言ったって、家族なんだもん。きっと、心配してるはずだから。まぁ、実際はどうかわかんないよ？　でも仲が悪いわけじゃないって言ってたし、きっとそうだと思う。それならたまには顔を見せてあげないとね。滅多に実家に帰らない子どもが、ちょっと心配をかけてしまったから仕方なく帰る、ってやつだ。世界が変わってもこういう部分は一緒なのね、なんてくだらないことを考えてしまったよ。

ついでに、悩んでいることも合わせて話し合いとかしたらいいのにな、なんて思ったりもするけど……それはきっと余計なお世話になるだろうから黙っておく。だって、たかが幼女にそんなこと言われたくないでしょ。説得力もなんもないし。

「ちょっと話し込みすぎたね。そろそろ先に進むよ」

話の区切りがついたところで、ラビィさんがよっと立ち上がって声をかける。私たちもその場から立ち上がり、それぞれ身体を伸ばした。またひたすら歩く、辛い時間の始まりである。

でも、こうして家族のことについてお互いに話したおかげで、どこか気持ちの整理がついたような気がする。休憩する前よりずっと心に余裕が出来たかな。よーし、頑張って歩くぞ！　私はそう気合いを入れ直して、ラビィさんの背中について行くのだった。

5　鉱山での交渉

【ユージン】


「だからっ！　今すぐには無理だって言ってんだろ！」

「条件が呑めないなら通せない」

「ちゃんと捜すって！　だから先に通してくれっつーのに！」

「ダメだ。今すぐここに、連れて来い」

俺は現在、ドワーフの頭の固《かて》ぇ族長と言い合いの最中である。ほんっとに頭固いなこいつ！　今すぐ人間の大陸に渡ってメグを捜しに行きてぇってのに！

「他に条件はないのか、ロドリゴよ。そなたらの気持ちはよく分かるが、ならば尚更、娘を捜しに行きたい我らの気持ちもわかるであろう⁉」

「早く捜しに行きたいなら、俺の息子を捜して連れて来い。それが条件だ。何度も、しつこい。こっちは忙しいんだ。次は連れてきた時に、声をかけろ」

ドワーフの族長、ロドリゴは吐き捨てるようにそう言うと、鉱山の中へと入って行ってしまった。

俺らが追いかけようとすると、入り口を守る体格の良いドワーフ二人がツルハシを突き付けて妨害してくる。……このくらい蹴散らすのは簡単だが、それをすると二度と通してもらえなくなるから我慢だ。

「ユージン、焼き払うか？」

「馬鹿野郎、アーシュやめろ」

俺より沸点低いなアーシュ。気持ちはわかるし本当は大賛成だがさすがにダメだ、とアーシュの首に腕を回して一旦引いた。

メアリーラ、オーウェン、ワイアットの三人の仕事が驚くほど迅速《じんそく》だったため、アーシュは俺がここに辿り着くのとほぼ同時にやって来た。あの三人、やれば出来るじゃねぇか。というかメアリーラが、だな。よっぽど早く仕事を終わらせたかったと見える。どうせオーウェンに口説かれてたんだろ。あいつらいい加減なるようになっちまえばいいのに。

にしても……あー、ダメだな。今の俺らはすぐ頭に血が上っちまう。冷静であろうと努力はしてるんだがな。しかし、苛ついているのは俺たちだけではないことがわかった。あの頑固ジジイはいつも無愛想で不機嫌そうだが、今回は特に纏う魔力が荒れているように感じたのだ。不思議に思って話を聞いてみれば、どうやらあのジジイにも事情があったらしい。何でも、先日ジジイの一人息子が、どこかに行ったまま帰ってこなくなったのだという。ドワーフとしては気が優しすぎる変わり者であるというその息子は、よく仕事のない日に森の中で動物や植物と触れ合っていたという。鉱山に閉じこもって石と睨めっこしたり、鍛冶仕事をするのが生き甲斐なドワーフにしてみれば、確かに変わり者かもしれねぇな。で、どうせまた森をうろついてるんだろうと思っていたものの、何日経っても帰ってこないことに焦りを感じ始めた、ってとこか。はぁ、だったらこっちの心情も汲んでもらいたいってのにあの通り、一切話を聞いてくれねぇから困ったもんだ。苛立つ気持ちを抑えられず、ガシガシと乱暴に頭を掻く。と、俺の影からスゥッと影鳥が現れた。

「ん、アーシュ。助け舟が到着したみたいだ」

「む？　影鷲殿か？」

「あぁ、ギルともう一人、頼もしい仲間を連れてるんだ」

「ふむ、それは会うのが楽しみであるな」

思っていたより随分早い到着だったな。ギルも気が急いているんだろう。俺たちじゃイライラしちまってどうにもならねぇとこだったから助かったぜ。気分を変えるためにもアーシュとともにギルたちの許へと向かった。

「よぉ、ギル、アドル。早かったたな」

「一気に飛んで来た」

「だろうとは思ったぜ。まぁ助かった。あの頑固ジジイ、少しも意見を変えねぇんだよ」

涼しい顔で魔物型から人型へと姿を変えたギルは一言そう告げた。だが、背に乗っていたアドルはやや顔色が悪く、疲労が蓄積《ちくせき》されてるように見える。

「アドルは大丈夫か？」

「はい、なんとか。私も受付にいるばかりじゃダメですね、と今反省しているところです」

だいぶ身体が鈍《なま》っています、と苦笑を浮かべるアドルは童顔なのもあってまるで少年のようだ。これで頭が切れるんだから、人は見かけで判断出来ない。特に亜人は。

ま、アドルは事務仕事が多いから仕方ないな。これを機にまた身体を鍛えることにも力を入れてもらいたいところだ。元々の実力はあるヤツなんだ。すぐに取り戻すだろう。

「魔王様、はじめまして。アドルフォーリエンと言います。よろしくお願いしますね。今回はクロンさんはいらっしゃらないのですか？」

「うむ、よろしく頼む。クロンは……その……」

「今は忙しすぎて、二人とも魔王城を離れたら業務がマジで立ち行かなくなるんだろ、どーせ。帰った時の愚痴くらいは大人しく聞いてやれよ？」

「三日ほど続きそうであるな……クロンの小言は……」

それは言いすぎだろ、と言いかけてクロンならやりかねないと思い直す。あいつは、やる。なんならもっと長い期間、思い出した時にチクチク言うだろうな。うわ、かわいそー。頑張れ、アーシュ。

「頭領、状況の確認を」

「ああ、そうだな。アドルも聞いてくれ」

到着したばかりで悪いとは思ったが、時間が惜しい。俺はひとまず、ここへ来てすぐ話し合った頑固ジジイとの交渉について話し始めた。

「俺の娘が人間の大陸に転移で飛ばされたから、今すぐ捜索に向かいたい。転移陣を使わせてくれ、と俺は切り出した。回りくどく言っても仕方ねぇからな」

そこで、ドワーフの族長が呼ばれて対価は、と言い出したのだ。その辺は前回も経験したことがあるし、予想はしてたんだがな。今回は金か物でどうにかならねぇかと思ってたんだが、先に向こうから条件を突き付けてきた。それが問題だったんだ。

「行方不明になった息子を捜してこい、ということですか……」

「ああ。それも目の前に連れて来い、だ」

なかなかの無理難題を突き付けてきやがった。だがまぁ、人探しなら俺らの得意とする分野でもある。ちょうどメグも捜してるところなわけだし。だから、同時進行で捜索するから通してくれ、と頼んだ……のに！

「あんの頑固ジジイ……！」

思い出したらまた腹が立ってきた。わからず屋がぁっ！

「目の前に連れて来るまで転移陣は使わせない、の一点張りであったのだ。やはり消し炭に……」

「わ、わかりました！　わかりましたから殺気を鎮《しず》めてください！　魔王様は特に洒落になりませんからっ」

おっと危ない。二人して互いの肩を軽く殴り合って殺気を引っ込める。悪い悪いアドル。危うく魔大陸全土に影響を与えちまうとこだったぜ。俺はともかくアーシュはもっと気をつけろ？

「しかし、そのドワーフの息子はもしかして……」

「ギルさんもそう思いますか？」

ギルとアドルも気付いたようだ。そう、息子はまだ未成年の子どもなのだ。しかもそれなりの魔力を保有した。

「メグと同じように、強制転移で飛ばされたんじゃないか……？」

「間違いなくそうだろうな。ここの方が人間の大陸に近いし、メグが飛ばされたってのにドワーフの息子が飛ばされないわけがない」

ギルの言葉に同意を示す。アーシュも頷いていた。

「それを、確認はしたんですか？」

「しようとしたさ、そりゃ。……だがあの頑固ジジイ」

「わ、わかりました。何を言っても連れて来いの一点張りだったわけですね？　落ち着いてください」

アドルはやや焦ったように俺を遮ると少し思案げに顎に手をやる。数秒後、ギルとアーシュに向かって言葉をかけた。

「魔大陸中にドワーフの息子がいない、と確証を得るための調査にはどの程度時間がかかりますか？」

「む、どれだけ頑張っても月が一巡りするほどはかかるであろうな……」

「ああ……俺もそんなものだ」

アドルは月が一巡り、と呟くとブツブツ言い始めた。おそらく脳内で計算しているのだろう。俺も二十日ほどかけ、足を使ってメグの捜索をしたが、結局全てを調べ尽くすことは出来なかったからな。途中で転移陣の報告が来たから打ち切ったってだけの話だ。だが、今回はドワーフの子どもを捜さなきゃならねぇ。一から捜索のやり直しだし、アーシュやギルの力や、ギルド連中の力を使ってもそのくらいかかるのは大体予想がついた。

「では、お二人で手分けすれば単純計算で時間はその半分としましょう。さらに、私が補助魔術をかけ続けますので……十日です。十日で魔大陸全土の捜索を完了させましょう」

「それは随分、大きく出たな？」

「……やるしかなさそうだな」

驚いて目を見開くアーシュに、慣れているのか腹を括るギル。思わず吹き出してしまう。

「……ユージンよ、お主のところの者たちは無茶をさせるのが趣味なのか？」

「まぁ、な。だが、無茶はさせても無理なことは言わないさ。だろ？　アドル」

俺が確認のためにアドルに目を向けると、アドルはとてもいい笑顔でええ、と答えた。……なんかオルトゥスがブラック企業みたいだと思ったが違うぞ？　やけに働きたがるヤツらだが、無理やりでもちゃんと休みは取らせてるからな！

「それから頭領には申し訳ありませんが、私の魔力回復を頼んでもいいでしょうか？　魔王様とギルさんはたぶん大丈夫でしょうけど……私は一日も持ちませんから」

お。ちゃんと俺にも仕事があったか。待ってるだけってのもイライラが募って胃に穴が開きそうだったから助かった。だからそんな申し訳なさそうな顔すんな、アドル。

「いや、我も影鷲殿もおそらく、さすがに疲れはするぞ……？」

「お前らは終わったら回復薬でも飲んどけ。アドルの回復は任せろ」

補助魔術は最初にかけたら継続されるものと、かけ続けなければならないものとあるからな。今回は後者なのだろう。途中で何度も回復薬を飲むという手もあるが、続けて飲むのは身体に負担がかかるからオルトゥスでも禁止というルールにしている。当然、却下だ。俺が魔力を少しずつ供給してやる方が効率もいいし身体にも優しい。それにどうせ俺、暇だし。ぼんやり待ってるだけだったら冗談抜きでストレスと手持ち無沙汰《ぶさた》で鉱山の一部を焼け野原にしちまうとこだしな。

「では、早速始めましょう。行方不明のドワーフの子どもの特徴や、捜索範囲をお二人で話し合ってください。五秒で」

「本当に容赦がないのだな⁉　このギルドのメンバーは皆‼」

アーシュの叫びが山にこだました。諦めろ。アドルも昔はこうじゃなかったんだが、すっかりサウラに毒され……鍛えられたからな。まったく、頼もしい限りだ。


こうして俺たちは有言実行とばかりに十日で、魔大陸全土を調べ尽くした。ギルは無駄口は一切漏らさず、いつも通り完璧な仕事ぶりだった。アーシュは文句が多かったが、言われたことを全て完璧にこなしてるあたり、こんなんでも魔王なんだよな、と思わせてくれる。だが時折、恨みがましい目でこっちを見てくるのはなぜだ。そのたびにアドルに睨まれては姿勢を正していたが。……クロンっぽいよな、アドルは。だからアーシュも反射的に背筋が伸びるのだろう。調教が行き届いている。まぁ、なんというか、頑張れ。

「お、お疲れ様でした、皆さん……ありがとう、ございます、無茶に、付き合わせて……」

息も絶え絶えといった様子でアドルが律儀にも俺たちに頭を下げてきた。おいおい、大丈夫か。

慌ててアドルの身体を支えてやると、ふにゃりと笑ってすみません、と言う。はぁ、無理をさせちまったな。

「いや、これはお主に最も負担がかかったのではないか？　お礼を言うのはこちらの方であるぞ」

「そうだな、アドル。大丈夫か？　少し休め」

十日もの調査は無事に成果を出して終えることが出来た。それもこれもアーシュの言うように、アドルのおかげと言っても過言じゃないぞ。効率よく魔力を使えるように補助魔術を行使しつつ、アーシュとギルへ的確に指示を出していたその手腕はやはり只者《ただもの》ではない。そのせいか、アドルは疲労困憊《こんぱい》といった様子で、やや足元がフラついている。支えてやらなければ今にもぶっ倒れそうだ。

俺が随時、魔力の回復をしていたとはいえ、精神的な疲労までは取れないからな。

「いえ、そうはいきません。今すぐドワーフの族長と交渉しに行きましょう」

「いや、さすがにそれはダメだ。今は少し休むべきだ、アドル」

こんなになるまでやらせるつもりはなかったんだが……いや、わかっていた。アドルにとってはキツイだろうことは。でも止めなかったのは俺だ。オルトゥスの頭領として、休憩を挟むべきだったのにそうしなかったのは、一刻も早く先に進みたかったからだ。上司としては最低だな……さすがにこれ以上の無理はさせられない。そう思ってやや強めに禁止を伝えた、のだが。

「無理くらいさせてください！　こうしている間に……メグさんに、何かあってもいいんですか⁉　ただでさえ、すでに月が一巡りするほどの時間が経過しているのに……！」

アドルのいつになく荒ぶる声に言葉を呑み込む。それは、そうなんだが……。

「っ⁉」

「？　どうした、ギル」

沈黙が流れたところで、突如ギルが何かを察知したかのように周囲を探り始めた。その顔は歪み、胸元をグッと押さえている。あのギルがこんな反応を見せるとは……何ごとだ⁉

「何か、名前を呼ばれたような……いや。少し、胸騒ぎがしただけだ。……何もない」

おいおい、やめてくれよ。変なフラグが立ったみたいじゃねぇか。こりゃマジで急ぐ必要があるな。呼ばれただと？　メグじゃねぇだろうなぁ？　虫の知らせだったらシャレにならねぇ。

「ほら、嫌な予感もするようですし、なおさら今は先を急ぐ時です。私は、大丈夫ですから。人間の大陸に渡ったら休ませてもらいます。さあ、行きましょう」

じっとアドルと見つめ合う。その赤の混ざる黒い瞳は輝きを失っておらず、絶対に意見は曲げないという強い意思が感じられた。はぁ……おそらく、言っても聞かないだろう。というか、言い合いで勝てる気がしねぇ。何を言っても動こうとするんだろ。なら、無駄な体力と時間を使わせない方がいい。そう結論を出して軽くため息を吐いた俺は、仕方なくアドルを肩に抱えて鉱山の入り口まで向かうことにした。

「ちょ、頭領⁉」

「わぁーったよ。お前の意思を尊重する。だから大人しくしてろ」

アドルの自分で歩けます抗議は無視だ、無視。このくらいはさせやがれってんだ。背後でアーシュとギルが苦笑を浮かべながらついて来る気配を感じた。

「族長は来ない。話すことはないと」

「息子を連れてくるまで会わない。いないなら、帰れ」

鉱山入り口に辿り着くと、この前とは別のドワーフ二人が俺たちの姿を確認した途端そう言ってきた。まだ何も言ってねぇのに……！　イラッとしたのは俺だけじゃないはずだ。むしろアドル以外は殺気立っていた。

しかし一方でアドルは冷静に下ろしてください、と俺に声をかけてきた。その静かな声色のおかげで少々頭の冷えた俺は、そっとアドルを地面に下ろす。アドルはそのまま数歩前に出ると、二人のドワーフに向かって言葉を投げかけた。

「息子さんの手掛かりを掴んだ、と言ったらどうです？」

「手掛かり？　……どんな手掛かりだ？」

アドルの言葉に、右側に立つ立場が上の者らしきドワーフが問い返す。

「族長に直接お伝えします」

「ダメだ。ここで言え」

だが、アドルは答えない。当然、ドワーフはそう言うだろうな。ここまではアドルも想定内だろう。っていうかこいつら、いつも思うけどなんでこんなにえらそうなんだよ！　いや、話し方が特徴的なだけで、えらぶってるわけじゃないんだよな。これがドワーフってもんだってのは知ってるのに。はぁーっ、やっぱ俺、焦ってるな。今の状態だと冷静になれない。それはアーシュもギルもそうだろう。抑えきれずに漏れ出してる殺気から見てもお察しの通りだ。その点、アドルはスゲェと思うよ。俺なんかすぐカッとなるからダメだ。おかしいな、これでもやり手の営業マンだったのに。我慢強い方だったんだがなぁ。きっとアレだ。魂が半分、感情的になりやすいアーシュのものだからだ。間違いない。

「おや、こちらこそダメですよ。族長に直接お伝えします。それがダメなら私も話す気はありません」

「なら、帰れ。今すぐだ」

アドルも譲らねぇから話が進まない。おいおい、大丈夫かよ、と心配になるが口は挟むまい。アドルがその余裕のある態度を崩さないからな。

「いいんですか？　鉱山から出る気のない貴方たちがどうやって息子さんを捜すんです？　本当は、わかっているんでしょう？　外の世界を知らない自分たちだけで息子さんを捜すのは無理だということを。だからこうして、私たちに捜させようとしている」

「そ、そんなことは……！」

ほぅ、なるほどな。要するにこいつらドワーフも、誰かに頼るしか道がないってことか。そこを突く作戦ね、りょーかい。俺は腕を組んで成り行きを見守った。

「今、私の話を聞かないのなら、おそらく息子さんは見つかりませんよ。残念ですね……せっかく手掛かりを見つけたのに」

「ま、待て！　……族長に、聞いてくる！」

さすがの話術だアドル。そして素直な性質のドワーフだからこそ、その言葉を聞き入れ、慌てて族長の許へと走って行った。そう、こいつらは頑固だが、納得さえ出来れば素直で非常に協力的なんだ。頭に血が上って怒鳴り合ってるだけじゃ話は進まない。いや、ここはアドルだからこそだろう。声色や態度に嫌みがないしな、アドルは。

こうして少し待った後、奥から族長、ロドリゴがやってきた。その顔は相変わらず不機嫌そうだが、どこか期待の眼差しでもある。やはり息子がいないのは親として辛かったのだろう。顔にまでは出ないが。仏頂面《ぶっちょうづら》過ぎるんだよなぁ、ドワーフの中でも特にコイツは。そんな厳しい顔をしたロドリゴはアドルの前に来ると、すぐに手掛かりはなんだと問い質し始めた。えらく気が短いな。人のことは言えねぇけど。

「はい、手掛かりはですね。息子さんは人間の大陸にいる、ということです」

「そ、そんなことで……⁉　そんなもの、手掛かりとは言えない！　騙したな⁉」

ロドリゴは激昂《げっこう》し、魔術を振るおうと身構えた。俺たちも思わず身構えたが、アドルは一切動じていない。ジッとロドリゴを見返し、有無を言わせないとばかりに言葉を紡いでいく。

「騙したのは貴方でしょう？　息子さんが人間の大陸にいるだろうこと、知っていましたよね？」

「っ！」

そう。ロドリゴは息子が人間の大陸にいるってことを知っていた。その事実は間違いない。この頑固ジジイは、俺らが魔大陸にいる以上息子を見つけられないってのを知ってて、あえて無理難題を押し付けてきたのだ。そして、たぶん……俺たちを試していた。それが、魔大陸を調査している内に出た俺たちの結論だった。

「私たちは魔大陸全土を調べました。このメンバーとオルトゥスの皆さんが本気を出しましたからね、かなり隅々まで。息子さんが人間の大陸にいるということはほぼ確定事項でしたが、その事実を確実なものにするためにしっかりと。貴方も、我々がそれを調べるのを望んでいたのでしょう？　お望み通り結果をお伝えします。魔大陸では、ドワーフの子どもを見たという情報は得られませんでした。……ここ最近どころか、ここ数十年レベルで、ね」

息子が、人間の大陸にいるということを俺たちが掴めるかどうか、その情報が間違いないという確信が得られるかどうかを、ロドリゴは見極めようとしていたのだろう。試されたのは不快だが、息子を想う気持ちゆえの手段だったんだろうな。そう思えば怒るに怒れねぇ。だってよー、もし俺にメグの居場所を調べる力がなくて、誰かに頼まなきゃいけないってなったら同じことをすると思うしな。それも信頼のおける仲間ならともかく、あまり頻繁に顔を合わせるわけでもない他人。メグの身の安全のためにも、その為人《ひととなり》を試すのは当然のことだ。

「鉱山周辺でも見かけた人はいないそうです。オルトゥスの自然魔術使いが、精霊にも確認をとってくれました。おかしいですよね？　息子さんは時々森に出る、変わり者のドワーフだそうじゃないですか。なのに精霊でさえ、誰も見たことがないなんて……ロドリゴさん、息子さんは元々、人間の大陸側の鉱山にいたのではないですか？」

ただ、頼み方が不器用過ぎるんだよ。もうほんの少しでいいから、愛想よく出来ないもんかねぇ、とは思うぞ。ただまぁ、ロドリゴだって本当は素直に頼みたかったはずだ。けど、ドワーフというのは本当に頑固な種族なんだよな。他の仲間がいる手前、そう簡単に転移陣を使わせるわけにはいいかない、とかそんなとこだろ。

「あいつとは……最近、顔も合わせていなかった。反抗期ってやつだろうな。露骨に俺のことを避けやがる。ったく、そのせいで、気付くのが遅くなっちまった」

ロドリゴは舌打ちしながらそう吐き捨てるように言った。な、何？　反抗期で親を避ける、だと？　ダメだ、メグでそれを想像したら目の前が真っ暗になった。見ればアーシュもよろけている。同じように想像したんだろう。めちゃくちゃ気持ちはわかる。メグに「お父さん嫌い！」とか言われた日にゃ、国一つ吹き飛ばしそうだ。アーシュだって言わずもがなだ。反抗期、やばい。魔大陸の未来は文字通りメグにかかっている。

「何か思うとこがあんだろ。男だし心配はしてねぇ。だが、何も言わずに姿を消してそのままなんざ……気分悪いだろうが。あの馬鹿息子が……！」

口は悪いが、要するに話を聞いてやればよかった、と後悔してるんだろ？　素直じゃねぇなぁ。

俯くロドリゴに、アドルが再び声をかける。

「大事な息子さんを捜すために、私たちが信用に足るか確認していたのでしょう？　私たちは、喧嘩を売りにきたんじゃないんです。息子さんを心配する気持ちは痛いほどわかります。私たちもまさに今、同じ状況なんですからね」

はぁ。ちょっと深く考察すればわかりそうな話だったんだよな。だが、俺とアーシュだけでは気付けなかった。アドルがあれこれ考察して、ヒントをもらえたからこそ辿り着けた結論だ。俺はまだまだダメだな。娘が行方不明というだけで、どれほど頭が回らないかを思い知った。冷静なつもりではいたんだが……客観的に物事を捉えられるアドルがいて本当に良かったぜ。

「どうか、ともに捜索させてください。私たちは特級ギルド、オルトゥスのメンバーなんですよ？　頭領もいますし主戦力であるギルさんもいます。魔王様だっているんです。……見つからないわけがありません」

アドルの真剣な眼差しをジッと見つめ返すロドリゴ。

「そのために、人間の大陸へ渡る必要があります。……どうか、協力してもらえませんか？」

族長は腕を組んで唸り声を上げた。お、もう一押しってとこか？

「それに、私たちが捜している子どもと貴方の息子さんは一緒にいる可能性が高いんです。そして……危険に身を置いている」

「危険だと⁉」

「ど、どういうことだ」

その言葉にはロドリゴだけではなく、俺たちも声を上げる。メグが、危険……⁉

「わざわざ魔力を多く持つ子どもを集めたんですよ？　そういう転移陣で強制的に呼ばれてしまった。その時点で、呼んだ子どもたちをどう扱うかなんて……いい予感の方が少ないですよね？」

そういうこと、か。わかってた。わかってはいたが……ああ、言い訳だな。考えないようにしていたんだ。……恐ろしくて。認めたくなくて。メグが酷い扱いを受けているなどと、想像すらしたくなくて。それは最初から頭にあったことじゃないか。

愕然とする俺たちを前に、族長はついに口を開いた。

「……わかった、転移陣を使え。ただし！　帰り道は元気な姿の息子もともにいないと通さんからな！」

「あ、ああ！　わかった。任せろ！」

ついにロドリゴからの許可が下りた。ドロドロとした感情に呑み込まれる寸前でハッとなった俺は、すぐさま返事をする。気持ちを切り替えなきゃな。心に余裕を持たねぇと、また失敗する。ここから先は、絶対にミスれないからな。

それにしても、よくやったアドル！　本当に頼りになる男だよお前は！　そう言いながらアドルの頭を撫で回した。やめてくださいよ、とアドルは言ったが、やや嬉しそうでもある。いいじゃねぇか、もう少し褒められておけ。ほら、アーシュもギルもお礼を言ってるぞ。

「何を遊んでる。さっさと行くぞ」

ロドリゴの一言に、俺たちは鉱山の入り口に向き直った。族長の息子、そしてメグ。二人がともに無事で、どこも怪我をしていないことを祈りながら、族長の後に続いて鉱山内部へと足を進めた。

よっと、アドルを肩に担《かつ》ぎ上げてな！　だーかーらー、文句を言うなって。お前にゃ休息が必要なんだからよ！

6　不安な夜

【メグ】

休憩の後、私たちはそれこそひたすら前に進んだ。気分転換が出来たからか、休憩前ほど辛くもない。やっぱり目標がはっきりすると違うね。元々はっきりはしていたけど、改めてその思いを強くした、というか。早くみんなの許に帰るんだ、って思ったら頑張れる気がしたのだ。

とはいえ、疲れないわけではない。日が暮れるに従って疲労も蓄積されてくるから進みも遅くなる。頃合いを見計らって、ラビィさんが今日はここまでにしておこうかと声をかけてくれた。

「じゃあメグ、頼めるかい？」

「うん！」

少しだけ開けた場所を見つけたので、今日はここで一泊する。収納ブレスレットからいつものテントを出して設置した。みんなもすっかりこのテントには慣れたようで、戸惑うことなく中へと入っていく。みんなが入ったのを確認してから、私はいつも通りステルス機能をオンにした。

「いつもありがとうね」

「ううん、これがあるから、安心して休めるもんね」

ラビィさんがこまめに周囲の警戒はしてくれていたけど、いつ追っ手が近くまで来るかわかんないからステルスは必須だ。さすがにこんな森の奥深くまでは来ないと思うんだけど……なんとなく、嫌な予感もするから。自分でフラグを立ててどうするって感じではあるんだけど仕方ないじゃないか。嫌な予感がするものはするんだもん。でも、それはみんなには言わないでおく。不安にさせたいわけじゃないからね。

「だいぶ目的地に近付いてきたからね。鉱山付近になるとどうしても人も増えるし、警戒を強める必要があるんだ」

「え？　そうなの？」

鉱山の周辺も特に人はいないかと思ってたんだけど。勝手なイメージだけどね。すると、すかさずラビィさんが当たり前だろう、と苦笑を浮かべた。

「ドワーフだって生活してるんだから。そりゃあ、すぐ近くには何もないだろうけど、必要なものを買いに出たりするのに、あまり町や村が遠くにあっても困るじゃないか」

言われてハッとした。それはそうだよね！　しかも鉱山に住んでるんだから、食料の自給自足だって限界があるに決まってる。ちなみに、最後に私たちが通らなきゃいけないのがその町らしい。さらにラビィさんが言うには、鉱山が近付くにつれて森の木々も少なくなっていくという。手が行き届いているってことだもんね。それも当然のことだ。つまり、身を潜められる場所も少なくなるってことか。なるほど、警戒を強めなきゃだね。

「ちょっと、その辺も含めて先に話しておこうかねぇ」

ラビィさんは一度みんなをテーブルの周りに集めた。それぞれが椅子に座ったところでラビィさんが口を開き、今さっき私に話していたことをリヒトとロニーにも伝えていく。

「だからね、明日以降はより神経を使って進むことになるよ。出来れば夜中の間に移動したいところではあるんだけど……体力的に厳しいだろ？　夜の森はただでさえ危険が多いし」

うっ、それは私のことだ。間違いない。暗闇に慣れていないのは私だけなんだもん。

こんなとこでも足を引っ張っていて、本当に居た堪れない。しょぼんと首《こうべ》を垂《た》れてしまう。すると、ポンと頭に手を置かれた。

「気に、しない。安全が、一番大事」

ロニーの手だったみたいだ。続けてそうだぞ、とリヒトも声を上げてくれる。

「俺だって疲れてるしな！　出来れば暗い中の移動はしたくなかったからその方が助かるんだ」

「ロニー、リヒト……」

二人の優しさが染み渡るぅ。そうだよね、出来ないことを嘆《なげ》いてたって仕方ない。その分、明るいうちに頑張ればいいのだ！　早起きでもなんでもしちゃうぞ！

「そういうわけだからさ。今後はより精神的に疲れるから、夜はしっかり休むんだよって言いたかっただけ。メグ、気にするんじゃないよ。こうして安心して夜に眠れるのも、メグのおかげだってわかってる？」

そ、そっか。このテントがなかったら火を熾したり、ゴツゴツした場所で見張りを交代しながら寝なきゃいけなかったりで、もっとずっと大変だったんだよね。テントだって私が自分で用意したものではなかったけど……私がいなかったらこの三人で過酷な旅をするハメになっていたかもしれないんだ。うん、前向きに捉えよう。私はようやく笑みを浮かべた。


それから各々でお風呂に入り、みんな揃って食事を摂った。もうそれだけで十分リラックス出来た気がする。当然、疲れは溜まっているけど寝ればきっと治っちゃうもんね！　寝る前にラビィさんがテーブルに地図を広げ、今いる場所と目的地、そしてそのルートの確認をみんなでした。

「森の中だからね……あんまり当てにはならないだろうけど、あたしたちが今いるのは大体この辺さ」

「なんだ、鉱山まで本当にあと少しなんだな！」

「あのね、少しっていってもまだだいぶあるからね？　地図上だと近く見えるかもしれないけど」

「わぁーってるよ、そんなこと！」

二人のやり取りを聞いて私とロニーはクスクス笑う。本当にこの二人は仲がいいんだから。でも、リヒトの言いたいこともわかる。これまでは山が立ちはだかっていて、ゴールは全然見えなかったんだもん。だけど今は遮るものがほとんどないから近く感じるのだ。いやぁ、それにしても随分歩いてきたんだな。それもそうか。私たちが転移されてきて、かれこれ一ヶ月半くらいは過ぎてるもんね。数えてたわけじゃないから確かではないんだけど。

一ヶ月半、か。私のような長命な種族からするとほんの瞬きをするような期間ではあるんだけど……やっぱり長く感じる。そしてまだ旅は続くから、みんなに会えるのは早くてもあともう二ヶ月先くらいになるのかな。そうなると、三、四ヶ月くらいみんなと離れ離れになってるってことか。

うっ、やっぱり長く感じる！　でも、ちゃんと前に進んでる。大丈夫、また会えるんだから。私がそう自分に言い聞かせて拳を握りしめたその時だ。

「……っ！……！」

外から、何やら物音と声が聞こえてきた気がした。それは、どうも私だけではなく、みんなの耳にも聞こえてきたらしい。私たちは表情を硬くして互いに顔を見合わせた。

「……今の、聞こえたかい？」

低い声でラビィさんがそう言うので、無意識に私たちも無言で頷く。外に、誰かいるんだ……！一気に私たちの間に緊張が走る。えーっと、確かこのテントには外の様子が見える小窓みたいなのがあった気がする。外からは見えないけど中からは見える不思議仕様の窓だ。どのみち今はテント全体にステルスがかかっているから見えないんだけど。ううっ、私の嫌な予感はやっぱり的中してしまったってことなんだろうか。

「ラビィさん、こっち」

嘆いてもいられないので、その小窓の許にラビィさんを案内する。出入り口近くに小さな丸い額縁のようなものがある。それが外の様子が見える小窓だ。額縁に埋め込まれている魔石に手を翳《かざ》すと、魔力に反応して外の景色を映し出した。急に外の様子が見えるようになって、ラビィさんだけでなくリヒトやロニーも驚いた様子だったけど、みんな声は出さなかった。姿は見えないけど物音は聞こえてしまうからね。それをみんな覚えていたのだ。ふぅ、良かった。先に説明しておけばよかったね。悪かったってば。反省してるから恨みがましい目で見ないでみんなっ！　そんな視線に気付かないフリをしていたら、外から声が聞こえてきた。

「もう暗くなった。今夜はここで野営にするぞ！」

ひえっ、ここで野営⁉　確かに広さ的にちょうどいい場所だけど、なにもピンポイントでここに来なくても！　というかこの声……聞き覚えがありすぎるんだけど？

「ライガーさん、本当にこんな森の中にいるんですかね？」

ぎゃーっ！　やっぱりー⁉　ライガーさんってあのライガーさんだ！　ご縁がありすぎじゃない？　まさか東の王城の騎士団と遭遇するなんて！　しかも団長ですよ。嫌な予感が当たりすぎだよ、自重してっ。

「……三人か。少人数で広範囲を捜してるんだね」

小窓を覗きながらラビィさんが苦虫を噛み潰したような顔でそう言った。なるほど、恐ろしく有能だよ東の王城騎士団……！

「ああ。魔力反応が出てるからな。少なくとも魔力を持つ生き物がこの辺りにいるのは間違いない」

「でもその魔道具、範囲は広いですよね……あまり性能もよくないですし」

「馬鹿者。魔道具を使わせていただけるだけありがたいと思え。なければ手掛かりさえ掴めないところだったんだぞ」

うっ、まさかの魔道具！　そ、そうだよねー、国だもん。所有しててもおかしくない。でも会話から察するに、その魔道具でわかるのは大まかな情報だけっぽい。魔力持ちを探せるっていうのは驚異だけど、範囲が広いなら姿さえ見つからなければ大丈夫、かな？

「近付きさえすれば、この光も強まるらしいからな。相変わらず少しだけ光った状態ということは、まだ追い付けていないのだろう」

ライガーさんのその発言に驚いて、私たちはまた顔を見合わせた。こんなに近くにいるのに、魔道具が反応しない？　それはその魔道具が壊れているか、もしくは。

「ステルス機能……魔力もある程度、消してくれる……？」

小さな声でその可能性を呟くと、無言でみんなに頭をワシワシ撫でられた。あっ、待って、髪がーっ！　でも、その効能は私も知らなかったなぁ。本当にグッジョブだったんだね、私。今になって背筋が凍り付く思いである。節約とかいってステルス機能をオフにしなくて良かったよ。危ないところだった！

とはいえ、騎士団の三人はこの場で一夜を明かすみたい。私たちはそろそろとその場に座り込み、小声で緊急作戦会議を行った。

「夜が明けたらすぐに出発する予定だったけど……騎士団が完全に立ち去るまで動けなさそうだね」

ラビィさんの言葉にみんなで頷く。テント内にいるから外に声は漏れにくくなってるけど、全く聞こえないわけじゃないから出来るだけ声を抑えている。さすがに簡易テントに防音までの機能はついてないからね。もはや簡易の域を超えたその他の色んな機能が付いてはいるんだけど、そこには触れないでおく。

「向こうの動きも探れるから、ある意味ラッキーだったんじゃね？」

ヒソヒソとそう言うのはリヒト。それは確かに。これまではひたすら逃げていただけだけど、ここへ来て相手の動きを知れるのは大きいかもしれない。ラビィさんも神妙に頷いている。だから今夜はこの場で話を聞くことにするらしい。あんたたちはしっかり寝てきな、と言われてしまった。え？　それじゃあラビィさんだけ休めないじゃないか。

「あたしは大人だからね。さすがに夜間の見張りをあんたたちには頼めないさ。結界が張ってあるからこのテントは大丈夫なんだろ？　それならただ話を聞いてればいいだけだから、楽なもんさ。どうせ朝になれば移動するだろうから、そうしたらこいつらが遠くまで行く間、休ませてもらうさ」

確かに結界が張ってあるから、他の人はこのテントに触れることさえ出来ない。そこにステルスもかかっているから、近寄ろうと思っても無意識にこのテントを避けて行動してしまうだろう。どちらか一方だったら危なかったよ。ステルスだけだと知らずに触れてしまうこともあっただろうし、そうしたらさすがにバレちゃうからね。触れて気付くか音で気付くかされるとそこに何かがあるってことは認識されてしまう。そうなると逃げるのも難しくなっちゃうもん。だからここでジッと待ってさえいれば安全ではあるんだけど……夜通し見張るのはそれだけで疲れるに決まってる！　見つかってしまったらどのみちアウトなわけだし、それなら交代で私たちが見張っても問題はないはずだ。そう思って口を開いたんだけど。

「でも、それじゃあラビィさんが休めな……」

「いいから休むんだ！」

語気を荒らげたラビィさんの声に、途中で言葉が止まってしまった。もちろん、小声ではあったんだけど、その勢いに驚いてしまったのだ。思ってもみなかったラビィさんの反応。怒られた……？　何か気に障ることを言っちゃったのかと思って自然と自分の眉が下がるのがわかった。見ればリヒトとロニーも同じような顔をしている。

「……あ、ごめ、その……」

それに気付いたのか、ラビィさんもハッとして口籠る。静かになったところへ、私たちの耳には否応なく外からの騎士団の会話が聞こえてきた。

「あの時……あの子どもを保護していたらな」

「悔やんでも仕方ないですよ、ライガーさん。子どもたちが見つかったってだけで十分なお手柄だったじゃないですか」

保護、か。騎士団の皆さんはあまり事情を知らないのかな？　それとも、知っていてあえてそんな言葉を使ってるのだろうか。

「でも、こっち方面は宿屋の娘の言ってた方向とは逆だったから、まさかいるとは思いませんでしたよね」

「宿屋の娘に本当の行き先を告げるのはリスクが高い。誤情報を与えるのは不思議なことではないだろう。あそこは東の王城近くの村だから、この辺りの地理には詳しくなかったとか、何か勘違いしていたという可能性だってある。そもそも、子どもの言うことだしな……」

東の王城近くの宿屋の娘……あ、アニーちゃん⁉　アニーちゃんのいる宿屋にも騎士団の調査が入ったんだ。でも、それはある意味当然か。騎士団が近くの村を調べないわけがない。私たちはあれ以降、ラビィさん以外はウーラの街にしか立ち寄っていないし、貴重な証言だったんだろうな。

それにしても、行き先は中央の都って教えたはず。確かに本当の目的地ではないよ？　私たちが目指していたのは鉱山だし。でも、ほぼ同じ方向なんだけどなぁ……？

『私、内緒にしてるから！　安心してね』

あ……あの時、そう言ってくれたっけ。もしかして、全然違う方向を証言してくれたの？　私たちが簡単には見つからないように？　下手したら、虚偽《きょぎ》の証言ってことで罰せられる可能性だってあるのに……！　遠く離れた友人に、目頭が熱くなるのを感じた。でも、咎《とが》められなそうで良かった！　ライガーさんの話を聞くに、きっとアニーちゃんが疑われることはもうないだろう。

「ウーラの街で消えるのを見かけたのは運が良かった。じゃなければ私も北側を捜索していただろうからな」

あーっ！　やっぱり見つかったのがこうなる原因でしたかーっ！　ほんの少しのきっかけで、ここまで追いつかれてしまうんだ。騎士団、恐るべし。

「……強く言って、悪かったよ」

私が騎士団の実力にガクブルと震えていると、ラビィさんが静かに告げた。顔は小窓の方を向いているから、私たちに背を向けたままだけど。

「あたしはさ、ちょっと余裕がなかったんだね。これまで順調に来てたのに、ここへ来てこんなに近くまで追ってこられてさ。……焦ったんだ。ごめん」

その声は、ラビィさんにしては弱々しかった。だから、私たちは誰も口を挟めなくて黙り込んでしまう。どうしようと三人で顔を見合わせていた時、だけど、とラビィさんは続けた。

「ここまで来たからこそ、あんたたちを絶対、目的地に連れて行きたいんだ。最後まで、無事、に……」

ラビィさんは、三人とも無事に送り届けたいって思ってくれてる。この中で唯一の大人として、責任を感じてるんだ。その重圧はどれほどのものだろう。私は、なんで子どもなのかなぁ。せめてもう少し大きくて、魔術がなくても足を引っ張らない程度の実力があれば、ラビィさんがこんなにもストレスを溜めることはなかったのに。

「だから、これはあたしのワガママ。万が一にも寝不足で体調を崩したり、怪我をしたりしたら……そうなったら、さすがに無事に連れて行ける自信がないんだ。頼むよ。さっきだって約束しただろ？　しっかり休むんだよって」

いつも明るくて、頼りになるラビィさんが泣きそうな顔で言ってきたら、そんなの、言うことを聞くしかないじゃない。胸がいっぱいになって、私はギュッとラビィさんの腰に抱き着いた。

「……わかった。ちゃんとやしゅむ。でも、でもね？」

抱き着いたまま上を向いて、ラビィさんの顔を見つめる。戸惑ったように顔を歪めるラビィさんの目にはうっすらと涙が溜まっているように見えた。

「ラビィさんもだよ？　ラビィさんも無事に鉱山に着かなきゃ、嫌だからね？」

それを聞いて、ラビィさんは少し目を見開くと、くしゃりと笑って抱きしめ返してくれた。

「ああ。みんなで無事に、目的地まで……行こう」

約束だよ、と私が言うと、ラビィさんは頭を撫でてくれた。すると、これまで黙っていた二人も口々に思っていることをラビィさんに言ってくれた。

「……約束だぞ！　それは、ラビィが倒れたって同じなんだからな！」

「僕たち、早く、起きる。そうしたら、ラビィ、休んで」

そんな二人の言葉に、わかったよと返したラビィさんは、そうと決まればすぐに寝室に行きな、と私たちの背をそっと押した。決まった以上、このままここにいてもラビィさんの負担になるだけだ。私たちはそれぞれラビィさんや外の様子を気にしながらも、大人しく二階へと上がっていった。

リヒトとロニーの部屋の前で別れ、私は自分の寝る部屋へと入っていく。そこはシーンとしていて、なんだか寂しい。そうだ、いつもはここにラビィさんもいたんだもんね。……こ、心細い。だって、もしも騎士団の三人に気付かれたらと思うと……不安で仕方ないのだ。ほぼ大丈夫だとは思うけどっ！　うーうー、と一人で唸ること数秒。私は枕を抱きしめて部屋を飛び出した。そのままリヒトとロニーの部屋に向かい、ドアをそっと開けてひょっこり顔を出す。二人はすでにベッドに潜り込もうとしているところだった。リヒトが私に気付き、驚いて声をかけてくれる。

「えっ、メグ？　どうしたんだ？」

「あ、あの、あの……その」

もじもじと、部屋のドアを開けたまますまく切り出せないでいると、ロニーが助け舟を出してくれた。

「……一人じゃ、寝られない？」

「あう、えっと……うん」

そうやって言葉にされると、なんだかめちゃくちゃ恥ずかしい。思わず枕をギュウッと抱きしめて赤くなってるであろう顔を隠した。そんな私を見て、リヒトもロニーも私の赤面が伝染したのか、顔を赤くしていた。なんかすみません、恥ずかしいヤツで。

「あー、うん。じゃあ、まぁ……一緒に、寝るか？」

「ほんと!?」

でも、私の羞恥心は寂しさと心細さには勝てないのだ！　精神面がまだまだ幼女なので許していただきたい。だって、本当に一人だと眠れる気がしないんだもん。寝なかったら本末転倒だし！

脳内であれこれ言い訳してても意味ないか。リヒトもベッドの端にズレて布団をめくり、私の寝られる場所を作ってくれたことだし、せっかくなのでいそいそとベッドによじ登る。枕を持ってたから上手く登れず、モタモタしていたら、後ろからロニーにヒョイッと抱えられ、ベッドに乗せてもらった。手のかかる幼女ですみません。

「……ロニーは、一緒に寝ない？」

私にそっと布団をかけながら、ロニーが自分のベッドに戻ろうとしたものだから、なんとなく寂しく感じてそう言ってしまう。すると困ったように眉尻を下げながら、さすがに狭くない？　とロニーは言う。う、確かに。結構大きなベッドだから二人くらいなら問題ないけど、三人並ぶのはちょっと狭いかも。そう思って諦めようとした。

「いーじゃん。今日くらい三人で寝よーぜ。ちょっとくらい狭くても大丈夫だろ！」

けど、リヒトがそう言ってロニーを巻き込んでくれた。そこまで言われたらロニーも断れない。

苦笑を浮かべつつも私の隣に入ってきてくれた。

「じゃあ、電気、消すね」

そう言ってロニーが枕元のスイッチで電気を消す。暗くなった室内に、心細さが増して思わず身体が縮こまった。すると、優しくポンポンとお腹を叩いてくれる二つの手。

「ワガママ言って、ごめんね？」

なんだか本当に申し訳なくなって小声で言うと、二人はクスッと小さく笑った。両方の耳もとで聞こえたものだから、ちょっとばかりくすぐったい。

「不安な気持ちはわかるしな。気にすんな」

そう言って頭を撫でてくれたのはリヒト。

「メグは、もっと、甘えていい」

そう優しく言ってくれたのはロニー。

「なんかさ、悔しいよな。自分にもっと力があればって……この旅の間、何度思ったかわかんねぇ」

それから、静かな声でリヒトが言う。ああ、やっぱり二人ともそう思ってたんだ。うん、悔しいよ。私なんか特に、一番足を引っ張ってるから余計にそう思う。

「早くラビィを、安心させたい、ね」

ロニーも心苦しそうだ。私たちは、みんな同じ気持ちでいるんだなって思ったら、どこか心強く感じる。

「この中では、俺が一番早くに大人になるな！　俺、絶対強くなる。将来、自分がどこにいて、何をやってんのかは……今はまだわかんねぇけど、強くなる。これだけは絶対に実現してみせる」

リヒトの決意が伝わってきた。そっか、リヒトにはぜひオルトゥスに来てもらいたいけど、たぶんラビィさんも一緒じゃないとって思ってるんだろうな。あの様子を見ると、ラビィさんは素直に来てくれるとは思えない。なんとなく、自分の中での線引きをしているような……そんな風に感じるのだ。

そうなると、リヒトはきっと、ラビィさんと一緒にいる道を選ぶ。だって、この世界に来てずっとお世話になってる人なんだもん。私にとってのギルさんみたいな存在なのだ。そんなの、私だって一緒にいたいって思うよ。けど、男の子だからなのか年頃だからなのか、リヒトは素直にそう言わない。ラビィさんも、本当はリヒトがそう思ってるって気付いてるんじゃないかな。気付いていて、あえて触れず、むしろ突き放しているように見える。今後のリヒトのことを思ってのことだと思うけど……離れる必要があるのかな？　別に近くにいたって自立した大人にはなれるのに。何か、別の理由があるのかな？

「僕も、強くなる。もっともっと、強くならなきゃって、思った。今後のためにも」

リヒトの決意を聞いて、ロニーも力強くそう言い切った。今後？　今強くなりたいって思うのはわかる。でも鉱山で暮らすロニーがそんなに強くなる必要があるのかなぁ。鉱山での暮らしも、強くないといけない理由があるのかもしれないけど……ロニーの言い方だと、ただ強いだけじゃダメ、みたいなニュアンスを感じる。リヒトやラビィさんだけじゃなく、ロニーにも色々とあるんだろうなぁ。でも、そりゃそうだよね。私にだって色々あるんだもん。そう、色々と。次期魔王問題とか

ね……。あれ？　このままオルトゥスにいるにしろ、魔王になるにしろ、最も強くならなきゃいけないのは私じゃない？

「私も、強くなるっ」

だから負けじと宣言したんだけど、二人には交互に頭を撫でられるだけで終わった。解せぬ。

「なら、今はさっさと寝ようぜ。騎士団のこともラビィのことも気になるけど……」

「ん。今出来ることは、しっかり寝て、体力を回復させる、こと」

そうでした。それぞれ、将来について思うところはあるけど、まずは安全な場所まで辿り着いてからだよね！　話はそれからである。

だけど、こうして話をしたことで気が楽になった。明日になったら、ラビィさんとも他愛のない話をしよう。そうしたら、ラビィさんも少しは気が楽になるかもしれないから。

「うん。おやしゅみなさい……」

そのためにはしっかり寝なきゃ。不安で眠れないかと心配だったけど、お喋りをしたのと二人の温もりのおかげでしっかり睡魔はやってきた。ものすごい安心感だ。お兄ちゃんがいたらこんな感じかなぁ。願わくは、これから先もずっと、ずっと、家族のように一緒にいられたらいいな、なんて夢のようなことを考えながら、重たくなってきた目蓋を閉じて私は睡魔に身を委ねた。

オルトゥスお仕事見学

それはある日の夜のこと。簡易テントでの過ごし方にもすっかり慣れたみんなが、夕食後のお茶を飲みながら談笑している時だった。

「なぁ、メグのいるオルトゥスだっけ？　そのギルドではどんな仕事してるんだ？」

リヒトが思い出したかのようにそう切り出した。なんでも、人間の大陸で機能しているギルドとは体制や在り方が色々と違うので気になるのだそう。そこでは幼い私も仕事をしているって聞いた時から、こんな小さい子にも出来る仕事があるって部分が引っ掛かったらしい。いや、私がしてる仕事はもはや特例なので、それが一般的と思われてもアレなんだけども。

「僕も、知りたい。ギルドって、未知の世界、だから」

「あ、それならあたしも聞きたいねぇ。冒険者として、ギルドの違いってのを聞いてみたいな」

ロニーやラビィさんも興味津々《しんしん》と言った様子で身を乗り出してきた。おう、これは話して聞かせる流れだね。うーん、そうだなぁ。どうやって説明していけばいいだろう。

「あっ、しょーだ」

そこで思い出した。一度私もどんな仕事があるのかを把握したくて、お仕事見学ツアーをしたことがあったなって。確かレキと一緒に。

『ギルドの案内もしてやったのに、また僕が連れてくのかよっ⁉』

ふふっ、あの時のレキのうんざりしたような顔、懐かしいなぁ。せっかくなのであの時に教わったことをみんなに話そうと決め、私は語り始めた。

「サウラしゃん、受付のお仕事って、どんなことちてるんでしゅか？」

お仕事がお休みの日、朝食を食べ終えて訓練場で軽い体操も終えた私は、やることもなくフラフラと歩いていた。まぁいつものことである。朝の混雑タイムも過ぎたため、ホール内は比較的人も少なくなってきていたので、たまたま受付カウンターから見えたサウラさんと目が合った私は何の気なしにそんな質問を投げたのである。

「んー、一言で受付っていっても色んな仕事があるわね。そうね、まずここに並んで座ってる人たちは窓口。見ていたからわかると思うけど、オルトゥスへの用件を聞く場所よ」

親切にも幼女の暇潰しに付き合ってくれたサウラさんは、カウンターに座るお姉さんたちを示しながら丁寧に教えてくれた。お姉さんたちはそんな私に向けてにっこりと微笑んでくれる。この人たちとは私も結構な頻度で顔を合わせてるんだよね。交代でお風呂に入れてくれたり、私のお世話をしてくれる人たちでもあるのだ。どの人も本当に美人さんばかり。窓口はいわば顔だもんね。やっぱり綺麗な人じゃなきゃダメ、みたいな基準があるのかもしれない。真相はわからないけど。

「それから奥の方はもう事務ね。大きく分けて二つの部署に分かれてるわ。一つは外部とのやり取りがメインね。窓口で受け取った書類の処理とか、依頼の選別、依頼の報酬計算や、依頼主とのやり取りが主な仕事かしら」

もう一つの部署がオルトゥス内の運営に携《たずさ》わる事務仕事なんだとか。建物の維持やかけられている魔術の管理とか、地下で作業する鍛冶や装飾、研究にかかる費用やその運営に関わるあれこれ、カフェ事業や病院としての役割なんかもこっちの仕事なんだって。食堂やカフェも一般開放してるし、病院でもあるんだもんね。さらには武器や日用品、魔道具の売買もしてるから、軽くショッピングモールだよね。ひゃーそりゃ仕事もたくさんあるわ！　それにしてはオルトゥス所属の人数が少ない気がするけど、そこは個々のとんでもない実力でカバーされてるんだろうなぁ。はは、すごぉい。

「オルトゥスのメンバーでも、依頼は受けられるんでしゅよね？　それもお仕事の一つなんでしゅか？」

そこではたと気付いたことがあったので聞いてみる。ジュマ兄とかはほぼ魔物を狩りに行ってる姿しか見てなかったからね。もしやそれがオルトゥスでの仕事なのだろうか、って前からちょっと気になっていたのである。

「そうよ、依頼をこなすのもオルトゥスの仕事の一つ。ただ、この時の報酬は外部から来た人がこなす場合より、オルトゥスのメンバーの方が少なめに設定されているわ」

「えっ、少なめなんでしゅか？」

オルトゥスで貼り出された依頼は、基本的には誰でも受けることが出来る。もちろん、一度受付で名前とかその他の簡単な個人情報を登録する必要があるけどね。お小遣い稼ぎ、生活のために稼ぐ、依頼をこなすのが本職、などなど、あらゆる目的で皆さん依頼を受けに来る。オルトゥスに来る人の大半は依頼を受けに来る人っていうわけだ。でもまさかオルトゥスのメンバーだけは報酬が安く設定されているとは。知らなかったなぁ。

「正確に言うと、その利益の一部がオルトゥスの経費に回されるって感じかしらね。だって、ここに所属してる人っていうのは大体他の仕事もこなしてるんだもの。わざわざ依頼を受ける必要はないくらい稼いでいるし、ここのメンバーだけでこなしてたら、他の人たちに仕事が行き渡らなくなっちゃうわ」

た、確かに。ここに所属してる人たちはみんな一定以上の強さを持っている。受付で働くあのお姉さんたちだって、そこら辺の人よりずっと強いのである。そんな集団が依頼をこなすのは簡単だ。あっという間に終わらせちゃうよね。でもそれじゃあ意味がない。この街に住む人の仕事がなくなるなんてことがないように、また旅の人たちが資金の調達を出来るように、という目的のもと、オルトゥスは存在しているのだ。

「じゃあ、ジュマ兄とかニカしゃんとか……他にも外で働く人たちは、どんな仕事を担当してるんでしゅか？」

そこが疑問なのである。私はてっきり、みんな依頼のために外に出て仕事をしているのかと思ってたから。

「あ、そっか。外に出てたらどんな仕事でいないのか、わかんないわよね。そうね……依頼を受けているっていうのももちろんあるわ。ただ、そのほとんどが国からオルトゥスにと出された依頼なの。そういうものはオルトゥスのメンバーでしかこなせないのよ」

あ、なるほど。そういうのもあるよね。ここに貼り出されているものは街の依頼がほとんどだもん。一般依頼と国からの依頼とで分けられているんだ。

「他には、届いている依頼がちゃんとしたものかどうか、裏付けを取ったり調査に向かうのも彼らの仕事ね。シュリエやケイ、ギルなんかがやってるのがこういう仕事よ」

あ、そういえば前に聞いたことがあったかも。なるほどねぇ。こうやってオルトゥスは回ってるんだ……ちなみに、ジュマ兄が大型魔物の討伐依頼を受けてるのは完全なる趣味なのだそう。放っておくとガンガン狩って依頼がなくなるから一ヶ月に一度だけというジュマ兄限定の制限付きなんだって。納得である。

「そういった外での仕事以外なら、見学してきてもいいわよ。ここで説明を聞くより見に行った方が早いでしょ？」

百聞は一見に如かず、ってことか。うん、見に行きたい。でも私一人でウロウロするのはまずいよね……。そう思っていると、サウラさんがとある人物を見つけて呼び止めた。あ、あれは——。

「レキ！　ちょっと来て」

まさかのレキー！　なんてタイミングがいいんだ。レキにとっては悪かったのだろうけど。

「何すか、サウラさん」

「レキ、今日は手が空いてるかしら？」

サウラさんの問いに、午後から訪問診療《しんりょう》で外に行くけど今は空いてる、と答えるレキ。う、運の尽きだ。私的にはラッキーだったけど。ああ、話を聞いたレキの反応が目に浮かぶ。

「はぁっ!?　またすか!?　ギルドの案内もしてやったのに、また僕が連れてくのかよっ!?」

ほらね。知ってた、わかってた。お姉さん驚かないよもう。サウラさんも予想していたのか、レキが叫ぶ前から耳を塞いでいる。もちろん私もやった。適切な判断であった。

「前の時は試験も兼ねてたからやったけど、今回は僕になんのメリットもないすよね？　嫌に決まってる……」

「あら、そんなこと言っていいのぉ？　他でもない、私のお願いなのよぉ？」

当然といえば当然な言い分に私が諦めようかと思いかけた時、サウラさんが意味深に笑いながらレキに詰め寄る。な、何？　その言い方……弱みでも握ってるのかしら。レキも軽く後ろに一歩下がっている。

「べ、別に、僕にはやましいことなんてないし、そんな風に詰め寄っても、なんてことは……！」

「あらそう？　ならいつも寝る時には必ず用意するお気に入りの……」

「なっ⁉　わっ、わかった！　わかったから黙ってサウラさんっ！　な、なんで知って……⁉」

「まだ何も言ってないのに。まぁいいわ。話を戻しましょ。引き受けてくれるの？」

サウラさんの微笑み付きの質問に、レキはガックリと肩を落としてわかったよ、と吐き捨てるように言った。私としてはそのお気に入りの何かが気になって仕方ないんだけど。

「僕についての情報は！　一切！　誰にも！　言わないって約束しろよっ⁉」

「はいはい、わかったわ。お願いねー」

もはや丁寧な口調も忘れてレキは叫びながらズンズン歩き始めた。

「お前も！　詮索すんなよ」

「は、はいぃ！」

そして突然、勢いよく振り返ってそう言うので、ビシッと敬礼しながら返事をした。つい、反射的に！　それからそのまま前を向き、歩き始めたレキは、振り返りもせずにさっさと来い、と私に呼びかけたのだった。ま、待ってー！

まず訪れたのは近場から。そう、それはオルトゥスのホール内にあるカフェである。夜になるとお酒も飲めるからカフェアンドバーってところだね。私もよくここでお茶をいただいている。でも、仕事内容までは把握してないなぁ。日本にいた頃の飲食店のバイトとかと変わらないならわかるけど、なんて言ったってここはオルトゥスなわけだし、他とは違う何かがあるかもしれないじゃない？

「カフェの仕事なら説明しなくても大体わかるだろ？」

でもレキがそう言うので、きっと私の認識とそう違いはなさそうだとわかった。注文を受けて食事やお茶を提供する。まぁそんなものですよねー。利用してても特別なことはなかったと思うし。

「ただ、ここで出されているメニューは特殊だ。お茶以外の軽食は全て、別の店で購入したものだから」

「えっ⁉　しょーなの？　てっきりここで作ってるのかと……」

フワフワのケーキや焼き菓子、サンドイッチなどなど、色んなものを食べてきたけど、あれら全てが発注品だったわけか。食にこだわるお父さんのことだから、全てここで作られているものかと思ってた。

「頭領が、他の場所で見つけてきた美味い店と契約して、ここで出すようにしたんだ。その場所ってのが孤児院だったり、貧困層の住む地域の店だったりする」

もちろん食品の安全性は全て魔術でチェックされているから管理体制もバッチリだとレキは説明してくれた。そうすることで、こちらは本来ならここでは手に入れられない、現地の軽食が食べられるし、売る側は当然、利益が得られる。仕入れは全て小さな転移陣でなされているから鮮度も落ちることはないし、小さな陣だから魔道具でどうにかしてしまえる、と。その技術力がオルトゥスの強みなんだよね。はぁ、すごいことしてるんだなぁ。

「頭領は、珍しいものが食べられるからいいだろって言ってたけど……」

レキはそこで言葉を切った。あぁ、わかるよ。たぶん、本当の理由はその孤児院や、貧困地域の救済。支援を受けた人たちだってそんなことくらいわかっていると思うけど、お情けで使ってもらってる、とか思われてないかな？　そうだと悲しい。だってお菓子はどれもこれもめちゃくちゃ美味しいもん。お菓子目当てに来るお客さんが、毎日途絶えることもないくらいだからね！

「あー、ほんと、お前って考えてることがバレバレ。こんだけ長い間ずっと取引が続いてるんだから、提供してる側も自分たちの腕に誇りを持ってやってるよ。今やそこも、本店としてかなり稼いでるみたいだし」

「ひょー！」

要らぬ心配だったらしい。そっか、最近になって始まったわけじゃないもんねぇ。曰く、当時それを心配したサウラさんがお父さんに同じような懸念《けねん》を伝えたんだそうだ。その時、お父さんはこう答えたんだって。

「そんなもん、数年も経てば嫌でもわかるだろうよ、ってさ」

美味しくなかったら売れないんだもんね。売れるかどうかは腕次第。だから、続けられるほど売れるっていうことはつまり、そういうことだって嫌でも納得出来るってわけか。やるなぁ。お父さんが誇らしく思えたよ！

「じゃ、次に行くぞ」

話が一段落着いたところで、休む間もなくレキは歩き始めた。もう、せっかちだな！　そして歩くのがはやーい！　なので、待ってと声をかけることなく無言で手をギュッと握ってやった。

「なっ」

慌てて振り返り、私に抗議の視線を向けてきたレキだったけど、負けじと無言で抗議の視線を送る私。恥ずかしいのか顔を赤くさせてうー、と唸っていたレキは、私の言いたいことがわかったのか、諦めたようにため息を吐いた。

「……わかったよ」

そして、一言だけそう呟き、今度はゆっくりと進み始めてくれた。手が振り解かれることはない様子。勝利である！

そのまま手を繋いで私たちは地下の工房や研究室をチラッと見学したり、道中でギルド内を清掃してくれている人に話を聞いたりしながらオルトゥス内を巡った。地下は危ないからって少ししか見られなかったけどね。レキも存外、過保護な人である。

歩いている合間も、レキはあれこれ説明をしてくれた。工房で出来た品物はほぼ個人からの依頼だけど、量産品として売り出しているものもある、だとか、ギルド内の清掃をしてくれている方々はいずれも現役を引退した年齢層の高いおじいちゃんおばあちゃんでお小遣い稼ぎになっているだとか。オルトゥスで育てている野菜や果物も、専門家を引き抜いてオルトゥスで作られているとかね。色んな裏話が聞けてホックホクである。のほほんと生活していたけど、こんなにも色んな人が働いてたんだなぁって改めて実感したよ！

「あー、あとは図書館だけど。僕よりお前の方が詳しく調べられるだろうから、今日は行かない」

図書館、か。そうだ、あそこは超絶恥ずかしがり屋な妖精さんが管理してるんだよね。レキはまだ姿も見たことがないという図書館の主。私は面識があるから確かに一人でこっそり聞きに行くのがいいかもしれない。

そうこうしている間にあっという間に時間が経ち、私たちはホールへと戻ってきた。そのまま真っ直ぐ受付カウンターに向かい、サウラさんに声をかける。さらにオルトゥスのことを色々と知ることが出来て上機嫌な私は、そのテンションのままそれを報告。サウラさんだけでなく、受付のお姉さんたちもそれを微笑ましく聞いてくれた。もう、聞き上手っ！

「そう、レキはとてもいい案内人だったのね。やるじゃない」

「……ふん。別に、普通だろ」

素直じゃないレキはそう言ってそっぽを向いたけど、耳が赤いのでなんか色々と微笑ましい。ついニコニコしてしまうよ。

「じゃ、あとは午後の訪問診療だけかしらね」

「……は？」

思わずレキと一緒に私まで口を開けて首を傾げてしまう。え、だって、今なんと？

「あら、お仕事見学だもの。せっかく訪問診療に行くのなら、メグちゃんの勉強にもなるいい機会じゃない。外の仕事も一つくらいは見せてあげたいしね！」

「そ、それって……仕事にコイツも連れてけって言ってんの⁉　何で僕が仕事中も子守りしなきゃなんないんだよ！」

レキの言い分には私でさえ同意である。子守りしなきゃいけないほどの手はかからないと自負してはいるけど、所詮は幼女なのでね。どうしても足手纏いにはなる。それは間違いないから、連れて行ってもらえるのならありがたくはあるんだけど、申し訳なさが勝ってしまうよ。

「ああ、心配しないで？　護衛としてケイが一緒に行ってくれるから」

「そういう心配をしてるんじゃゃ……って、手回し良すぎない？　最初から決めてただろ⁉」

確かに。これ、絶対最初から午後も私を連れて行ってもらう算段つけてたわ。だって、ケイさんなんていう忙しそうな人に今から護衛を頼むのは無理ってものだし。朝の段階で話をつけてたに違いない。仕事の出来る人である。

「あら、私は午前中だけなんて一言も言ってないわよ」

思い返してみると……確かに、今日は手が空いてるかって聞いていただけだ。

「ぼ、僕は午前中は空いてるって答えたぞ」

「でも仕事を引き受けたわよね？　甘いわレキ。引き受ける時はその内容、拘束時間、そして報酬まで確認するのがプロでしょう？」

「っ!!」

ほ、本当に恐ろしい人だわサウラさん。というかこれ、お仕事だったのね。きっとレキも今、そう思っているに違いない。

「心配しなくても心の広いサウラさんは、ちゃーんと報酬に色もつけてあげるわよ。突然お願いした仕事だもの。当然よ」

もはやもう何も言えないレキである。完全にサウラさんの手のひらの上で踊らされている。私は口を挟まない。今、何か言ったらレキという火に油を注ぐようなものだからね！　私は空気の読める幼女……。

「や、やればいーんだろ！　やればっ！」

結果、捨て台詞《ぜりふ》のように叫んだレキはその事実を受け止め、鼻息荒く食堂の方へと行ってしまった。サウラさんはチロッと舌を出して悪戯《いたずら》が成功した子どものように笑っている。小悪魔だ……でも可愛いので許される！

「おい！　午後の時間は決まってるんだ。さっさと来い！　飯を食ったらすぐに行くぞ！」

「はぁい！」

そしてなんだかんだレキも、面倒見がいいのだ。口も態度も悪いけど。サウラさんからの、レキをよろしくね、という言葉に笑顔で返事をしたよ。扱いもだいぶ慣れてきたから任せなさーい！

こうして、昼食を摂った後にケイさんとホールで合流した私たちは、街へと繰り出し、訪問診療へと向かった。レキが普段、どんな風に仕事をしているのかも見せてもらって、とても有意義な時間を過ごさせてもらったよ！

それと……これはオマケなんだけど。そこでのレキはいつもと違い、お医者さんの顔をしていて、なんだか頼もしく、カッコよく見えた。


私はあの時のことを思い返しながら、オルトゥスの仕事内容をみんなに説明し終えた。なかなか簡潔かつわかりやすく説明出来たのではなかろうか。誰も質問を挟むこともなく、みんな感心したように頷いていたからね。

「なるほどねー。魔大陸でも仕事の斡旋はしてるんだ。ギルドによって貼り出される依頼も様々なんだね。大きなギルドであるほど、稼げるものや信用出来る依頼が多くなるってことか。こっちは出される依頼はほぼ統一だしねー。ギルド自体が一つの大きな組織だから、勝手が出来ないのが難点ってとこかな」

「その分、何か大きな問題があった時はギルド全体が責任を持って解決してくれるから、人間にはそれが合ってるんじゃねぇ？」

確かにそうかも。問題があっても、魔大陸に住む者たちなら個々の力があるから解決出来るけど、人間はそうもいかない。みんなで力を合わせるからこそ本領発揮出来る、人間向きの体制なんだね！　ここで魔大陸のようなギルド体制にすると、派閥《はばつ》とかも出てきそうで絶対うまくいかなそうだもん。人間ってそういうとこあるからね。種族特性を活かした体制が、それぞれの地でちゃんと根付いてるってことがよくわかったよ。

「いつかは行ってみたい、な。魔大陸の、ギルドに。メグの、家に」

聞き終えたロニーがポツリとこぼす。まるで夢物語かのように語るロニーに、私は元気よく返事をした。

「来てよ、ロニー！　友達のところに遊びに行くくらい、なんてことないでしょ？」

そう簡単にはいかないのかもしれないけど、やってやれないことなんてない。私たちは長生きなわけだし、いつかはそんなタイミングがやってくるはずだ。

「うん、そう、だね。ふふ、メグ、ありがとう」

私の意図を汲み取ってくれたのか、ロニーはふわりと微笑んだ。それから優しく私の頭を撫でる。

いいなぁ、ロニーは優しいお兄ちゃんだ。オルトゥスにいるツンの強めなレキお兄ちゃんは今頃、どうしてるかなぁ。そんなことを思いながら、私は頭に感じる優しい手の温もりを堪能した。

僕のやるべきこと

「レキ、訪問診療の時間だよ」

ルド医師が声をかけてくれたことで、自分がぼんやりしていたのだということに初めて気付く。

慌てて確認のためにテーブルに並べていた荷物をまとめ、収納魔道具にしまい込んだ。そんな僕を見て、ルド医師が苦笑を浮かべている。

「気持ちはわかるけどね、仕事は仕事だ。しっかりやるんだよ」

「わ、わかってる……ます」

僕の変な敬語にルド医師は声を漏らして笑った。自覚はしてる。いい加減、言葉遣いに慣れなきゃいけないってことくらい。最近はそんなことも減ってきていたのに、他に気を取られているとつい昔の癖が出てしまうんだ。

「い、行ってきます！」

「うん、気を付けて」

居た堪れなくなって、僕はさっさと医務室を出た。ルド医師には全て見透かされていると思うけど。はぁ、失態だ。それもこれも全部、あいつが悪い。突然オルトゥスから姿を消したあいつが
……！

「っ、どこにいんだよ」

いや、あいつに怒ったって仕方ない。あいつは被害者なんだから。イライラするのは、僕の実力がないせいだ。行方不明になったことを知って、ただひたすら待つことしか出来ない、己の力のなさが悪いんだってわかってる。ただどうしても、このどこにも行き場のない怒りや、やるせなさを

呑み込むのに時間がかかるんだ。僕は、まだ未熟者だから。そのくらいの自覚はある。ルド医師もサウラさんも、シュリエさんも……側から見ると冷静ですごいと思うよ。内心じゃ攫ったヤツらに怒りの炎が渦巻いているだろうに表に出さなくてさ。

……いや、表に出す人もいるけど。馬鹿鬼なんかはガムシャラに狩りに行ってサウラさんに怒られていたし、メアリーラは油断すると泣くものだからずっと目を赤くさせているし。あとは、意外なことにギルさん。ギルさんは、あいつに一番近い存在だから仕方ないとは思うけど。でも、殺気を漏らすほど余裕をなくした姿には心底驚いた。それほど、あいつが大事なんだなって思い知ったというか……だからこそ、サウラさんに思わず食ってかかっちゃったわけだけど、僕になんか言われたくなかったよな。未だに納得はいってないけど、軽率に発言してしまったという、その点については反省してる。

「集中しよう」

パンッ、と一つ自分の頬を叩いて気合いを入れ直す。これで仕事に影響を与えようものなら、それこそオルトゥスのメンバーとして失格だ。メアリーラだって泣きはすれど仕事はしっかりこなしてるし、他のメンバーも必死で気持ちを抑え込んで頑張っているんだから。それに、街の人たちにはあいつの失踪を悟られるわけにはいかない。街全体が大騒ぎの大混乱になるからな。そのくらい、あいつの存在はここら一帯では無視出来ないものになってるんだ。

いつも通りだ。そう、いつも通りの順番で回って、いつも通りに仕事をすればいい。今日も僕を待っている患者がいるんだから。

『レキしゅごい。お医者さんの顔してる』

診察中、ふいにあいつの声が脳内で再生された。ああ、くそっ。何も仕事中に思い出すことないのに。今が魔力循環中で良かった。これをやってる間は多少の考えごとはしていても問題ないし。

……そうだ。なんで今思い出したのかわかったぞ。確か、あいつを一度だけ訪問診療に連れて行ったことがあったっけ。お仕事見学だー、とかいってサウラさんに嵌《は》められて。なんで僕がって思いながら渋々連れて行ってやったんだよな。護衛としてケイさんもいた気がする。えーっと、どこであいつにそう言われたんだっけ。僕はあの時の記憶を思い起こしてみた。

サウラさんに嵌められたとはいえ、承諾《しょうだく》してしまったものは仕方がない。これも修行だと思おう、とこいつを訪問診療に連れて行く覚悟は決まった。でも、でもさ……遅い。何って歩くのが。こいつがいるせいでいつもよりずっと移動に時間がかかる。まぁ、それも見越して早めにギルドを出てるけど、こいつのスピードに合わせて歩いていたら足が鈍りそうだ。

「レキ、私に、合わせなくて、いーよ？　勝手に、ついて行って、レキのお仕事、見る、から……！」

確かにそうは思ってたよ。イライラしてたのも事実だ。だからこそなのか、こいつがこんなことを言うから余計にイラついた。このスピードですでに息も絶え絶えな癖に、それでどうやって僕についていて来るつもりなんだよ。呆れて大きなため息を吐く。

「黙って歩けよ。余計に疲れるだろ。それに、僕はいつもこのペースだし」

別に、こいつに気を遣って言ってるわけじゃない。気にされてさらに歩くのが遅くなられたら迷惑なだけだから。急患じゃない限り、いつもゆっくり歩いてるのは本当だし。急いで人にぶつかったりしたら元も子もないからな。時間にだって余裕を持たせてるし、問題はないんだ。ただ、ゆっくりすぎるのがちょっとアレなだけで。

「んー、でもこの調子じゃ、全部のお宅を回り切る前にメグちゃんが疲れきってしまうかもしれないね」

「あう、ご、ごめんなしゃい。頑張りましゅ……」

あー、そうだった。体力もないいんだよなこいつは。いくらゆっくり歩いたとしても、歩く距離までは変わらないいんだから。

「……担ぐか？」

その方が早いし、こいつも疲れない。だからそう提案してみたんだけど、こいつは顔を引き攣らせて断ってきた。

「レキの抱え方は、気持ち悪くなるから遠慮しゅる……」

そういや前に、小脇に抱えて移動したっけ。あの時のことを思い出して言ってるんだな。さすがに僕も長時間あれはよくないことくらいわかる。あまり侮らないでほしいんだけど。

「ふわっ⁉」

「ふふ、なんのためにボクがいると思ってるの？　メグちゃんを抱き上げるくらい任せて？」

半眼になって見ていたら、横からひょいっとケイさんがこいつを抱き上げた。片腕で軽々と。ケイさんはオルトゥス内ではそう力のある方ではないけど、こいつは軽いから大丈夫だろ。それに、あくまでオルトゥス基準での話で、一般的に考えるとその力の強さはハイレベルだし。でも、なんか……イラつく。僕は嫌がるのにケイさんだと嬉しそうに笑ってさ。もう二度と抱えてやるもんか。

「どうしたんだい、レキ？　嫉妬かい？」

「そ、んなわけないだろ！　行くぞ！」

不思議そうに首を傾げているあいつの様子に、余計に腹が立つ。なんなんだよ、ったく！　クスクスと笑うケイさんを背後に、僕はさっさと歩き始めた。


今日の診療は三件。定期的な治療を行うとこだから、通い慣れている。訪問診療を頼む人なんて大体決まってるから、治療するのも慣れてるけどね。でも、患者の身体は日々変化する。それを頭に入れておかないと危険なんだ。これはルド医師に散々言われ続けてきたことだから、絶対に油断はしない。

「おや、レキちゃん。今日は可愛い子が一緒なんだねぇ」

「こんにちはー。お邪魔して、しゅみましぇん」

今日はいつもと違って僕以外に人がいるから気になるのはわかる。でも、こいつやケイさんの前でちゃん呼びはやめてほしいんだけど⁉

「こ、こいつは勉強のために今日だけついてきたんだ。見てるだけなんで、いてもらってもいいすか？」

でも、さすがに患者にそう言うわけにもいかない。ひとまず話を逸らすためにも僕は見学の許可をもらうことにした。たぶん、断らないと思うけど。

「ああ、ああ、いいとも。可愛らしいお客さんなら大歓迎さ。ケイさんも、もちろんゆっくりしていっていいからね」

ほらね。基本的にこの街の人たちはオルトゥス関係者を好ましく思ってくれているから。ケイさんは特にこの街に貢献しているし。それに二人とも人から好かれやすい雰囲気を放っているから、その辺りの心配はしていなかった。

「ありがとう、イザベラさん」

「あらぁ、あたしの名前を知ってるのかい？」

「もちろん。美しいレディの名前は一度聞いたら忘れないよ」

でもこれは予想外。というか失念してたな、この人の性質を。ケイさんの無自覚な口説き文句に、ご高齢のおばあさんが頬を染めている。ちょっと、診察前に心拍数あげるのやめてくれない？　はぁ、色々とやりにくいな。でも今日だけ、今日だけの我慢だ。自分にそう言い聞かせてから息を吸い込んで吐き、イザベラさんに声をかけて治療を始めた。

この人の病気は魔力溜まりだ。別に、特別な病ってわけじゃない。年齢とともに、どうしても魔力が滞《とどこお》る箇所が出来てしまう、よくある症状なのだ。魔術の心得のある者は自分でどうにか出来たりするけど、一般的に魔術は生活魔術くらいしか使わないからな。でも全員がこうなるわけじゃない。その中でも特に魔力の扱いが苦手な人や、やや魔力が多い人なんかが発症しやすい。治療法も十日に一度、外部から魔力を均等に流してやるだけでいいから、そこまで危険な病ではないけど、放置すると命に関わるから侮ることは出来ない。簡単とはいえ、僕も出来るようになるまではそれなりに時間がかかった。だから素人《しろうと》が勝手に判断してやっちゃいけないんだよな。これでも努力してるんだよ、僕だって。

「レキしゅごい。お医者さんの顔してる」

治療中の僕の耳にそんな声が飛び込んできた。循環中はある程度、余裕もあるから患者と会話をすることがある。でも僕は会話が苦手だし、いつもは一対一だから黙っていることが多いんだけど、今日は違った。まぁ、こいつが患者と話していてくれるなら楽だからいいんだけど、なんで僕の話になるんだよ。無意識に眉間にシワが寄る。

「ふふ、彼も立派なお医者さんだもの。それにレキちゃんの魔力は、本当にあたたかいのよ」

……患者からそんな感想を聞くのは、なんだかくすぐったいな。照れくさいというか。なんて言えばいいのかわからないから、結局、黙ってるんだけど。

「レキは種族柄、魔力の質が癒しの力に寄っているからね。医療系魔術とは元々、相性がよかったのかも」

まさに天職だね、羨ましいよとケイさんは口にした。自分の能力に合った仕事に就けるのは、本当に幸運だってこと、僕は知ってる。だからこその言葉だったんだろう。僕もそう思うし。けど、こいつは少しだけ考え方が違ったらしい。

「でも、今のレキがあるのは……レキがいっぱいいっぱい努力したからだよね。いくら向いてるっていっても、努力しないとここまで出来ないよ。だから、レキはしゅごい！」

まさかこいつにそんなことを言われるとは思わなかった。この言い方……まるで、頭領みたいだ。

あの人はいつも、その人の内面や見えない部分まで見ようとしてくれる。それと同じことを、こいつがしたっていうのか？

「……その通りだね。メグちゃんはすごいな。レキ、君はすごいよ。オルトゥスの一員として誇らしい」

「い、いいから！　わかったから！」

ケイさんも目を瞠《みは》ってこいつを見た。それから同意するように僕を褒めてきたものだから、どうにも居心地が悪い。真っ直ぐな言葉で褒められるのは苦手なんだ。嫌ってわけじゃないんだけど……なんというか、反応に困る。

「自分に出来ることを、努力でもっと出来るようになるの、しゅごいよ！」

「も、もういいって言ってるだろ！」

だというのにこいつはさらに褒めようとしてくる。嫌がらせかよっ⁉　無自覚なら余計にタチが悪いからな？　……顔が熱い。イザベラさんの微笑ましいものを見るような眼差しも居心地が悪い。あーもう！

「はい、終わり！　また十日後に来ます！」

「あらあら、もう終わったの？　楽になったわ、いつもありがとうね、レキちゃん」

ちょうど治療も終わったことだし、さっさと片付けて席を立つ。のんびりとしたイザベラさんの声を聞いてグッと言葉に詰まった僕は、家を出る前に一言だけお大事に、と告げて外に出た。自分の態度が悪いことは知ってるから、挨拶くらいはちゃんとするように決めてるんだ。けど、そのおっとりとした眼差しには全てを見透かされているような気がする。子ども扱いされている気分なんだよな。この人にとっては僕なんてまさしく子どもなんだろうけどさ。

「メグちゃんも、ケイさんも、またおいで」

「ふふ、ボクでよければ、話し相手になりに来るよ」

「あい！　私も、お喋りに来ましゅ！」

背後では和やかな雰囲気になっているみたいだけど、僕には関係ない。でもなるほど、だからこいつらは人誑《たら》しなんだなって納得した。で、きっと口だけじゃなくて本当に遊びに行くんだろう。そういうところは律儀だなって思うし、それがこいつらの長所なんだろうな。僕には真似出来ない部分だ。真似する気もないけど。すでにじゃあ一緒に行こうか、なんて約束してるし。何が楽しいのかさっぱりわからない。まぁいい、楽しみは人それぞれだ。僕が一人で本を読むのが好きなのも、わからない人には理解出来ない趣味だろうし。

「次の患者が待ってる。僕は行くからな」

だから、こいつらに付き合ってやる必要もないんだ。まだ仕事の途中なんだから当然だろ。僕はそう言い捨てて、振り返りもせずに先を急いだ。待ってーという間抜けな声が聞こえた気がしたけど、どうせまたケイさんが抱えるから大丈夫だろ。

三件の治療を終えた頃には、もう陽が落ちかけていた。いつもはもっと明るい時間に戻れるのに。移動に時間がかかったわけではない。こいつらが最後に向かった家の患者とひたすらお喋りしていたからだ。あの患者は元々、相槌しかうたない僕が相手でもひたすら話しかけてくる人だったから、こいつらがいて話が盛り上がらないわけはなかったんだ。お喋り好きが集まるとこうも恐ろしいことになるんだな。一つ学んだ。

「で、なんでこうなる？」

そして今、なぜか僕らは三人で夕飯を食べている。街の居酒屋で、だ。本当にどうしてこうなった。

「ボクのせいで遅くなっちゃったからね。夕飯くらいご馳走させてよ」

「わ、私のせいでもあるのに……！」

「メグちゃんはボクの話に付き合ってくれただけじゃない。サウラディーテやギルナンディオにも連絡しておいたから気にすることはないよ」

いや、お詫《わ》びのつもりなら早く帰らせてくれる方がありがたいんだけど。でも完全なる厚意だからさすがに言わない。そのくらいの空気は読むんだ、僕だって。

「でも、ケイしゃんやレキと、こうして食べるの、なんだか嬉しい」

「珍しい組み合わせではあるよね」

こいつもこいつで、遠慮してた割にこんなことを言うもんだから、余計に帰りたいなんて言えなくなった。仕方ない、今日はこういう日だと思って諦めよう。僕は運ばれてきたエールを一気に喉に流し込んだ。

「お、レキって意外と飲みっぷりいいんだね」

ケイさんが嬉しそうにそう言ったけど、これは半分ヤケになっただけだ。でも、ここのエールは美味いな。そう思っているとぽかんとした顔であいつが僕の顔を見ている。

「なんだよ」

じろっと目だけであいつを見ると、あいつは慌てたように両手を顔の前でブンブン振ってきた。

「う、ううん！　なんでもないっ！　レキもおしゃけ飲むんだなって、思っただけ」

「見た目が若いからねレキは。メグちゃんの気持ちもわからなくはないかな」

「ふんっ」

そういう反応はよくされるから今更どうでもいいけど、ガキに見た目がガキって言われてるみたいで気分は良くない。まぁ、僕の虹色の髪にばかり目を奪われるよりマシだけど。

「それもあるけど、レキは真面目だから、おしゃけを一気に飲むのが意外だったの」

「……僕が、真面目？」

思ってもみない方向からの発言だ。そんなこと初めて言われた。態度が悪い、もっと真面目にやれってばっかり言われ続けてきたから。オルトゥスに来てからはそんな風に言われることはなくなったけど、それでも真面目だって言われたのは初めてだったから驚いてしまったんだ。

「うん。お医者さんになるために、いっぱい頑張ってるもん。今日だって私がいるからって時間に遅れないように気を配ってたし、練習も勉強も、毎日してるでちょ？」

なんで見てきたかのように断言するんだよ。それは確かにそうだけど、疑いもなく言い切るのはなんでだ？　根拠は？　僕は自分の態度が悪いことを自覚してる。それでもなお、そう言うこいつの思考回路が全くわからなかった。

「……そんなの、みんなやってるだろ。僕だけが特別、頑張ってるわけじゃない」

オルトゥス所属の人たちはみんなそうだ。毎日仕事をこなしつつ、トレーニングや勉強に忙しくしてる。当たり前のことをそんなすごい、みたいに言われたって……。

「うん！　だから、みんなしゅごい！　レキも、ケイさんもしゅごい！」

当たり前のことをそうやって褒めるのか。ほんと、変なヤツ。

「じゃあ、いつも頑張ってるメグちゃんも、すごいね」

「うっ、もっと出来ること増やしたいでしゅ……！」

あいつの頭を撫でるケイさんと、恥ずかしそうに俯くあいつを尻目に、僕はまた運ばれてきた肉料理を口に運んだ。……ん、美味い。たまには、そう、たまにはこういう日があっても悪くはないかな。でも！　当分は絶対連れて行かないからな！


「メグちゃんは元気かい？　最近、見てないから寂しいねぇ」

イザベラさんの声にハッとして顔を上げる。いけない、ちょっと考えごとをし過ぎてた。でも、あいつの話題か……あいつは今いない、なんてことを正直に言えるわけもないからな。

「僕も今日は見てない。でも、あいつは……」

だから、こんな当たり障りのない答えしか出来なかったけど。

「たぶん今日も、ヘラヘラ笑ってると思う」

それはいいことだねぇ、とイザベラさんは言う。そうだ、あいつはどこにいてもきっと笑ってる。それが強がりでもなんでも、笑っているならそれでいい。いや、生きていれば、それでいい。

多くは望まない。お前がいくら怪我しててもルド医師が完璧に治してくれるし、心が傷付いたなら、僕が絶対に癒してやる。僕ら、医療担当の出番は、あいつが帰ってきてからなんだ。今、出来ることがないと悔しがることなんて何もなかったんだよな。自分に出来ることを、努力でもっと出来るように、か。悔しいけど、あの時あいつが言ったあの言葉は正しい。そう思う。それに、サウラさんが言った言葉の意味も、今なら理解出来る。力をつけたら、役に立て……か。

こうしちゃいられない。僕は僕に今出来ることをしなきゃ。あいつが帰ってきた時、どんな状態だったとしても動揺せずに動けるように。今よりもっと、もっと腕を上げないと。


その日、仕事を終えた僕は、走ってギルドに戻って行った。僕はもう迷わない。あいつがちゃんと帰ってくることを疑わない。その時のために準備をしなきゃならないんだから、ウジウジ悩んだり心配したりする暇なんてないんだ。

努力が無駄になるなんて嫌だからな？　だから、絶対に帰ってこいよ……メグ。

あとがき

どうも皆様こんにちは。あとがきへようこそ！　阿井りいあです！

この挨拶ももう四回目……感慨深いです。それもこれも皆様の応援があってこそ。本当にありがとうございます。


さて、四巻は物語も第二部に入りました。三巻の最後では、メグがオルトゥスに来て二十年が経過し、身体も心もほんのり成長した姿をお見せいたしました。そのまま穏やかにゆるっと生温いお湯に浸かった生活をするのかと思いきや……まさかの事件に巻き込まれます。

新たな出会いと乗り越えるべき大きな壁。旅を通して成長するメグの姿を見ていただきたいという思いから構想を練りました。書く内に、メグだけでなくオルトゥスのメンバーや新キャラたちにも一緒に成長してもらいたいな、という思いから、今回はＷｅｂで公開しているものにかなり加筆させていただいています。本でしか読めないエピソードが盛りだくさんです。メグ以外のキャラクターたちの思いや奮闘にも是非、注目していただきたいと思っています。

そして、書き下ろし短編ですが……今回はレキにスポットを当ててみました。やはり読者様からの「レキが好きです！」というういくつかのお声により選ばせていただきました。各所で何度も言うようですが、読者様は偉大です。

私としてもツンデレ系少年（成人済み）を書くのはとても楽しく、一気に筆が進みました。四巻ではオルトゥスメンバーとの絡みも回想くらいしかないので、ここでほっこりとしてもらえたらな、と思います。楽しんでいただけていたら嬉しいです。


最後に、四巻制作にあたってご尽力いただいたＴＯブックス様をはじめ、担当者様方、いつも素敵すぎて泣いてしまうほどのイラストを描いてくださるにもし様、ご協力くださった全ての皆様に心より感謝を申し上げます。また、キラキラ可愛いキャラクターが魅力的に動くコミカライズを担当してくださっている方々、漫画家の壱《いち》コトコ様にも感謝の気持ちでいっぱいです。

それからもちろん、本作を手に取り、読んでくださるあなた様にも感謝の気持ちを。いつも本当にありがとうございます。とても励みになっております。

これからもどうぞ、特級ギルドの仲間たちを取り巻く物語にお付き合いいただけますように。

おまけ漫画

コミカライズ第２話（前半）

漫画：壱コトコ

原作：阿井りいあ

キャラクター原案：にもし

Welcome to
the Special Guild